KB269214

스끼다시 내인생

스끼다시 내 인생

임정연 소설

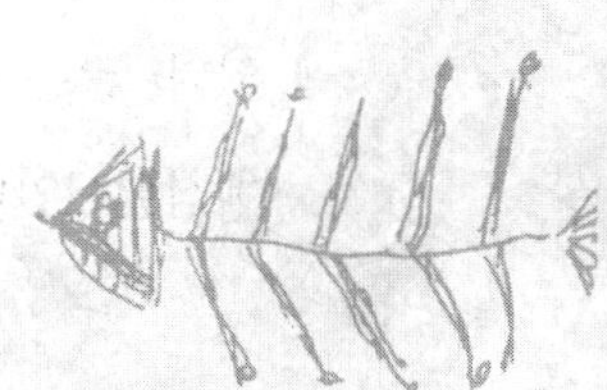

문이당

작가의 말

7개의 침대가 놓여 있던 방이 있다.

독일여자가 준 방은 크고 넓었다. 내내 비좁은 방만 전전했던 터라 쾌재를 올렸다. 푸른빛이 도는 흰 시트, 깨끗한 베개, 정갈한 화장실. 정말 독일적인 방이었다. 무거운 배낭을 내려놓고 운동화를 벗을 때까지만 기뻤다. 커다란 방에 많은 침대들은 거북했다. 내게 필요한 건 단 하나의 침대였다.

소설을 쓰면서 필요 없는 걸 버릴 줄 알게 되었다. 사람도 덜 만나고 집도 줄이고 옷도 덜 사고. 사실 인간에게 필요한 건 많지 않았다. 많은 걸 가지라고 강요하는 건 내 속의 욕망과 쓸데없는 경쟁심뿐이었다.

그래서, 소설은 늘 자신을 돌아보게 한다. 내가 지금 어디쯤 서 있나 아프지만 느낀다.

언제나 드는 의문이다. 내가 쓰는 게 소설이 맞나, 언제까지 쓸 수 있을까, 지금 나는 제대로 살아가고 있을까. 사실 해답이란 게

있을 수 없는 질문이다. 누구나 마찬가지다. 결국 인간이란 제 속
에 성을 쌓고 있는 존재들이다. 무너뜨릴지 더 높이 올라갈지 자신
만이 안다. 그래서 더 고독하다.

　소설을 쓰면서 언제나 인간에 대해서 생각한다. 결국 모든 예술
은 인간으로부터 출발하고 매듭지어진다. 소설도 예외는 아니다.
그렇다고 내가 지금 인간을 더 잘 안다는 것은 아니다. 내가 쓰는
것은 알아 가는 과정에 불과하다.

　곁에 따듯한 분들이 많다. 사랑하는 스승님들, 가족들「검은 오렌
지」를 쓸 때 도움을 주신 조감독님, 첫 원고를 정성스럽게 묶어 주
신 문이당 식구들, 해설을 써주신 최성실 선생님께 감사드린다.

　그리고 물과 바람, 내 안의 유령, 너에게도.

2006년 봄에

임 정 연

차례 / 스끼다시 내 인생

스끼다시 내 인생

　나의 패배는 문자로부터 왔다. 야, 이젠 날 싸부로 인정해라. 지금까지 네 장 찍었다. ㅋㅋㅋ. 지누 새끼는 친절하게 웃고 있는 이모티콘까지 날렸다. 액정 화면에 뜬 0(^0^)0를 보자 열 받는다. 이런 씹새끼. 그때부터 갑자기 안절부절못하겠는 게 꼭 코 후비다 라면 국물에 빠뜨린 기분이다. 아무리 생각해도 녀석이 나보다 한 수 위다. 파트너를 정하고 헤어진 게 한 시간도 안 된 거 같은데 벌써 야호라니. 귀신은 뭐 하나 저런 새끼 안 잡아가고. 나는 캔 맥주를 흔들고 있는 여자 애를 슬쩍 쳐다보았다.

　여자 애는 캔 맥주에 빨대를 꽂아 마시고 있다. 벌이 대롱으로 꿀을 빨아들이는 것 같다. 살다 보면 별스런 일이 많지만 맥주를 빨대로 마시는 여자 애는 처음 보았다. 술도 제법 센 편인지 얼굴색 하나 변하지 않았다. 벤치에 놓인 캔은 벌써 두 개째였다. 아까부터 공원 매점 아저씨가 내게 눈치를 주고 있다. 안 가나. 엉, 안

가냐. 그만 가라. 아저씨는 쓰레기를 버리러 나올 때마다 지나가며 잔소리를 늘어놓았다. 그러거나 말거나 나도 이 공원의 엄연한 시민이다. 그리고 무엇보다 선량한 시민이다.

고시생하고 술 살 때는 아무 소리 안 하면서 가끔 지누나 다른 애들하고 사면 꼭 눈치를 준다. 치사한 꼰대. 고시생은 내가 다니는 독서실 총무의 닉네임이다. 올해 서른넷인 그는 결혼도 했고 고시 준비만 5년째다. 준비 중인 시험도 매번 달라진다. 행시 준비했다가 외무 고시 준비했다가 이번에는 사시를 보려고 한다. 그런데 아무래도 내가 보기에 합격은 힘들 것 같다. 고시 준비한다는 사람이 고시원엔 안 들어가고 독서실 총무가 웬 말인가. 또 우리들과 어울리는 짓거리도 그만두어야 한다.

하긴 고시생 눈에 나나 지누도 곱게 보이지는 않을 것이다. 검시 준비 한다면서 공부는 안 하고 노는 건 마찬가지니까 말이다. 암만 생각해도 고시생은 나나 지누처럼 도망자 냄새가 난다. 우리들은 지겨운 학교로부터 도망쳤는데 고시생은 무엇으로부터 도망쳤을까. 나와 지누는 고등학교에 진학하는 대신 독서실로 등하교 한다. 집에는 눈 붙이러 목욕하러 가끔 들른다. 또 용돈을 받기 위해 갈 때도 있다. 난 일부러 매점 아저씨를 향해 캔 맥주를 쳐들었다. 아저씨가 흰 눈으로 나를 흘겨보지만 모른 척한다.

여자 애는 멋을 부린답시고 허벅지가 드러나는 짧은 치마에 무릎까지 오는 흰 타이츠를 신었다. 검은 구두는 얼마나 닦았는지 헌

병 군화보다 더 반짝인다. 헌병이었던 사촌 형은 군대 얘기만 나오면 열심히 군화를 닦았던 일과 군복 손질하던 것만 떠들었다. 복학한 뒤에도 그 습관은 못 버리고 구두를 닦는 게 낙이었다. 여자 친구를 사귀는 대신 사촌 형은 구두만 반질거리며 시간을 보냈다. 사촌 형은 졸업하기 전까지 구두를 신을 일이 별로 없었다. 졸업하고 작은 회사에 인턴 사원으로 들어갔을 때 반질거리던 구두는 겨우 빛을 보았다.

여자 애가 걸친 체크무늬 카디건은 좀 커 보여서 다른 사람 걸 빌려 입은 것 같다. 하긴 내가 신경 쓸 일도 아니다. 아까 호구 조사 할 때 언니는 없다고 한 거 같은데. 그 말을 듣고 김이 새버렸다. 여자 애도 별로 마음에 들지 않는다. 사실 난 내 또래 여자 아이들에겐 관심이 없다. 나보다 나이 많은 여자가 좋다. 많을수록 좋다. 서른이 넘었더라도 괜찮을 것 같다. 고시생을 보면 서른 넘어도 철들지 않은 사람도 많은 것 같으니 세대 차이도 별로 나지 않을 것 같다.

고시생은 술만 마시면 지누와 내게 말했다. 여자가 가장 아름다운 때가 언제인지 알아? 서른이 넘어서야. 너네 또래 여자 아이들을 백날 만나 봐야 러너스 하이를 못 느낄 거다. 러너스 하이가 뭐냐? 내가 지누의 옆구리를 찌르며 물어도 새끼는 못 들은 척했다. 그런데 다음 날부터 그 말을 아예 입에 달고 살았다.

지누와 내기한 게 없었다면 진작 일어났을 텐데 고문이 따로 없다. 나는 문자가 들어왔나 휴대폰 창을 들여다보았다. 여자 애도 제 걸 들고 연방 문자를 날리고 있다. 손가락 튀는 게 거의 예술이다. 한바탕 문자를 날린 여자 애는 캔을 집어 들었다. 눈을 내리뜨며 빨대를 무는 게 한껏 예쁜 척 폼을 잡지만 솔직히 비린내가 난다. 콩나물 삶을 때 나는 그런 냄새다.

지누 새끼는 그 냄새도 천차만별이라고 떠들었지만 녀석은 아직 모른다. 여인의 향기를 말이다. 그러니까 내 또래 여자 아이들에게는 여인의 향기가 없다. 저번에 둘이 같이 〈이투마마〉를 볼 때 내가 사촌 형수를 가리키며 와 괜찮다 했을 때 지누 새끼가 내 뒤통수를 갈겼다. 넌, 저렇게 늙은 여자가 좋냐? 야, 쉰내 난다. 쉰내. 제 또래 여자만 좋아하는 지누는 결코 모른다. 여자는 스물다섯은 돼야 물렁하던 뼈가 단단히 자리 잡고 가슴의 융기와 허리 곡선이 잡힌다는 걸 말이다. 그 나이가 돼야 진짜 여자가 된다. 내 말에 지누 새끼는, 그럼 내가 만나는 애들은 다 짝퉁이냐 하고 대들었지만 뭐, 취향이 다른 걸 인정해 주어야 한다. 타인의 취향을 인정하지 않는 데서 갈등이 생기고 싸움이 벌어진다.

솔직히 요즘 인터넷을 돌아다녀 보면 정치인들이 시끄럽게 떠드는 꼴들을 자주 접한다. 그 모습이 웃긴다. 보수니 수구니 진보니 드잡이를 하고 쇼를 벌이는데 정답은 하나다. 타인의 취향을 인정해 주면 된다. 그럼 세상이 조용해질 것이다. 이것도 고시생이 술

먹다 열 받아 한 소리다. 아무래도 난 고시생에게 단단히 세뇌된
것 같다.

어쩌다 무슨 말을 할 때 이것이 내가 한 소린지 다른 사람이 이미
한 소린지 헷갈릴 때가 많다. 고시생은 말했다. 타인의 취향을 인정
해야 한다는 말, 참 좋은 말이지만 지키기 힘든 말이다. 지누가 제
또래 여자 애들을 좋아하는 건 이해하지만 소위 영계에 침 흘리는
꼰대들은 질색이다. 열일곱밖에 안 된 나도 성숙한 여자가 좋은데
그 나이 처먹도록 롤리타 콤플렉스에 빠진 새끼들은 뭐냔 말이다.
말이 좋아 롤리타지 '야동'에서 우리 엄마 튀어나올 소리다.

원조 교제에 걸려 텔레비전에서 윗도리를 뒤집어쓴 꼰대들을 보
면 꼭 해주고 싶은 말이 있다. 좆나 재수 없다! 그런데 한편으론 고
시생의 말이 깞작인다. 꼰대들이 영계를 좋아하는 것도 따지고 보
면 타인의 취향 아닌가. 윗도리를 뒤집어쓰고 있어도 그들 역시 할
말은 있을 것이다. 아이고, 어렵다.

그나저나 지누 새끼가 벌써 성공했다니 이번에도 또 쏴야 하나.
눈앞에 지갑 열리는 소리가 들린다. 먹고 싶은 거 안 사 먹고 모은
돈을 써야 할 생각을 하니 살 떨린다. 그러나 전리품을 보지 않은
이상 절대 지갑을 열어서는 안 된다. 저번에도 그 새끼한테 속은
거 생각하면 이번에는 어림없다.

여자 애는 안주로 사온 마른 오징어에는 거의 손도 대지 않았다.

나는 다리를 찢어 입에 넣고 질겅거린다. 다이어트 중인가. 오징어는 살도 안 찌는데. 하긴 턱 벌어진다고 마른 오징어를 안 먹는 애들도 있다고 했지. 이럴 줄 알았으면 괜히 사 왔다.

눈을 아래로 내리깔고 있는 여자 애는 완전 내숭덩어리 같다. 문자팅 할 때는 당장 비디오방이라도 갈 것처럼 떠들더니 요조숙녀가 따로 없다. 말도 별로 걸지 않는다. 서로 간단한 호구 조사를 한 다음 취미에 대해서 얘기한 게 전부다. 눈치가 있다면 이쯤에서 일어나야 하는 게 아닌가 모르겠다. 그러나 조금만 더 있어 보자. 나무 의자에 얹힌 엉덩이가 배기기 시작했다.

혹시 이 애도 나보다 지누가 더 마음에 든 것이 아닐까. 그럴지도 모르겠다. 우선 난 외모부터가 지누에게 달린다. 새끼는 키도 훤칠하고 생김새도 권상우 못지않다. 아니, 몸이 그렇다는 것이다. 얼굴은 내가 조금 낫다. 물론 지누는 절대 인정하지 않는다. 언제나 내 얼굴을 보고 밀가루 발랐냐? 하고 문지른다. 씹새끼. 얼굴 좀 흰 게 뭔 죄냐. 졸라 재수 없는 새끼다. 독서실에 오면 맨 먼저 가방을 던져 놓고 지누가 가는 곳은 헬스장이다. 지누는 공부 안 하는 날은 있어도 운동을 빼먹는 날은 없다. 오죽하면 내가 그 새끼에게 운동 중독에 걸렸다고 했을까.

길거리 캐스팅도 좋지만 검시는 안 볼 거냐 말이다. 시험은 이제 한 달밖에 남지 않았다. 지누는 이번에 안 되면 여름에 다시 보지 뭐, 하고 태평이다. 야, 네가 언제부터 시험 타령이냐, 재수 없다.

새끼는 나를 보고 느물거렸다. 근데, 너 러너스 하이가 뭔지 물었지? 러너스 하이? 내가 멀뚱거리자 새끼가 덤벨을 내려놓고 러닝머신을 가리켰다. 30분만 달려 봐. 러너스 하이가 뭔지 알 거다. 여자 애들하고 그거 하는 것만큼 좋아. 새끼가 또 뻥치고 있다는 걸 나는 안다. 아무리 그래도 그렇지 그거 하는 거하고 달리는 거하고 어떻게 같냐.

지누는 거울 앞에서 권상우처럼 포즈를 잡았다. 스포츠 팬츠 하나 걸친 배에 왕(王)자가 뚜렷했다. 야, 괜찮지 않냐. 내 몸. 또 아냐? 길거리 캐스팅에 턱 하고 걸릴지. 지누는 뒤로 돌아 삼두박근을 드러내며 히죽거렸다. 새끼, 구라는. 지금이 봄이라 얼마나 다행인지 모른다. 여름이면 지누 새끼는 검은 티셔츠를 입고 그 근육을 다 드러내고 다닐 것이다. 샘은 나지만 새끼의 근육은 내가 보기에도 멋있다.

휴대폰이 울렸다. 고시생이다. 급한 일이 아니면 잘 때리지 않는 특성상 긴급을 요하는 일이다. 나는 여자 애를 쳐다보며 일부러 목소리를 깔고 뚜껑을 열었다. 여자 애도 휴대폰을 들고 열심히 손가락을 놀리고 있다. 문자를 날리는 손가락이 파다닥 튀었다.

「야, 션. 엄마다. 네 엄마 떴어. 너 거기 어디야?」

「공원 벤치요. 형이 잘 좀 얘기해 줘요.」

「야, 새끼야. 네 엄마보다 더 급한 일이 어딨다고 지랄이야. 잠깐 편의점에 갔다고 했으니까 얼른 와라.」

「형, 지금 못 간다니까요. 잘 좀 얘기해서…….」

「물 사 오는 거 잊지 마.」

고시생은 전화를 툭 끊었다. 이럴 때 보면 매정하기가 한여름 냉동고 같다. 지한테 무슨 불똥 튈까 봐 몸 사리는 거 보면 잔머리의 대가다. 그런데 어떻게 그런 머리로 고시 1차에서 번번이 떨어지는지 불가사의다.

여자 애는 계속 문자를 날리고 있다. 의도적으로 날 무시하는 행동 같다. 감이 온다. 저 애도 내가 별로인 것이다. 첫 만남 때 몇 초 만에 상대를 알아본다고 하지 않는가. 몸에서 분비되는 페로몬에 의해서 상대방이 내 적인가 동지인가 찰나에 판독한다고 고시생이 말해 주었다. 찰나. 고시생은 참 아는 것도 많다. 그런데 사는 데 가장 중요한 돈벌이에는 무능력한 걸 보면 뭐라고 해야 되나.

지누 새끼는 고시생이 없는 데서 그를 우리가 절대 닮아서는 안 되는 꼰대 1순위라고 했지만, 글쎄 과연 그럴까. 내가 글쎄,라고 말하자 지누가 야, 새꺄, 그럼 서른 넘어서까지 독서실 총무 하고 있을래? 하고 내 머리를 내리쳤다. 지누한테 말은 안 했지만 지금도 잘 모르겠다.

문자 날리는 걸 내가 계속 쳐다보자 여자 애는 휴대폰을 접고 배시시 웃는다. 미안하긴 한 모양이다. 나보다 한 살 많다고 했나. 이름을 못 써서 초등학교를 1년 늦게 들어갔다고 했다. 미련한 계집애. 여자 애는 학교를 다니지 않는 내가 하루를 어떻게 보내는지 이것저것 물었다. 학교생활은 따분하고 재미없고 하품이 나온다고 지껄였다. 그건 나도 아는 사실이다. 아니면 왜 내가 학교를 그만 두었겠는가. 여자 애가 불평하지 않아도 우리나라 학교가 그게 학 교냐. 여관이지. 0교시부터 '야자' 때까지 자는 애들을 보면 여관이 따로 없다. 숙박비를 안 내는 건 좋은데 엉덩이가 좆나게 아프다. 검시만 붙으면 대학도 갈 수 있는데 뭐 하러 그 따분한 곳으로 돌 아가냐. 여자 애는 머뭇거리며 내게 말한다.

「가봐야 될 거 같아요.」

문자 날리다가 어디서 건수 잡은 얼굴이다. 그럼 그렇지. 이번에 도 지누 새끼에게 졌다. 인정하자. 패배를 인정해야만 다른 기회 가 온다. 그러나 속으로는 아쉬움이 남는다. 아직까지 난 한 장도 찍지 못했는데. 지금이라도 한번 말해 볼까. 혹 여자 애가 싫어하 지 않을까.

「서원아 가게? 진우는 안 보이네.」

아저씨가 매점 창에서 고개를 빠끔 내밀고 묻는다. 겨우 안도하 는 저 표정이라니. 쉴 새 없이 눈알을 굴려 대는 꼴이 우습기도 하 지만 딱하기도 하다. 얼마 전에 아저씨는 내 또래 아이들에게 술을 팔았다가 일주일 영업 정지를 먹기도 했다. 마음이 약한 건지 돈에 약한 건지 술은 팔지만 언제나 불안한 얼굴이다. 그러나 정작 매점 이 문을 닫자 아쉬운 쪽은 우리였다. 일주일간 고시생과 우리는 삭

막한 독서실 옥상에서 술을 쪼갰다. 그날 밤하늘의 희부연한 매연 속에서 별은 안타깝게 깜박였다.

별을 보며 뜬금없이 고시생은 우리들보고 스끼다시 인생들 같지 않냐고 시시덕거렸다. 스끼다시가 무언가. 있으면 좋고 없으면 말고의 음식이 아닌가. 그러니까 들러리 음식이 스끼다시 아니냐. 그 말에 펄펄 뛰며 화를 낸 것은 내가 아니라 지누 새끼였다. 에이, 씨발. 술 맛 떨어지게. 형은 몰라도 쟤와 난 이제 열일곱이에요. 앞날이 창창한 애들한테 스끼다시가 뭐예요, 스끼다시가. 쳇. 고시생은 지누의 말을 듣지 못했는지 별을 향해 소주잔을 흔들었다.

지누 새끼는 어떨지 몰라도 난 좀 마음이 쓸쓸했다. 스끼다시 내 인생. 갑자기 가슴속으로 찬 바람이 부는 게 꼭 옥상에 있다고 그런 건 아니었다. 그나마 개 같은 인생이 아니어서 다행 아닌가.

독서실을 향해 뛰느라 숨이 턱까지 차올랐다. 앞으로 맨 가방이 덜렁거렸다. 고시생 말대로 오다가 편의점에서 물 한 병을 샀다. 엄마는 총무실 의자에 앉아 저녁 뉴스를 보고 있었다. 오늘따라 장사가 빨리 끝났는지, 아니면 문을 닫고 왔는지 모르겠다. 엄마는 가끔씩 예고도 없이 독서실을 방문한다. 아들을 믿지 않다니 치사하다고 누누이 얘기해도 들은 척도 않는다. 엄마는 아들이 궁금해 찾아오지도 못하느냐고 물었다. 하긴 그렇게 말하는데야 할 말이 없다.

1년 전 중3 때 3일을 학교에 나가지 않은 적이 있었다. 엄마 가게로 담임이 전화를 했을 때 엄마는 모든 사실을 알았다. PC방에서 하루 종일 있다가 집으로 들어왔을 때 엄마는 베란다에 쭈그려 앉아 담배를 피우고 있었다. 아버지가 죽은 날 병원 뒤뜰에서 피우던 모습 이후로 처음이었다. 엄마는 손짓으로 나를 불렀다. 엄마가 불을 붙여 내게 내밀었다. 얼떨결에 받아 들었지만 감이 안 좋았다.

엄마와 난 어깨를 나란히 하고 앉아 담배를 피웠다. 엄마도 참 특이한 사람이다. 머리에 피도 안 마른 아들 녀석에게 담배를 피우라고 주다니. 내가 담배를 다 태우자 엄마가 입을 열었다. 선생님한테 전화 왔다. 분위기가 수상하다는 것은 눈치 챘지만 꼰대가 기습을 하다니. 니기미. 꼰대한테는 시골 친척 집으로 현장 학습 간다고 얘기했는데 속지 않은 모양이었다. 비겁하게 엄마에게 전화해서 확인을 하다니 말이다.

내가 독서실로 들어서자 엄마가 총무실에서 나왔다. 고시생은 어디로 튀었는지 보이지 않았다. 엄마를 보고 어딘가로 꽁지를 뺐을 것이다. 내 자리로 돌아가 청재킷을 벗는데 엄마가 따라왔다. 책상에 붉은 보자기로 싼 찬합이 놓여 있다. 엄마가 아무 소리 안하고 끈을 풀었다. 김밥이 들어 있었다.

먹고 싶지 않았지만 나는 꾸역꾸역 김밥을 삼켰다. 엄마를 위해 김밥을 먹어 주는 것이 속 편하다. 분식집에 가면 살 수 있는 걸 굳이 만들어서 가져와야 엄마 속이 편한 것처럼 말이다. 시간이 시간인 만큼 엎드려 자고 있는 아이들도 꽤 되었다. 엄마는 다른 아이들에게 방해되지 않도록 목소리를 낮춰 소곤거렸다. 시험이 얼마 안 남았네. 엄마는 언제나 돌려 말한다. 엄마가 이렇게 말하는 건 공부에 좀 신경 쓰라는 거다. 나는 김밥을 집어 먹으며 고개를 끄덕였다.

엄마는 구식은 아니다. 아들과 맞담배를 피울 정도면 말 다했다. 지금은 비록 꽃 가게를 하고 있지만 엄마는 한때 소설가가 되고 싶었다고 한다. 소설가가 뭐냐. 분명 따분한 직업일 게 뻔하다. 지누 엄마처럼 잔소리가 심하다면 엄마는 소설가도 못 됐으면서 왜 만날 공부하라고 난리야? 하고 큰소리치며 다녔을 텐데. 우리 엄마는 지누 엄마와 다르다. 은근히 내게 죄의식을 느끼게 한다. 분명 단수가 보통이 아니다. 엄마는 대한민국 아줌마들이 열광하는 드라마도 잘 보지 않는다. 아버지를 만나지 않았더라면 엄마는 지금쯤 글을 쓰며 살고 있을지도 모른다. 그런 엄마에게 나 같은 아들이 있다는 건 불운이다. 난 사실 드라마를 좋아한다.

「엄마 가셨냐?」

고시생이다. 고시생은 손을 뻗어 김밥을 집어 먹는다. 엄마가 가는 걸 자기도 보았을 거면서 굳이 묻는다. 고시생은 엄마를 불편해한다. 엄마가 독서실에 나타나면 자기가 더 안절부절 똥 마려운 강아지 꼴이다. 고시생의 표현을 빌리면 왠지 엄마를 보면 죄의식이 느껴진단다. 나를 감시하고 감독해야 할 자신의 본분이 갑자기 확 떠오른다고 했다. 사실인데 뭘 그렇게 돌려 말하는지 모르겠다.

총무실에 있는 '섹비디오'를 같이 보고 컴퓨터 안에 숨겨 둔 최신 '야동'들을 보여 준 것도 고시생이다. 그런 날이면 우리는 형제들처럼 사이좋게 총무실에서 라면을 끓여 먹었다. 비 오는 밤이면 졸고 있는 우리들에게 다가와 술 먹자고 부추기는 것도 고시생이다. 고시생은 생수 병 뚜껑을 비튼다. 너, 싸돌아다닌다고 한 방 먹었지. 고시생이 내 어깨를 툭툭 친다. 형, 뭐 재밌는 테이프 없어요? 흠, 맨입으로는 안 되지. 이따 지누 오면 같이 보자.

고시생은 주머니를 뒤져 이쑤시개를 꺼내 질겅거린다. 홍콩 누아르 주인공 같은 포즈지만 벌써 한물이 가도 한참 갔다. 지누도 〈이 투마마〉는 알아도 〈영웅본색〉은 모른다. 나야 고시생과 같이 봐서 알지만 지누는 안 보았을 게 틀림없다. 지누는 고시생이 없는 데서 가끔 말하곤 했다. 우리가 꼰대하고 너무 친한 거 아닐까. 세대 차이가 안 나니까 상관없지만. 에이, 모르겠다. 그러나 지누가 놓치고 있는 게 있다. 고시생은 우리가 미워하는 꼰대가 결코 될 수 없다는 걸 말이다.

꼰대가 되기엔 고시생은 현실 감각이 너무 없다. 철도 들지 않았다. 내가 알기로, 결혼하고 고시생이 가정 경제를 위해 돈을 벌어 본 적은 결코 없다. 독서실 총무로서 번 돈은 담뱃값과 술값과 만화방에서 빌려다 보는 판타지 소설로 거의 다 탕진한다. 가끔 그것도 모자라 나나 지누에게 아쉬운 소리를 한다. 지누도 나도 고시생에게 몇 차례 돈을 뜯긴 적이 있다. 그래 봤자 푼돈이지만.

그의 와이프가 지금처럼 보험 일을 하지 않는다면 문제풀이집 사 보는 일도 힘들 것이다. 그런데 언제나 궁금한 것이 있다. 고시생은 어떻게 아내를 설득해 아직까지 공부하는 척하고 있는 걸까. 그야말로 '척' 말이다. 몇 년씩이나 무능한 남편을 그냥 봐주고 있는 그 여자가 참 대단하다는 생각이다. 그러다 문득 느껴지는 게 있다. 엄마도 그런 게 아닐까. 고시생의 와이프처럼 그냥 날 믿는 게 아닐까. 검시에 붙고 대학 시험에 붙고 사촌 형처럼 인턴 시험에 붙고 그렇게 될 거라고 그냥 믿는 건 아닐까.

그러니까 고시생을 미워할 수가 없다. 술 사 달라고 할 때는 얄밉다가도 같은 배를 탄 자로서 측은함이 느껴진다. 그래 그럴지도 모른다. 스끼다시 인생은 또 다른 스끼다시 인생을 알아보는 법이다. 나는 김밥을 맛있게 집어 먹는 고시생에게 연민을 느낀다. 책상에 올려놓은 휴대폰이 사정을 한다. 부르르. 지누가 문자를 보냈다. 야, 너 어디냐. 아직도 개하고 있는 건 아니지. 난 지금 여자 애 바래다주고 버스 탔다. 한턱 쏴라. 짜샤. ㅋㅋㅋ.

지누의 전리품을 확인했다. 정말 혈압 오른다. 새끼의 카메라폰에는 여자 애와 다정하게 어깨를 두르고 있는 사진이 다섯 장 찍혀 있다. 마지막 한 장이 조금 화끈하다. 지누가 여자 애와 키스하는 모습이다. 어두운 골목에서 찍은 듯 옆얼굴에 그림자가 선명하다. 여자 애와 입 맞추며 휴대폰을 높이 쳐들었을 녀석을 생각하면 열 받는다. 만난 지 세 시간 만에 여자 애와 입을 맞추다니. 짐승 같은 새끼.

난 여자 애와 손을 잡기는커녕 애프터도 없이 헤어졌는데. 지누가 묻는다. 걔 어떻디? 어떻긴 꽝, 폭탄이다. 지누가 느물거리며 웃는 게 더 속이 끓어오른다. 녀석이 한마디만 하지 않았어도 내 손이 날아가지 않았다. 그건 너도 마찬가진데, 뭘. 내게 등짝을 얻어맞은 새끼가 구석으로 도망친다.

그나저나 왜 여자 애들은 지누에게 정신을 못 차리는 걸까. 녀석의 표현을 빌리면 떡 벌어진 어깨, 우수 어린 눈동자, 저음의 목소리, 깔끔한 매너, 마지막은 근육질의 몸이다. 그러나 내 짐작이지만 녀석의 근육질 몸을 본 여자 애들은 절대 없을 것이다. 나나 녀석이나 아직 시퍼런 총각무다. 새끼는 수도 없이 따먹었다고 뻥치지만 글쎄 미지수다. 빈정거리는 내게 지누는 식식거렸다. 야, 누구처럼 비디오로 찍어 온다. 녀석이 으름장을 놓았지만 코웃음 쳤다.

지누가 진짜 여자 애와 잤다면 카메라폰으로 여자 애들 얼굴을 찍는 일은 하지 않을 것 같다. 내 생각에도 그건 너무 유치해 보인다. 소개팅에 나가서 여자 애하고 빨리 많이 사진을 찍어 오는 사람이 이기는 내기는 솔직히 철부지들이나 하는 짓이다. 내가 만일 진짜 여자하고 잔다면 지누가 좋아하는 놀이는 벌써 그만두었다.

그런데 지누가 아직 카메라폰 미련을 못 버리는 걸 보면 녀석도 생짜다. 새끼도 아직 딸딸이 수준에서 못 벗어났다는 거다.

지누가 비디오로 찍어 온다는 말에도 난 눈 하나 꿈쩍 않는다. 길거리 캐스팅을 노리는 녀석이 함부로 그런 짓을 할 리가 없다. 나중에 정말 인기 스타라도 되면 골치 아파지는 건 제 녀석이다. 비디오가 인터넷에라도 뜨면 누가 제일 손해를 볼까. 그건 굳이 머리 안 굴려 봐도 다 아는 사실이다. 기자 회견을 열고 질질 짜고 싶지 않다면 새끼가 그런 짓을 할 리 없다.

그런데 지누는 정말 모르는 걸까. 이제까지 섹비디오를 찍었던 남자들은 하나도 울지 않았다는 사실을 말이다. 오히려 당당하고 떳떳했다. 사람들 앞에서 죄지은 것처럼 울음을 터뜨린 것은 여자들뿐이었다. 맙소사! 지누가 모르는 것 같으니 그 얘기를 꼭 해주어야겠다. 카메라폰에 찍힌 여자 애들을 지누가 무슨 용도로 쓸지는 감이 온다. 딸딸이 칠 때 새끼는 분명 그 얼굴들을 들여다보고 있을 게 뻔하다.

4월에 치른 검시에 둘 다 떨어졌다. 뻔한 결과였다. 지누도 나도 공부를 하지 않았기 때문이다. 사촌 형이 퇴근해서 들어가다가 독서실로 나를 찾아왔다. 옥상에 함께 올라갔을 때 형이 와이셔츠 주머니에서 무언가를 꺼냈다. 10만 원짜리 수표였다. 웬 횡잰가 눈이 번쩍 뜨였다.

사촌 형은 내 머리를 쓰다듬었다. 서원아, 기죽은 거 아니지. 무슨 일이든 끝은 반드시 온다. 헌병 생활할 때 정말 힘들더라. 국방부 시계는 언제 멈추나, 언제 바깥세상으로 나가나. 나중엔 날짜 세는 것도 지겨워. 그럴수록 워커에 물 묻혀 반질거리도록 닦았다. 군복도 날을 세워 칼같이 다림질하고. 머리가 복잡할 때는 다른 데 한눈을 파는 것도 괜찮아. 하루나 이틀쯤 네가 하고 싶은 걸 해봐라. 역시 날 생각해 주는 사람은 사촌 형밖에 없다. 지누나 고시생은 언제나 날 못 뜯어먹어 안달인데. 큰돈이 생기자 갑자기 힘이 난다. 이래서 사람은 돈이 있어야 하는 모양이다. 지갑 속에 10만 원이 들어가자 세상이 달라 보인다. 하늘이 더 맑아 보이고 나무도 싱그럽고 바람도 상쾌하다.

아침부터 책상에 엎드려 한숨 잤다. 독서실은 조용하다. 발소리가 나서 쳐다보니 지누가 휘파람을 불며 들어왔다. 지누는 가방에서 팬츠가 들어 있는 비닐 백을 꺼냈다. 운동하러 나가려는 모양이다. 역시 공부는 안중에도 없다. 지누는 어깨에다 가방을 걸치고 거들먹거린다. 야, 션. 안 갈래? 녀석이 묻는다. 내가 고개를 흔들자 그래, 잘해 봐라, 한다. 지누가 사라지자 독서실이 텅 빈 것 같다. 대여섯 명 나오던 아이들은 검시에 붙거나 다른 독서실로 옮겨 버렸다.

아침에 보니까 고시생이 회원 모집 종이를 현관문에 붙이고 있었다. 이 골목엔 독서실이 세 군데다. 한마디로 독서실 골목이다.

요즘 불황이라 그런지 독서실도 예전 같지 않다고 고시생은 구시렁거린다. 고시생은 이 골목에서만 5년을 보냈다고 한다. 5년 전에는 독서실도 빈자리가 없을 정도로 잘되었다고 했다. 그러나 고시생의 그 말을 지누도, 나도 믿지 않는다. 이유는 하나다. 우리가 보지 않았기 때문이다. 그리고 고시생을 겪어 보니 뻥치는 것도 꼰대들만큼 만만찮다. 우리가 고시생을 꼰대라고 여기는 '유일한' 순간이다. 고시생이 대학 다닐 때 올 장학금으로 공부했다고 하는 말도 우리는 믿지 않는다. 그것도 우리가 보지 않았기 때문이다.

인터넷만 들어가 봐라. 모든 걸 다 보여 주는 세상이다. 여자의 엉덩이부터 음부 속, G 스폿까지 다 보여 준다. 고시생이 잘 보는 '야동'을 보면 여자가 사정하는 모습이 나온다. 마치 물총새가 물을 쏘는 것처럼 찍 하고 애액이 나가는데 그걸 보던 지누와 난 입을 딱 벌렸다. 그날 우리는 처음 알았다. 여자도 우리처럼 사정한다는 것을 말이다.

우리가 세상을 배우는 곳은 인터넷이다. 지누와 나는 당당하게 말할 수 있다. 우리는 세상을 인터넷으로 배웠다. 학교도 아니고 꼰대들의 말씀도 아닌 것이다. 인터넷은 지누와 나의 거룩한 교실이요, 예배당이다. 물론 인정한다. 때로 인터넷이 과장되고 왜곡되고 비틀려 있는 게 많다는 걸 말이다. 그렇다면 나도 할 말은 있다. 세상엔 음지가 없는가. 어른들은 거짓말을 하지 않는가. 인터넷도 그런 것이다. 양지도 있고 음지도 있다. 세상에 선과 악이 어디 있는가. 사람이 선과 악을 만들 뿐이다.

그러고 보니 갑자기 헷갈린다. 이 말은 내가 생각한 말인가. 고시생이 해준 말인가. 그럼 고시생이 갖고 있는 생각도 그가 생각해 낸 것인가. 다른 사람의 말을 갖고 온 것인가. 그럼 그 다른 사람의 생각은 그의 생각인가. 아니면 또 다른 다른 사람의 생각을 가지고 온 것인가. 아이고, 골치 아프다. 고시생 말마따나 지금 세상에 자기 생각만으로 사고하는 사람들이 몇이나 있겠는가. 책에서 본 글들, 고매한 교수들이 지껄인 학설, 뉴스만 틀면 나오는 새로운 정보들이 마치 내 생각처럼 주입되고 분석되어 사고로 전환된다.

고시생은 우리에게 말했다. 그래서 고달픈 거야. 요즘 사람들이 왜 고달픈지 아냐? 정보는 쏟아지지, 익사당하지 않으려면 매일매일 허우적대며 살아야 하거든. 기계가 모든 걸 다 해주는 대신 머릿속은 전쟁이 났지. 많이 안다고 꼭 좋은 것은 아니다. 쓸데없는 헛똑똑이들도 많이 나오고. 눈치 없는 지누가 그 헛똑똑이가 형 아니에요, 했다가 고시생에게 머리를 맞은 건 불행이었다.

고시생은 와이프가 와서 밖에 나가고 없다. 오랜만에 갈비 집에 가서 배에 기름칠한다고 좋아라 나갔다. 나는 주택 골목에 시선을 집중시키고 있다. 언제 그 여자가 나타날지 모르기 때문이다. 시험에 떨어져 기분이 꿀꿀했는데 그 여자를 본 것이다. 사촌 형수 같은 눈빛, 풍만한 몸매. 딱 내 이상형이다.

지누 새끼 난리가 났다. 주말에 로데오 거리에 나갔다가 드디어 길거리 캐스팅을 당했다는 것이다. 고시생과 내가 총무실에서 《짱구는 못 말려》를 보며 킬킬거리는데 지누가 뛰어 들어왔다. 한낮 더위 속을 얼마나 달려왔는지 얼굴이 터진 토마토였다.

고시생과 나는 심드렁한 얼굴로 지누를 쳐다보았다. 그리고 만화책 읽기를 계속했다. 지누의 거짓말보다는 짱구의 재롱이 훨씬 더 재미있다. 우리의 무관심에 화가 났는지 지누가 주머니에서 무언가를 꺼내 책상에 턱 놓는다.

「자, 봐. 보란 말이야. 이 명함을.」

그제야 고시생이 명함을 끌어다 본다. 나도 만화책을 덮고 일어난다. 그 보라색 명함엔 검정 글씨로 '뉴 페이스 프로덕션'이라고 적혀 있다. 들어 본 것도 같고 전혀 낯선 이름인 것도 같다. 주소가 서초구 서초동 ○○빌딩 몇 호라고 적혀 있다. 우리가 여전히 시큰둥해하자 지누는 카메라폰을 열고 그새 찍은 사진을 보여 주었다. 프로덕션 인사 담당자라는 남자와 함께 거리에서 찍은 사진이었다. 남자는 감색 양복을 입고 머리에 무스를 발라 깔끔하게 넘기고 있었다. 엉성하다는 느낌은 들지 않았다.

「한 달 뒤에 카메라 테스트가 있다고 그때까지 몸 만들래. 그리고 일주일에 다섯 번 연기 학원에 나가 발성 연습과 연기 수업을 받으라는 거야. 이번에 ○○영화라고 들어 봤지? 그 영화에 고딩 역할을 할 사람이 필요하대. 물론 아직 역할이 주어진 건 아니지만 이제 시작되었다고 보면 돼. 드디어, 드디어 이 지누의 시대가 열리게 되었다는 사실.」

「얌마, 한 달 뒤에 2차 검시 있는 거 몰라?」

「새꺄, 지금 그게 문제냐. 검시는 내년에도 두 번 있고. 그다음 해도 두 번 있고. 뭐가 걱정인데. 근데 캐스팅은 한 번이야. 또 온다고 너 장담할 수 있어?」

「너 집에 얘기했어? 그리고 뉴스도 안 보냐. 이런 걸 빌미로 돈 우려먹는 사람들이 얼마나 많은데 그래. 정말 제대로 된 연예 기획사인지도 확인해야 되고. 또…….」

나와 지누의 말을 듣고 있던 고시생이 한마디 했다.

「얘기했어요. 엄마 아빠는 검시에만 붙는다면 하래요. 어차피 공부엔 뜻이 없는 거 같다고. 어제 아빠가 알아봤는데 코스닥에 등록된 업체래요. 그곳 통해서 스타 된 사람들도 많고요. 엄마는 어디서 주워들었는지 그러던걸요. 스타가 요즘 시대의 영웅이라며? 우리 아들이 영웅이 되면 좋지.」

지누는 의기양양했다. 눈빛도 빛나고 몸 전체가 반짝반짝했다. 기름이 좔 흐르는 게 딴사람 같았다. 한 번도 본 적 없는 자신감까지 넘쳤다. 보기 드문 일이었다. 여자 애들 얘기 말고 녀석이 이렇게 열 올리는 모습을 본 것은 처음이었다. 지누한테 왠지 주눅이 들었다. 나만 그런 게 아닌 모양이었다. 고시생도 천장을 올려다보고 있었다. 지누가 낄낄거렸다. 돈도 많이 들 텐데. 고시생이 걱정스런 말투로 얘기하자 지누가 더 큰 소리로 낄낄거렸다.

하긴 새끼의 웃음을 난 알고 있다. 지누의 아버지는 대기업 이사다. 돈 때문에 아들이 하고 싶어 하는 일을 못하게 하지는 않을 것이다. 그나저나 지누 새끼가 정말 스타가 되면 큰일이다. 나와 놀아 주지도 않을 테니 말이다. 지누는 당분간 자기 모습을 자주 볼 수 없을 거라고 엄살을 부렸다. 운동하고 나서 기획사 근처에 있는 연기 학원에 가봐야 한다는 것이다. 하루가 너무 짧다고 너스레를 떨었다.

녀석은 벌써 스타라도 된 양 스케줄이 어쩌고 시간이 저쩌고 떠들었다. 고시생과 나는 그런 지누를 멀뚱히 쳐다보았다.

「영화에 나가면 션하고 형한테 크게 쏠게요. 가고 싶은 곳이나, 하고 싶은 거 있으면 생각해 두세요.」

새끼는 제 말만 다 하고 우리의 소감은 듣지도 않고 튀어 나갔다. 엄청 바쁜 척이었다. 벌써 지가 스타라도 된 양 착각이 대단하다. 고시생과 나는 만화책을 들고 다시 보기 시작했다. 그림이 눈에 들어오지 않는다. 지누가 나간 뒤 뭔가 공기의 흐름이 달라졌다. 고시생은 무슨 생각에 잠긴 듯 손톱만 물어 뜯고 있다. 살다 보니 별일도 다 있다. 지누가 길거리 캐스팅 어쩌고 할 때는 새끼가 여자 애들 다 따먹었다는 말만큼 썰렁했다. 근데 늘 입에 달고 다니던 그 말이 현실이 되어 나타나다니. 꿈은 이루어진다는 말이 정말 맞는 소리인가.

그러고 보니 지난번 고시생이 스끼다시 인생 어쩌고 했을 때 지누가 화를 버럭 내던 게 떠오른다. 지누는 자기가 스끼다시 인생이라고 결코 생각하지 않는다는 거다. 그럼 나와 고시생만 스끼다시 인생인가. 나는 고시생을 곁눈질로 훔쳐보았다. 귀를 덮은 머리카락, 새끼손톱만큼 커다란 비듬, 길게 자란 손톱, 회색 운동복. 고시생은 머리를 긁적였다. 오늘따라 그 모습이 유난히 불쌍해 보인다. 어쩌면 저 모습은 앞으로 15년 뒤의 내 모습일지도 몰랐다.

지누는 스포트라이트를 받는 스타가 돼서 대종상도 받고 칸에 가서 레드 카펫을 밟을 때 나는 독서실 총무가 되어서 빗자루를 들고 있을지도 모른다. 아이들을 다 내보내고 쓸고 닦고 문을 잠그고 야동을 보고 섹비디오를 보고 딸딸이를 친다. 날 닮아 공부하기 싫어하는 애들과 어울려 새우깡을 집어 먹고 만화책을 보고 있을지도 모른다. 아이들이 그 배우 알아요? 물으면 나는 지누 새끼가 잘하는 것처럼 못 들은 척 딴 짓을 한다. 그러다 잠시 후 몰라, 그런 배우도 있었어? 엉뚱하게 되묻는다.

갑자기 참을 수 없다는 생각이 들어 벌떡 일어섰다. 밖으로 나와 창틀에 턱을 고인다. 휴대폰 멜로디가 울린다. 문자가 들어왔다. 저, 아시죠? 그때 그. 지금 공원에 있으니 잠깐 나올래여? 아니, 이게 누구야. 그 빨대 아니냐. 황새가 안 되면 참새라도 만나야 할 형편인가 보다. 그나저나 얘는 왜 날 보자고 하는 걸까. 혹시 내게 마음이 있는 건가. 고개를 갸우뚱거리며 공원을 향해 달린다.

「저기, 잘 있었어요?」

「예, 그쪽도요?」

우리는 정중하게 인사를 한다. 오랜만에 만나는 사람처럼 깍듯이 고개까지 숙인다. 여자 애는 불러 놓고 뜸을 들인다. 행동도 다소곳하다. 휴대폰을 꺼내 들고 문자도 날리지 않는다. 술 마시자는 소리도 하지 않는다. 처음 만났을 때 저기, 우리 맥주 마실래요? 하던 때와 사뭇 다르다. 그래도 가슴이 뛰거나 하지 않는다. 눈앞에 사촌 형수가 어른거린다. 독서실 건너편 빌라 3층에 사는 여자다. 내가 독서실로 등교할 때마다 여자는 남편을 배웅하는지 골목에서 손을 흔들고 있다. 흰색 소나타가 꽁지를 깜빡이며 우회전을 한다. 긴 생머리와 검은 단추처럼 까맣고 동그란 눈을 가진 여자다.

나와 몇 번이나 눈이 마주쳤는지 모른다. 여자는 내가 빤히 쳐다보자 당황하며 얼굴을 돌렸다. 얼굴이 붉어지는 것도 몇 번 보았다. 가끔 오후에 여자가 외출을 하는지 원피스를 입고 나올 때도 있다. 통통한 팔과 흰 얼굴. 유난히 가는 발목, 터질 것처럼 출렁이는 가슴. 여자는 언제나 나와 마주치면 비둘기같이 깜짝 놀라 도망친다. 어떤 날에는 꿈속에서 사촌 형수가 내 몸을 친친 감고 있을 때도 있다. 새하얀 팔과 다리로 내 몸을 조이며 혀로 핥는다. 꿈에서 깨면 팬티가 축축하다.

여자 애와 난 벤치에 앉아 나무를 바라본다. 바람이 잎새를 살랑이며 스쳐 지나간다. 딱히 할 말도 떠오르지 않는다. 여자 애가 왜 날 보자고 했을까. 관심도 없다. 내 머릿속에는 사촌 형수의 가슴만 둥둥 떠다닌다. 매점 아저씨가 고개를 내밀고 우리를 보고 있다. 술을 왜 사러 오지 않는지 궁금한 얼굴이다.

「저기, 이런 부탁 해도 돼요?」

여자 애는 파리처럼 두 손을 비빈다. 얘가 갑자기 부담스럽게 왜 이러나. 그래. 좋으면 좋다고 얘기해라. 비록 이루어질 수 없는 비련이지만 충분히 너의 말을 들어주리라. 눈앞에 사촌 형수가 오락가락하면서도 침이 꼴깍 넘어간다. 귀가 여자 애를 향해 크게 열린다. 망설이지 말고 얘기해, 얘기하란 말야.

「진우, 휴대폰 번호 좀 알려 주세요. 아무래도 만나야 할 것 같아요.」

「……?」

눈앞으로 지누 새끼가 트로피를 높이 쳐들며 웃고 있다. 녀석을 향해 플래시가 터지고 있다. 펑펑펑. 까만 턱시도를 입고 검정 나비넥타이를 맨 녀석이 내게 손을 흔든다. 이가 바드득 갈린다. 벤치에서 벌떡 일어나 걸어간다.

여자 애가 날 쫓아온다. 저기요, 장난으로 그러는 거 아니에요. 사실 진우가 내 타입이에요. 여자 애가 쫓아오며 내게 소리친다. 여자 애보다 걸음을 빨리 해 뛰듯이 걷는다. 매점 아저씨가 내게 불을 지른다. 서원아, 오늘은 목 안 축이냐? 아저씨 말을 들은 척도 하지 않고 공원을 빠져나온다. 등 뒤에서 여자 애가 내게 소리를 지른다. 왜 내 말을 씹는 거야?

엄마가 웬일인지 모르겠다. 집에 들러 드라마를 보고 있는데 엄마가 나가자고 한다. 초복 보양식을 먹어야 한단다. 지금 한창 클라이맥스를 향해 가고 있는데 짱난다. 다리에 감고 있던 쿠션을 엄마가 빼앗아 간다. 투덜거리며 엄마를 따라나선다. 음식점이 즐비한 골목에서 엄마는 태평양횟집으로 날 데려간다. 일요일이라 그런지 사람들이 엄청나게 많다. 신발이 태평양의 물고기들만큼 흩어져 있다.

종업원이 메뉴 판을 주고 바삐 사라진다. 눈이 휘둥그러지게 비싸다. 나가서 냉면 한 그릇 먹자는 내 말에 엄마가 고개를 흔든다. 우리 아들, 요즘 더위 먹었는지 의기소침해진 것 같아서 엄마가 한턱 내는 거야. 많이 먹고 기운 내라고. 엄마들은 모두 다 점성술사의 시녀들이 아닐까. 어떻게 알았을까. 엄마는 아직도 자신의 배꼽에 내 탯줄을 붙이고 있는 사람 같다. 떨어져 나온 지 17년이 지났는데도 모든 걸 감지한다. 드륵드륵 특특특. 부모는 자식에게 끊임없이 모스 부호를 친다. 대꾸가 없는 건 언제나 자식이다.

언젠간 나도 내 자식에게 배꼽의 흔적으로 남을 텐데. 갑자기 배꼽이 가려워서 셔츠를 젖히고 긁는다. 엄마 말이 맞다. 갑자기 모든 의욕이 사라졌다. 검시에도 붙기 싫고 대학도 가기 싫고 앞으로 장가도 가기 싫다. 난 언제나 여자에게 차이고 내가 좋아하는 여자는 딴 남자들에게 손을 흔들고 배웅할 것이다. 미래는 지누 새끼만큼 잘나가지도 않고 구겨지고 초라할 것이다.

처음에 나온 건 전복죽이었다. 종업원이 무릎을 꿇고 그릇을 내려놓는다. 푸르스름한 색깔만큼 맛도 닝닝했다. 엄마는 맛있다며 달게 먹는다. 죽이 비자, 볼에 담긴 샐러드가 나왔다. 양상추와 브로콜리와 방울토마토를 가늘게 채 썰었다. 샐러드에 마요네즈를 치지 않았다고 하자 엄마가, 이건 오리엔탈 드레싱을 뿌린 거야, 한다. 그리고 어묵 장조림이 나왔다. 어묵 모양이 재밌다. 길쭉하고 둥글고 별 모양도 있다. 이어서 고등어구이가 나오고 버터에 볶은 옥수수가 나오고 데친 문어가 나왔다.

미역국이 나오고 새우튀김과 고구마튀김이 접시에 담겨 나왔다. 멍게와 해삼이 썰어져 나오고 굴 무침이 나왔다. 천사채가 무쳐 나오고 시금치 무침과 오징어 회 무침과 오이소박이가 나왔다. 작은 돌솥에 날치 알을 얹은 밥까지 나온다. 슬슬 짜증이 밀려왔다. 아니, 이렇게 스끼다시를 많이 주면 정작 도미 회는 어떻게 먹으라는 소리냐. 엄마도 점점 접시에 담겨 나오는 스끼다시를 반 넘게 남기고 있다.

젓가락으로 깨작이고 있는데 도미 회가 사기 접시에 가득 담겨 나왔다. 이미 배가 불러서 더 먹고 싶지도 않았다. 엄마가 쌈을 싸서 내게 주었다. 억지로 받아먹었지만 속이 더부룩하다. 나는 상

가득 펼쳐져 있는 접시를 바라본다. 난 오늘 새로운 것을 하나 깨달았다. 스끼다시를 먹고 배가 불러도 그것을 먹으러 온 것은 아니다. 엄마와 난 도미 회를 먹으려고 왔다. 스끼다시는 그저 스끼다시일 뿐이다.

지누 새끼만 난리 난 게 아니다. 드디어 고시생도 미쳤다. 아침 먹고 독서실에 가보니 고시생이 총무실 의자에 앉아 문제집을 풀고 있다. 몇 달 만에 처음 보는 모습이다. 전혀 딴사람 같다. 얼굴도 말끔하고 단정하다. 언제나 나를 보면 농담 따먹기부터 하는데 웬일인가. 슥 고개를 돌린다. 형, 뭐 해요? 하고 총무실로 얼굴을 디밀었지만 왔냐? 하곤 그만이다. 더 이상 뭐라고 대꾸를 하지 않는데 멀거니 서 있기도 그렇다. 내 자리에 가방을 던져두고 창가에 붙어 선다. 지누는 연기 학원에 갔고 고시생은 공부를 하고 나는 혼자다. 지누가 없어도 아쉬운 대로 고시생과 놀았는데 이제 그도 배신을 때렸다. 정말 마음잡은 사람처럼 굳은 결의가 보인다.

휴대폰을 들고 들여다본다. 며칠째 문자도 들어오지 않는다. 정말 지누 새끼는 바쁜가 보다. 씹새끼. 같이 놀 때는 언제고 이제 나 몰라라 신경도 쓰지 않다니. 그러게 사람을 믿지 말라는 옛 선현들의 말은 틀린 게 하나도 없다. 지누 새끼를 믿느니 매점 아저씨를 믿겠다. 그래도 연기 학원에 한 번쯤 놀러 오라고 그럴 줄 알았는데 빈말도 없다. 분명 그 학원에 얼굴 이쁘장한 여자 애들이 잔뜩 있을 것이다. 그래도 그렇지 이토록 나를 모른단 말인가. 난 이제 알았다. 지누가 내게 갖고 있는 관심의 깊이를 말이다. 아니면 어떻게 내 취향을 감쪽같이 까먹을 수 있냐.

　빌라 3층의 창문이 열려 있다. 모기장을 걷어 낸다면 방 안이 더 선명하게 보일 것 같다. 아직까지 사촌 형수는 보이지 않는다. 어디 외출이라도 한 것일까. 요 며칠 동안 모래사막 같은 내게 단 하나의 위로는 사촌 형수였다. 지누가 없어도 고시생이 안 놀아 줘도 내겐 그녀가 있다. 뭐 하냐? 고시생이 내 옆으로 다가온다. 담배에 불을 붙이고 기지개를 켠다. 너, 공부 안 하냐. 다음 달에 검시 있다며? 고시생이 밖에다 연기를 날린다.

　한 대 달라고 하려다가 그만둔다. 나는 누구처럼 치사하지 않다. 이제 나도 여기 그만둘란다. 고시원 들어가서 제대로 해보기로 했다. 제대로 해보고 안 되면 때려치우기로 했다. 이제 마누라 볼 염치도 없고. 고시생이 깜짝 놀랄 말을 한다. 얌마, 너도 정신 차려. 지누도 지 하고 싶은 거 하잖아. 사람은 자기가 하고 싶은 일을 하면서 살아야 돼. 그게 중요한 거야.

　옆눈으로 고시생을 꼬나보았다. 언제부터 꼰대 같은 말투로 남에게 설교까지 했나. 마음을 잡으니 이제 꼰대 노릇이 하고 싶어진 건가. 갑자기 고시생이 멀어 보인다. 내가 알던 그 고시생이 아닌 것 같다. 치사하게 내 주머니를 노리고 담배를 훔쳐 가고 술 사 달라고 떼쓰던 그 남자는 어디로 갔나. 주머니를 뒤져 담배를 꺼내

피운다. 고시생이 내 어깨를 두드렸다. 우리 지금은 이렇지만 나중엔 혹 아냐? 고시생이 씩 웃으며 돌아선다.

갑자기 소나기가 쏟아진다. 하늘이 검게 변하더니 투둑, 동전만 한 빗방울이 떨어진다. 빌라 옥상으로 누군가 달려 올라온다. 얇은 원피스를 입은 사촌 형수다. 그녀는 옥상으로 뛰어올라 건조대에 널어놓은 옷을 걷는다. 여자의 원피스는 세찬 비에 금세 젖는다.

커다란 가슴의 굴곡이 그대로 드러나고 다리 사이의 깊은 터널도 보인다. 내 숨이 가빠진다. 손을 뻗으면 그녀에게 가 닿을 것 같다. 그녀의 몽실몽실한 살 냄새가 이곳까지 날아든다. 긴 머리 타래도 젖어 등에 달라붙어 있다. 여인의 향기에 숨이 막힐 것 같다. 미친 듯 뛰는 심장 박동 소리에 얼굴이 달아오른다. 사촌 형수는 옷을 걷어서 팔에 안고 옥상 계단으로 달려간다. 그녀의 가슴이 흔들린다. 내 다리도 흔들린다.

잠시 후 사촌 형수의 모습이 3층 거실에 나타난다. 그녀는 젖은 원피스를 벗고 문으로 사라진다. 둥근 엉덩이가 탐스럽다. 내 볼을 꼬집는다. 맞다. 실제 상황이다. 이건 꿈도 아니고 섹비디오도 아니고 야동도 아니다. 잠시 후 나타난 그녀는 몸에 대형 타월을 두르고 있다. 수건으로 머리를 닦던 그녀는 비 떨어지는 창밖을 잠깐 쳐다본다. 아슴한 눈길이다. 마치 내가 자신을 훔쳐보고 있다는 걸 알고 있기라도 한 얼굴이다. 귓바퀴가 뜨거워지고 가슴이 벌렁거렸다.

갑자기 그녀가 수건을 확 걷어 낸다. 여자가 웃는지 입술이 벌어진다. 커다란 두 개의 젖무덤과 검은 숲이 드러난다. 빗줄기를 사이에 두고 그녀의 눈과 내 눈이 마주친다. 5만 볼트의 전류가 흘러 내 속으로 들어온다. 머리칼이 곤두서고 다리가 휘청인다. 성숙한 여자의 몸은 얼마나 눈부신가. 사촌 형수가 날 향해 손가락을 까닥인다. 어서 오라고 부르는 것 같다. 가슴이 너무 빨리 뛰어 죽을 것만 같다. 다리 사이는 이미 팽창할 대로 팽창해 있다. 건드리기만 하면 그대로 터져 버릴 것 같다. 총무실을 바라본다. 고시생은 책에 고개를 파묻고 있다. 무슨 일이 일어났는지 전혀 모르는 모습이다.

계단을 달음질쳐 내려온다. 빗속을 마구 달린다. 옷 속으로 파고드는 빗방울이 시원하다. 빌라 앞에 서서 잠시 허둥거린다. 문을 밀었지만 검은 대문은 꼼짝도 하지 않는다. 다람쥐처럼 빌라를 빙빙 돈다. 몇 바퀴나 돌았는지 머리가 어지럽다. 고개를 쳐들고 그녀가 있는 3층을 올려다본다. 빗줄기가 얼굴을 때린다. 눈을 뜰 수가 없다. 여전히 창문은 열려 있다. 사촌 형수가 지금 날 부르고 있다.

눈에 도시가스 배관 파이프가 보인다. 한 발 딛고 올라선다. 미끄럽다. 조심조심 몸의 균형을 잡으며 오르기 시작한다. 자칫 미끄러지면 끝장이다. 그러나 지금 내 눈에 보이는 건 사촌 형수의 커다란 가슴과 깊은 터널뿐이다. 조금만. 더 조금만. 고지가 저기다.

가서 깃발을 꽂자. 손이 3층 턱에 닿는다. 야호, 스끼다시 인생 굿
바이다.

개와 늑대의 시간

프랑스 사람들은 해 질 녘을 이렇게 부른다. 개와 늑대의 시간. 땅거미가 내리고 어둑해지면 개인지 늑대인지 더 이상 구분이 되지 않는다. 우리 삶에도 그런 시간들은 언제나 존재한다. 혼돈의 시간이며 박제의 시간이며 라비린토스를 헤매는 미노타우로스의 시간들. 태초의 시간이며 최후의 시간들. 그런 시절은 누구에게나 있다.

1

어린 시절 당신의 삼촌은 말했다. 밤에 함부로 밖에 나가지 마라. 밤에는 머리 긴 혼령들이 나와 마루며 다락을 돌아다닌단다. 당신이 살았던 검은 기와집은 소리를 품은 집이었다. 마룻바닥을 디딜 때, 대문이 열리고 닫힐 때, 다락에 올라설 때 당신 귀에 들리던 비의적인 소리들. 바람이 심하게 부는 어두운 밤을 당신은 특히 무서워했다. 그런 날은 수십 명의 귀신들이 방문 앞으로 몰려와 호

느끼는 것 같았다. 당신은 창호지에 어른거리는 그림자를 바라보며 숨을 삼켜야 했다. 당신의 귀에 옷자락이 스치는 소리와 긴 머리카락이 소용돌이를 일으키는 소리가 들렸다. 당신은 껍데기 속으로 숨는 소라게처럼 이불 속으로 파고들었다. 오줌을 지리기도 했고 속옷이 젖을 정도로 차가운 땀을 흘리기도 했다. 어린 당신은 그런 날 삼촌이 미워졌다. 당신에게 머리 푼 귀신 얘기를 해준 사람은 삼촌이었다. 삼촌은 일곱 살 당신에게 말했다. 우리나라 옆에 일본이라는 나라가 있는데 그곳엔 지금도 왕이 산단다. 이 왕이 죽을 때가 가까워 오면 어디선가 수많은 귀신들이 몰려와 숨이 끊어질 때까지 운다는 거야. 긴 머리카락을 풀어헤치고 희디흰 얼굴을 숙인 채 말이야. 파르스름한 입술에선 휘파람처럼 울음소리가 새어 나오지. 그런 날은 밤새도록 비가 내리고 바람이 분다는 거야. 삼촌은 당신의 귀를 만지작거렸다.

그 뒤부터 바람이 불고 비가 내리는 밤이면 어린 당신은 이불 속으로 파고들었다. 일본이라는 나라에서 왕이 죽어 가고 있겠구나. 왕이 죽으면 누가 제일 슬플까 생각했다. 밖에서 울부짖는 귀신들의 소리는 당신에게 무섭증을 일으켰다. 당신은 일본 왕이 안 죽어도 좋으니 바람이 멈추기를 바랐다.

별이 죽은 사람들의 눈동자라고 얘기해 준 것도 삼촌이었다. 토방에 앉아 어린 당신을 무릎에 앉힌 삼촌은 손가락으로 별을 가리켰다. 사람이 죽으면 영혼은 하늘로 사라지지. 그러나 모든 사람들이 다 사라지는 것은 아냐. 어떤 사람들은 자신이 살았던 행복했던 땅을 오래도록 바라보고 싶어 하지. 바로 그 사람들의 눈동자가 별이 되어 우리를 굽어보고 있는 거야. 네가 나쁜 짓을 하면 누군가가 널 쳐다보고 있다는 것을 명심하렴. 어린 당신은 삼촌이 말한 죽음이라는 것이 무언지 알지 못했다. 영혼이라는 말도 알 수 없었다. 단지 당신이 어른들의 지갑에서 동전을 훔쳐 낸 것을 저 별들이 다 보았겠구나 생각하자 귀뿌리가 달아올랐다. 어린 당신은 별도 졸리면 분명 잠이 들 거라고 생각했다. 앞으론 별이 잠들었을 때 동전을 꺼내야겠다고 다짐했을 것이다. 하지만 별이 언제 잠드는지 당신은 결코 알지 못했다.

2

당신은 어스름에 차를 몰고 국도를 달리고 있다. 당신은 해 질 녘을 좋아한다. 마치 생의 한때처럼 짧은 일몰이 지면 순식간에 밤이 찾아온다. 당신이 밤을 무서워했던 날들은 사라지고 잊혀졌다. 당신은 이제 서른네 살이다. 청바지를 좋아하고 페르시안 블루 셔츠를 좋아하고 짐 자무시를 좋아하고 데이비드 랜즈의 피아노 연주를 좋아한다. 그 외에 당신이 좋아하는 것은 더 있다. 갓 뽑아낸 커피를 좋아하고 종이 냄새를 좋아하고 혼자 있는 걸 좋아한다. 당신의 키는 1미터 75센티미터가 조금 넘고 머리카락은 약간 곱슬이다. 당신은 아침이면 턱에 셰이브 크림 거품을 묻히고 질레트 면도

날로 천천히 털을 깎았다. 하루라도 면도를 하지 않으면 당신의 턱
과 입술 옆은 수염으로 뒤덮였다. 당신의 털은 빳빳하고 거칠었다.
털이 자라지 않는다면 얼마나 편할까, 자주 당신은 생각했다.

두 달 전에 당신은 사귀던 여자와 헤어졌다. 당신을 사랑했고 한
때 당신의 아이까지 가졌던 여자는 고개를 저으며 떠나갔다. 수원
시립 교향악단에서 첼로를 켜는 여자였다. 음악을 하는 여자치고
드물게 까다롭지 않은 여자였다. 당신의 생일날 여자는 집에 들러
손이 많이 가는 음식을 만들곤 했다. 잡채나 구절판이나 개성만두
같은 것들이었다.

둘 다 좋아해서 여자가 곧잘 만들던 음식은 구절판이었다. 여자
는 밀전병 대신에 새콤달콤하게 재워 놓은 무로 쌈을 만들었다. 쇠
고기, 당근, 오이, 석이, 표고, 죽순을 가늘게 채 썰어 뜨겁게 달군
프라이팬에 재빨리 볶아 냈다. 달걀 흰자와 노른자로 지단을 부쳐
서 채 썰었다. 여자는 말했다. 옛날 사람들이 구절판을 먹었던 것
은 서로 뜻이 다른 사람들과 화합하기 위해서라고. 그 말을 하는
여자의 눈은 조금 슬퍼 보였다. 당신은 음식을 만들 때의 여자 얼
굴을 잊지 못한다. 꼭 활을 쥐고 첼로를 연주할 때 짓던 표정과 비
슷했다. 언젠가 시립 교향악단 정기 연주회가 있을 때 당신은 여자
에게 알리지 않고 찾아간 적이 있었다. 악단의 뒷줄에 앉아 있던
여자는 눈을 감은 채 현을 켜고 있었다. 입술을 꼭 다물고 두 눈을
질끈 감은 여자는 고집스러워 보였다. 그 얼굴은 당신이 늘 보던

여자의 표정과 다른 데가 있었다.

　식탁에 마주 앉아 와인을 마시며 쌈을 싸서 먹었다. 여자는 초간장에, 당신은 겨자즙에 찍어 먹는 것을 좋아했다. 구절판에 곁들인 와인 때문에 요리는 퓨전 스타일이었다. 요리사인 부친의 손맛을 여자도 갖고 있었다. 요리를 좋아하는 여자지만 설거지는 질색을 했다. 식탁을 치우고 접시를 닦는 것은 언제나 당신 몫이었다. 여자가 꼭 손이 많이 가는 음식만 좋아하는 것은 아니었다. 당신과 함께 동대문 좁은 골목을 걸어 올라가 뜨거운 팬에 볶아 주는 곱창 볶음도 곧잘 먹었다. 종로 악기점에 들렀다가 길에 서서 먹던 어묵이나 김밥 따위도 좋아하던 여자였다.

　그러나 여자가 결코 이해할 수 없던 것이 있었다. 당신이 혼자 여행을 가거나 방에 틀어박히거나 휴대폰을 꺼놓고 주말을 보내거나 하는 따위였다. 연인이라면 주말을 같이 보내야 한다고 여자는 말했다. 여행도 반드시 같이 가야 되고 혼자 방에 틀어박혀 있는 건 참을 수 없다고 했다. 연인들은 서로의 모든 것을 나누는 사이라고 여자는 생각했다. 그것이 아니라면 두 사람은 연인이 아니었다. 당신은 여자를 사랑했지만 여자의 생각엔 동의하지 못했다. 모든 관계엔 거리가 있어야 했다. 여자를 더 사랑하기 위해 당신은 혼자 지내는 시간이 필요했다. 그러나 여자는 당신의 생각을 받아들이지 않았다. 여자는 첼로 줄이 끊어진 것 같은 절망적인 표정을 지으며 당신을 떠나갔다. 여자와 당신은 구절판의 의미처럼 되지 못했다.

　당신은 차를 몰고 강의를 끝낸 대학에서 돌아오는 중이었다. 당신은 아직 시간 강사였다. 전임이 되는 것이 당신의 다음 목표였다. 그러나 시간 강사 3년 만에 당신은 심각한 고민에 빠졌다. 뛰고 있는 세 군데 대학에서 전임이 될 가능성은 제로였다. 재단이 원하는 돈을 갖다줄 형편도 아니고 줄이 있는 것도 아니었다. 당신은 가라앉은 눈으로 헤드라이트가 비추는 도로를 바라보았다. 시간이 늦어서인지 차는 거의 보이지 않았다. 국도의 밤은 조용했다. 11월이었다. 벼를 베어 낸 논바닥 사이로 찬 바람이 불어 갔다. 당신은 이제 바람이 귀신들의 울음소리라고 생각하지 않는다. 바람은 바람이고 이별은 이별일 뿐이었다. '물은 물이고 산은 산이다'라고 했던 성철 스님의 말이 떠올랐다. 모든 것은 본래 그 자리의 본질일 뿐이다. 바람은 바람이고 이별은 이별이다. 이제 그녀를 잊어야 한다. 당신은 문득 중얼거렸다.

　누군가 국도 옆에 서 있었다. 긴 외투 자락이 바람에 펄럭였다. 당신은 차의 속도를 떨어뜨렸다. 바퀴 달린 커다란 여행 가방을 든 여자였다. 차가 멈추자 여자가 고개를 들었다. 여자의 눈이 어둠 속에서 가스등처럼 흐릿했다. 여자는 붉은 외투를 입고 있다. 목에 감은 머플러가 펄럭거렸다. 밤바람이 여자의 검은 머리카락을 휘감아 솟구치게 했다. 여자의 머리칼이 소용돌이를 일으켰다. 여자가 손가락으로 얼굴에 들러붙은 머리카락을 떼어 냈다. 설마 내려서 가방을 받아 주기를 기다리는 건 아니겠지, 하는 생각마저 들었다. 당신은 유리창을 내리고 여자에게 물었다.

「어디로 가세요?」

여자가 뭐라고 웅얼거렸는데 들리지 않았다. 여자가 걸어와 차문을 열었다. 찬 바람이 쿨렁, 당신의 등으로 스며들었다. 여자는 뒷좌석에 가방을 내려놓았다. 서울까지는 두 시간가량 달려가야 했다. 말벗이라도 되려면 조수석에 앉는 게 나을 것 같았다.

「앞에 앉으세요.」

여자가 미끄러지듯 조수석으로 들어왔다. 왠지 부피가 느껴지지 않는 몸이었다. 안전벨트를 매는 것을 보고 나서 액셀을 밟았다. 3년 동안 이 국도를 다녔지만 누군가를 태우기는 처음이었다. 손을 흔드는 사람들은 가끔 있었지만 차를 세우지는 않았다. 자동차 안이야말로 가장 사적인 공간이었다. 낯선 사람과 앉아 그 존재감을 느끼고 싶지 않았다.

여자는 말이 없었다. 몸을 꼿꼿이 세운 채 앞을 보고 있었다. 역시 불편했다. 여자를 태운 것을 당신은 후회하고 있었다. 그러나 당신은 그냥 지나치지 못했다. 이유를 생각해 보려고 했지만 알 수 없었다. 살다 보면 알 수 없는 일도 생기는 법이다. 그리고 설명될 수 없는 일도 일어나는 것이다. 그 밤이 꼭 그랬다. 여자가 타자, 공기의 밀도가 얼어붙는 것이 느껴졌다. 당신은 콘솔 박스를 뒤져 테이프를 찾아 넣었다. 랜즈가 연주하는 피아노 소리가 흘러나왔다. 침

묵이 조금 견딜 만했다. 당신은 잠자코 자동차가 달려가는 앞만 지
켜보고 있었다. 여자는 추운지 몸을 떨었다. 당신은 히터의 온도를
높였다. 자동차는 달려갔다. 국도의 잎이 져 버린 황량한 길을.

3

　당신은 나중에 알았다. 삼촌이 다니던 학교에서 왜 쫓겨났는지,
소읍에서 버스를 타고 30분을 들어와야 하는 당신의 집으로 왔는
지를. 삼촌은 도시 중학교에서 역사를 가르쳤다. 사범대를 졸업하
고 첫 발령지였다. 키가 크고 얼굴이 희었던 삼촌은 권위적인 사람
이 아니었다. 매도 들지 않았고 화도 잘 내지 않았다. 말소리도 조
용했고 웃음소리도 크지 않았다. 검은 속눈썹이 눈동자에 짙은 그
늘을 만들었다. 삼촌의 역사 시간은 인기가 있었다. 아이들은 수업
시간을 기다렸다. 틈틈이 들려주는 얘기들 때문이었다. 교과서에
실리지 않는 야사들을 아이들은 재미있어 했다.
　삼촌은 바깥나들이를 하지 않았다. 어린 당신과 놀아 주거나 방
에 앉아 책을 읽었다. 우체부가 올 시간에는 방문을 밀고 내다보았
다. 토방에 앉아 있거나 마당을 서성이기도 했다. 삼촌은 무언가를
기다리는 눈치였다. 우체부가 그냥 스쳐 가는 날은 삼촌의 눈자위
가 붉어졌다. 당신이 쳐다보면 삼촌은 마당의 목련나무 쪽으로 고
개를 돌렸다. 어린 당신은 우체부가 원망스러웠다. 삼촌이 밥을 제
대로 먹지 못하는 것이 우체부 탓인 것 같았다. 부쩍 말수가 줄어

든 이유도 분명 우체부와 관련 있어 보였다. 바람이 심하게 불던 어느 새벽이었다. 옥수숫대가 부러지는 소리에 당신은 눈을 떴다. 무섬증이 들었지만 당신은 방문을 살짝 밀었다. 옥수수 밭은 뒤꼍에 있었다. 흰색 와이셔츠를 풀어헤친 삼촌이 밭에서 너울너울 춤을 추고 있었다. 삼촌이 몸을 솟구칠 때마다 옥수숫대가 후드득 무너졌다. 삼촌은 새를 쫓는 허수아비 같았고 바람에 펄럭이는 돛배 같았고 하늘을 타고 오르는 연 같았다. 삼촌의 얼굴에서 땀이 흘러내렸다. 삼촌은 무릎을 꿇고 엎어지듯 옥수수 밭에 주저앉았다. 그리고 얼굴을 땅에 문질러 댔다. 검은 하늘에 금화 같은 달이 던져져 있었다.

 어느 날 삼촌은 짐을 꾸렸다. 삼촌은 먼 항구 도시로 떠난다고 했다. 아무도 모르는 곳에 가서 지내고 싶다고 했다. 이렇게 지내다가는 숨이 막혀 죽을 것 같다고 삼촌은 말했다. 4월이었다. 집 앞마당에 목련이 영글고 있었다. 삼촌은 당신에게 목련은 나무의 연꽃이라고 말했다. 삼촌은 힘없는 목소리로 당신을 불렀다.

「내가 떠난 다음에 혹 내 앞으로 편지가 오거든 이 나무 밑에 묻어 줄래? 종이는 금세 썩어 거름이 될 것이다. 지금 내 속에 있는 것들은 썩지 않아서 괴롭구나. 내년 봄에도 목련은 무사하겠지.」

 삼촌은 비틀거리며 토방에 주저앉았다. 섬돌 위에는 삼촌이 신었던 검정 구두가 윤기를 잃은 채 놓여 있었다. 이곳에 내려와서 한 번도 신지 않았던 구두였다. 도시의 중학교로 출근할 때 신던 구두였다. 삼촌은 구두를 벗어 두고 떠났다. 삼촌을 실은 버스가 출발했다. 당신은 삼촌을 따라가겠다며 몸부림을 쳤다. 아무리 울면서 바동거려도 어머니의 완강한 팔은 당신을 놓지 않았다. 당신은 삼촌을 소리쳐 불렀다. 이제부터 삼촌 대신 우체부 아저씨를 기다리겠다고 꼭 말하고 싶었다. 버스는 점점 멀어져 갔다. 당신은 손으로 눈을 훔쳤다. 눈물이 나는 건 먼지 때문이라고 어린 당신은 생각했다. 내년이면 학교에 들어가는 당신은 오줌을 지리지 않기로, 동전을 훔치지 않기로, 울지 않기로 약속을 했던 것이다. 당신은 먼지는 나쁜 놈이라고 욕을 했다.

삼촌이 항구 도시로 떠난 다음 날 어머니는 마당에서 삼촌의 구두를 태웠다. 흰 연기가 목련나무 가지를 타고 올라갔다. 사이즈가 유난히 컸던 그 구두를 신을 수 있는 사람은 아무도 없었다. 아버지가 말렸지만 어머니는 듣지 않았다. 구두를 태우면서 어머니는 눈물을 닦았다. 모자란 놈. 바보 같은 놈. 그러게 왜 남의 여자를 좋아해서. 어머니의 눈에도 먼지가 들어간 모양이라고 당신은 생각했다. 그렇지 않고서야 어른이 울 리가 없기 때문이다. 삼촌과의 약속을 지키기 위해 당신은 우체부를 기다렸다. 그러나 우체부는 당신의 집을 그냥 스쳐 지나갔다. 당신은 목련나무 아래에 편지를 묻을 수 없었다.

어느 오후, 낮잠에서 깬 당신의 귀로 어머니의 목소리가 파고들었다. 그 여자가 교장하고 갈라설 테니까 조금만 기다려 달라고 그랬대요. 노처녀 미술 선생인데 상처한 교장이 먼저 프러포즈를 했다나 봐요. 그 여자가 뒤늦게 사람을 만날 줄 알았으면 청혼을 받아들이지 않았을 거라며 연호를 붙잡고 그렇게 울었대요. 그 여자가 계속 학교에 나오지 않았더라면 연호와 만나지도 않았을 텐데. 도대체 왜 이런 일이 우리 연호에게 생긴 건지. 그 여자가 우리 연호의 앞날을 망쳤어요. 생때같은 내 동생……. 수화기를 든 어머니가 흐느꼈다. 당신은 그 울음소리를 들으며 며칠 전 삼촌이 목련 나무 앞에서 했던 말을 떠올렸다.

'지금 내 속에 있는 것들은 썩지 않아서 괴롭구나.'

삼촌은 다시 돌아오지 않았다. 그는 항구 도시에서 살았다. 평생 결혼도 하지 않았다. 어머니 말에 의하면, 그의 흰 피부는 거무스름해지고 턱에는 빳빳한 털이 자라났고 언제나 검은 장화를 신고 다닌다고 했다. 앉은자리에서 막걸리를 사발로 마셨고 목소리도 커지고 웃음소리도 호탕해졌다. 삼촌은 책도 읽지 않았고 영화도 보지 않았으며 집에 그 흔한 텔레비전도 없었다. 삼촌은 그곳 바닷가에서 새우 잡는 김 씨로 살아갔다. 삼촌은 모든 인연을 끊어 버렸다.

4

양평을 지나 서울로 들어올 때까지 당신과 여자는 별다른 말을 하지 않았다. 여자는 잠깐 눈을 붙였다가 일어나서는 깊은 생각에 빠진 듯 앉아 있었다. 처음의 서먹하던 느낌은 덜했지만 혼자 있을 때보다 편하지는 않았다. 당신은 음악이 끝나면 콘솔 박스에서 다른 테이프를 찾아 넣었다. 음악은 침묵을 견디게 하는 힘이 있다. 가까운 전철역 앞에 여자를 내려 주면 될 것이다. 차가 올림픽 대로로 들어섰다. 강물에 불빛이 붉은 머리타래처럼 흔들리고 있었다. 여자는 오른쪽으로 고개를 돌려 강물을 보고 있었다.

「전철역 앞에 내려 주면 되겠어요?」

당신이 여자에게 물었다. 강물을 보고 있던 여자의 고개가 천천히 돌아왔다. 여자의 눈이 베어 낸 생선 아가미처럼 붉었다. 당신은 놀라 숨을 멈췄다.

「갈 데가 없어요.」

「……?」

당신은 어처구니가 없었다. 여자는 외투 주머니에서 휴지를 꺼내 코를 풀었다. 당신은 난감했다. 두 시간이 넘는 거리를 함께 타고 온 여자가 갈 곳이 없는 사람이었다니. 여자가 고개를 숙이고 휴지를 만지작거렸다.

「갈 곳이 없다고 했는데도 타라고 해서…….」

당신은 처음에 여자가 농담하는 줄 알았다. 그러나 여자의 표정과 말투는 진지했다. 당신은 흘끗 시계를 보았다. 8시가 막 지나고 있었다. 이걸 어쩐다. 당신의 머릿속은 복잡해졌다. 당신이 어떻게 해야 할지 망설이는데 여자가 말했다.

「오늘만 재워 주세요.」

참 난처한 일이었다. 당신은 거절도 승낙도 할 수 없었다. 무언가가 처음부터 어긋난 느낌이었다. 그러나 그것이 무언지 당신은 알지 못했다. 차는 어느새 당신이 살고 있는 거리로 들어섰다. 떨어져 내린 낙엽들이 바퀴에 짓밟혔다. 당신은 오피스텔 골목에 차를 세웠다. 여자가 중얼거렸다.

「부담되면 갈게요.」

당신은 아무 말 없이 차에서 내렸다. 여자가 뒷좌석에서 가방을 끌어냈다. 제법 묵직해 보이는 가방이었다. 저렇게 무거운 가방을 끌고 어디로 가려는지 궁금해졌다. 그런데도 갈 데가 없다고 하는 여자의 대답에 당신은 황당했다. 당신이 사는 곳은 오피스텔 2층이다. 계단을 오를 때 당신은 여자가 든 가방을 잠자코 들어 주었다. 문을 여는 동안 계단의 자동 타이머가 꺼졌다. 어둠 속에서 여자의 숨소리가 들리지 않았다. 당신은 허둥거리다가 열쇠를 떨어뜨렸다.

당신은 손을 씻고 돌아와 냉장고를 열었다. 당신은 아직 저녁을 먹지 않았다. 당신이 차가운 식빵으로 샌드위치를 만드는 동안 여자는 소파에 앉아 있었다. 고개를 숙이고 두 손을 가지런히 무릎에 얹고 있었다. 벽에 걸린 시계 소리가 유난히 크게 들렸다. 당신은 샌드위치가 담긴 접시를 식탁에 갖다 놓고 여자를 불렀다. 그러나 여자는 고개를 흔들었다. 당신은 식탁에 앉아 샌드위치를 먹기 시작했다. 당신의 목으로 우유 넘어가는 소리, 빵 씹는 소리, 유리잔이 달그락거리는 소리 말고는 방 안은 조용했다. 여자는 소파에 놓인 방석처럼 움직이지 않았다.

「연인이군요.」

여자의 눈이 책상에 놓인 사진을 보고 있었다. 작년 이맘때쯤 예술의 전당에서 공연을 끝낸 첼리스트와 찍은 사진이었다. 그녀와 헤어진 후 모든 사진을 치웠었다. 그런데 저 사진이 남아 있었던가. 당신은 새삼스럽게 그것을 바라보았다.

목으로 넘어가던 샌드위치가 걸려 기침이 터져 나왔다. 당신이 우유를 들이켜는 동안 여자의 혼잣소리는 계속 이어졌다.

「고통스러워요.」

여자의 눈길이 당신을 향해 있었다. 좀 전처럼 여자의 눈은 붉었다. 역삼각형의 얼굴에 둥근 콧날과 조금 큰 듯한 입술. 미인의 얼굴은 아니었다. 당신의 눈길을 의식했는지 여자가 고개를 돌렸다. 당신은 여자가 잘 수 있도록 침대 위에 놓인 물건을 치웠다. 소설책과 화집과 서양 철학사, 따위의 책들이었다. 당신이 설거지를 하고 식탁을 닦는 동안에도 여자는 외투조차 벗지 않았다. 화장실에 들어가 손도 닦지 않았다. 그대로 앉아 밤을 새울 것 같은 모습이었다.

당신은 잠이 들었다. 꿈속에서 첼로를 든 그녀가 보였다. 그녀는 살갗이 비치는 희고 투명한 드레스를 입고 있었다. 그녀와 당신은 기차를 타고 어딘가를 향해 달려갔다. 역에서 내리니 오페라 하우스였다. 태평양의 차가운 바닷바람이 그녀와 당신을 향해 불어왔다. 오페라 하우스의 지붕을 쓸어 내리며 첼리스트가 말했다. 다섯 살 때부터 첼로를 만졌어. 손가락이 갈라지고 터지고 아물어 굳은 살이 될 때까지 활을 쥐고 연습했지. 언젠가는 이곳에서도 공연해 보고 싶어. 평생을 교향악단의 단원으로 남아 있고 싶지 않아. 내게 힘이 돼줘. 그녀의 얼굴이 간절해졌다. 순간 허공으로 오페라 하우스의 지붕에서 떨어진 조가비가 흩날렸다. 봄날 벚꽃이 떨어지는 모습 같았다.

그녀가 슬픈 눈으로 당신을 물끄러미 보았다. 그녀의 눈은 금세 붉어졌다. 내게 힘이 돼줘, 힘이 돼줘, 힘이……. 그녀는 당신에게서 점점 멀어져 갔다. 당신은 혼자 기차간에 던져져 있었다. 기차 안은 당신 외에는 아무도 타고 있지 않았다. 그녀는 어디에도 보이지 않았다. 기차는 어둠 속을 빠르게 달려갔다. 창밖으로 엔딩 크레디트 같은 풍경들이 지나갔다. 수많은 역과 도시와 사람들과 잎이 떨어지는 어스름 거리와 자동차와 집들과 건물들과 지붕과 나무와 동굴과 한낮의 저수지와 수초가 떠 있는 늪과 거대한 산맥들과 얼룩말이 달려가는 초원과 아카시아가 흔들리는 무덤들과 비에 젖는 묘비들과 여자의 자궁에서 빠져나오는 아기들과 풀을 뜯고 있는 소들과 양 떼를 몰아가는 개들과 비가 내리는 들판과 얼어 있는 호수와 민물고기가 헤엄치는 강과 강물을 거슬러 오르는 연어들과 괭이갈매기가 날아오르는 바닷가와 눈이 쌓인 언덕과 모래 먼지 날리는 사막과 초식 동물의 내장 같은 긴 터널을 지났다.

　당신의 머리카락은 희게 변하고 얼굴은 처지기 시작했다. 당신의 이마와 입술과 콧잔등과 뺨과 턱은 중력을 견디지 못하고 무너져 내렸다. 당신이 비명을 질러도 기차는 멈추지 않았다. 끊임없이 앞을 향해 달려갔다. 검은 유리창에 늙고 지치고 이가 빠진 당신의 얼굴이 비쳤다. 당신의 뺨으로 눈물이 흘러내렸다. 눈물은 피부에 닿자마자 얼어붙어서 소금 알갱이가 되었다. 당신의 두 눈에선 끊임없이 소금 알갱이가 떨어졌다. 아파. 당신은 중얼거리며 어둠 속에서 눈을 문질렀다. 당신은 신음 소리를 내었다. 시계 초침 소리가 귀를 비집고 들어왔다. 의식이 깨어났다. 커튼 틈으로 얼음을 삼킨 것 같은 차가운 달이 빛나고 있었다. 여자는 등을 돌린 채 창가에 서 있었다.

5

「내가 얼마나 그곳에 서 있었는지 모르겠어요. 차를 세운 사람은 당신이 처음이었어요. 비가 내리고 바람이 불기도 했어요. 어느 날은 내 몸에서 흰 털이 자라기도 했고 머리카락이 파뿌리처럼 풀어져 강물로 떠내려가는 것도 느꼈어요. 그러나 눈을 뜨면 언제나 그 자리였어요.」

　창으로 차가운 달빛이 흘러 들어왔다. 여자의 얼굴은 흰 나리꽃처럼 창백했다. 당신이 커피를 한 모금 삼킬 동안에도 여자는 찻잔을 집어 들지 않았다. 여자는 아무것도 먹지도 마시지도 않았다. 당신이 자고 있는 동안에도 여자는 깨어 있는 것 같았다. 여자에게서 여름밤 동굴 속 같은 찬 기운이 느껴졌다. 당신은 아직 잠이 덜 깨었다고 생각한다. 당신은 여전히 꿈을 꾸고 있는지도 모른다. 당신 앞에 앉아 있는 여자는 말한다.

「사람들은 나를 알아보지 못해요. 그 어떤 사람일지라도. 그냥 나를 스쳐 지나가요. 그들에게 나는 공기나 햇빛이나 바람 같은 존재니까요. 나를 알아본 사람은 당신이 처음이었어요. 언제부터 내가 살았는지 말해 볼까요. 그건 나도 잘 몰라요. 백 년 전인지, 천 년 전인지. 이 세계가 시작되는 때였는지, 공룡이 화석으로 변해 가는 시기였는지. 단지 기억나는 건 내가 목련나무 속에 들어가 살기 시작한 때였어요. 그전에는 공기를 타고 돌아다녔지요. 나무와 우린 기 싸움만 하지 않는다면 괜찮아요. 나무 속에 살면서 처음으로 편안하다고 생각했어요. 사람으로 살았을 적의 기억도 모두 지우기 시작했지요. 어느 날은 이렇게 나무가 될 수 있겠구나 생각했어요. 그 마당 귀퉁이에 있던 목련나무가 베어지지 않았더라면. 당신 가족이 도시로 떠난 다음 그 집을 사 들였던 사람이 목련나무를 베어 버렸어요. 목련나무는 흰 피를 쏟으며 땅에 쓰러졌어요. 난 다시 떠돌아야 했지요. 바람과 공기 속을, 구름과 달빛 속을, 차디찬 겨울의 시린 날과 여름의 태양 사이를요. 난 다 보았어요. 사람들이 태어나는 것과 죽어 가는 것과 사랑하는 모습과 냉정하게 서로의 가슴에 칼을 꽂는 것까지도요.」

여자가 말하는 동안 당신은 두 잔의 커피를 마셨다. 방 안의 온도가 떨어지고 있는 것이 느껴졌다. 추웠다. 당신은 무릎이 후들거리는 것을 느꼈다. 발바닥이 얼음을 딛고 있는 것처럼 시렸다.

「국도에서 난 당신이 누구인지 알았어요. 지나칠 거라고 생각했는데 차를 세우더군요.」

「……?」

「당신이 살았던 기와집 기억나요? 사람들이 잠들면 나는 마루며 마당이며 맨땅을 걸어 다녔어요. 당신이 잠든 방문 앞을 스쳐 가기도 했지요. 삼촌의 구두를 태우던 날도 생각나는군요.」

여자의 말을 들으며 당신은 소파로 걸어갔다. 커피를 두 잔 마셨는데도, 방 안이 싸늘한데도 견딜 수 없게 잠이 쏟아졌다. 당신은 소파 위로 길게 쓰러졌다. 당신은 아득한 잠의 틈새, 크레바스로 떨어졌다. 당신의 숨소리는 가라앉고 깊어졌다. 당신 머리맡에 앉아 여자는 중얼거렸다.

「사람들은 초가 타들어 가고 있는 걸 몰라요. 당신도. 그 누구도. 쓸데없는 일에 신경 쓸 시간이 별로 없다는 걸 모르지요. 미련이 남으면 나중에 나처럼 돼요. 여행 가방을 들고 이 세계를 돌아다녀야 돼요.」

당신의 이마로 찬 손이 내려왔다. 당신의 의식은 더 깊이 가라앉았다. 당신은 얼음처럼 단단하게 잠이 들었다.

6

　당신이 삼촌을 본 것은 세월이 많이 지난 뒤였다. 고등학생이 된 당신은 삼촌을 만나러 가기로 결심했다. 당신은 그런 말을 아무에게도 하지 않았다. 당신은 용돈을 모았고 삼촌이 있는 곳의 정보를 모았다. 삼촌이 어디에 있는지 어머니는 알고 있었다. 몇 년에 한 번씩 삼촌은 편지를 보내는 것 같았다. 어머니는 삼촌의 편지를 버리지 않았다. 옷장 서랍 맨 아래에 그것을 넣어 두었다. 그해 여름, 당신은 열일곱이었다. 몸에 열이 많았고 얼굴에 나무껍질 같은 여드름이 돋았다. 피부는 울퉁불퉁해졌다. 겨드랑이와 사타구니에는 검고 여린 털들이 자라기 시작했고 목소리도 변했다. 당신은 여름방학이 되자 배낭을 꾸렸다. 집에는 수련회라는 핑계를 대었다. 당신은 주황색 플라스틱 의자에 앉아 기차를 기다렸다. 의자는 엉덩이가 델 듯 뜨거웠다. 한낮의 태양은 당신의 머리꼭지에 떠 있었다. 꼭 검은 연기가 피어오르는 프라이팬 같았다. 당신의 목으로 흘러내린 땀이 겨드랑이를 지나 사타구니로 떨어졌다. 당신은 화단에 피어 있는 붉은 맨드라미를 보고 있었다. 꽃은 더위와 열기에 지쳐 목이 꺾여 있었다. 맨드라미의 그 붉은빛이 당신의 눈을 찔렀다. 언젠가 삼촌의 눈에서 그 붉은빛을 본 것만 같았다.

　역사 담장 너머 제재소 건물에서 기계 돌아가는 소리가 들렸다.

톱니바퀴가 맞물리는 소리는 날카롭고 시끄러웠다. 마당에 잘린 나무들이 그득했다. 인부들이 몰고 온 트럭을 세우고 짐칸에 실었던 통나무를 끌어내렸다. 바지만 입은 남자들의 검은 등으로 뜨거운 햇빛이 꽂혔다. 남자들의 등은 번들거렸고 느릅나무 껍질 벗겨지듯 허물이 일어나고 있었다. 수건을 머리에 묶은 남자도 있었고 욕지거리를 내뱉으며 소리를 지르는 남자도 있었다. 남자들의 거친 말투와 상소리와 웃음소리는 한여름 태양 아래 싱싱했다. 어디선가 섬뜩한 쇳소리를 내며 새가 날아갔다. 제재소 처마에 앉아 있던 새였다. 새는 나선형으로 커브를 돌아 역사 지붕에 내려앉았다.

당신의 배낭 속에는 삼촌의 편지가 들어 있었다. 당신이 알고 있는 것은 봉투에 있는 주소가 전부였다. 삼촌을 만날 수 있을지 당신은 자신이 없었다. 기차는 달려갔다. 천장에서 낡은 선풍기가 돌아갔지만 안은 무덥고 공기는 끈끈했다. 음식 냄새와 땀 냄새가 지독했다. 사람들은 알록달록한 옷을 입고 계란을 까먹으며 웃고 떠들었다. 기차 안은 휴가를 떠나는 사람들로 가득 찼다. 당신은 배낭을 꼭 끌어안은 채 잠이 들었다. 당신은 낯선 도시에서 눈을 떴다.

당신은 역 앞에서 어디로 가야 할지 몰라 우두커니 서 있었다. 손에 들고 있는 편지가 바람에 뒤척였다. 바닷가로 가려면 우선 이곳을 빠져나가야 할 것 같았다. 당신의 등 뒤에서 클랙슨 소리가 들렸다. 돌아보니 택시 기사가 손짓으로 당신을 불렀다. 당신이 내

민 주소를 본 기사는 저 아래로 내려가 버스를 타라고 했다. 버스
는 40분에 한 대씩 오니 놓치면 한참을 기다려야 한다고 덧붙이기
까지 했다.

　당신은 노인과 아낙의 뒤를 따라 버스에서 내렸다. 당신은 고무
함지를 머리에 인 아낙에게 주소를 내밀었다. 아낙은 머리를 갸우
뚱거리더니 자기를 따라오라고 했다. 아낙의 뒤를 따라 당신은 걸
었다. 바람에 비릿한 갯냄새가 번지고 있었다. 신작로는 곳곳이 패
어 있었다. 조금 걷자 비포장 길이 나왔다. 노란 해바라기가 먼지
를 뒤집어쓰고 서 있었다. 누가 꺾었는지 대궁이 부러진 게 많았
다. 아낙은 함지를 이고도 빠르게 걸었다. 아낙의 등 뒤로 흰 알약
을 으깬 것 같은 먼지가 일어났다. 소나무 숲으로 들어가자 공기가
서늘해졌다. 붉은 흙이 발밑에서 부서졌다. 숲을 빠져나가자 제방
이 나왔다. 그 너머로 파란 바닷물이 일렁이고 있었다. 작은 어촌
마을이었다. 칠이 벗겨진 배들이 시멘트 난간에 묶여 있었다. 마을
은 조용했고 개 짖는 소리가 크게 들렸다. 해가 지고 있었다. 검붉
게 수평선이 물들기 시작했다. 새들도 둥지로 돌아가는지 떼를 지
어 날아갔다. 아낙이 손가락으로 어떤 집을 가리켰다. 담이 낮은
집이었다. 당신은 목을 빼고 안을 기웃거렸다. 담 안쪽 화단에 달
리아가 피어 있었다. 어스름 속에서 꽃들은 웃고 있었다.

　당신은 담에 기대 한참을 서 있었다. 대문도 없는 집을 성큼 들
어서면 될 텐데 왠지 망설여졌다. 삼촌의 집은 작았다. 쪽마루가

있는 슬레이트 집이었다. 마당 쪽으로 두 개의 방문이 보였다. 화단 앞에 평상이 놓여 있었다. 평상 너머로 바다가 기웃거렸다. 쑥을 태우는 냄새가 공기 속을 타고 날아왔다. 슬레이트 지붕을 타고 흰 연기가 피어오르고 있었다. 방문이 열리고 포대기에 아기를 업은 여자가 나왔다. 여자는 꽃무늬가 흐드러진 치마를 입고 있었다. 바닷가 여자치고는 몸매가 호리호리했다. 여자는 나이도 많지 않아 보였다. 열일곱 당신보다 서너 살 많을 것 같은 얼굴이었다. 등에 업힌 아기가 칭얼거리자 여자는 몇 번 허리를 들썩였다. 여자는 긴 부지깽이로 모깃불을 돋우어 주고 바다를 쳐다보았다. 여자가 마루에 매달린 형광등을 켰을 때 멀리서 발소리가 들렸다. 발소리는 조금 끄는 것 같았고 느렸다. 긴 그림자는 이쪽을 향해서 걸어오고 있었다. 그때 당신이 왜 몸을 숨겼는지 알 수 없었다. 당신은 순간적으로 담 옆의 어둠 속으로 들어갔다. 거친 숨소리를 죽이며 몸을 웅크렸다. 그림자는 당신을 지나쳐 삼촌의 집으로 사라졌다. 평상에 앉아 있던 여자가 남자를 반겼다. 삼촌은 여자를 보고 웃었다. 삼촌은 마루에 앉아 장화를 벗었다. 겉옷 위에 걸치고 있던 노란 비닐 바지와 점퍼도 벗었다. 그리고 여자의 등 뒤로 돌아가 아기를 살폈다. 아기는 잠든 것 같았다. 삼촌은 당신의 기억보다 더 나이가 들어 있었다. 큰 키는 여전했지만 얼굴은 거메지고 야위었다. 잔주름도 많았다. 검은 수염이 얼굴을 가득 덮었다.

삼촌은 수돗가에서 세수를 했다. 여자가 수건을 들고 와 내밀었다. 삼촌은 웃으며 얼굴을 닦았다. 삼촌과 여자의 행동은 자연스러웠다. 오래 같이 산 사람들 같았다. 여자가 부엌으로 들어가자 삼촌은 평상에 앉아 부지깽이로 모깃불을 돋웠다. 삼촌은 바다를 내려다보았다. 삼촌의 등이 허전해 보인다고 당신은 문득 생각했다. 이번엔 당신이 삼촌에게 귀신이나 하늘의 별들에 관해서 들려줄 차례인지도 몰랐다. 어쩌면 당신은 목련나무 얘기를 하고 싶었는지도 몰랐다. 그러나 당신의 걸음은 떨어지지 않았다.

여자가 밥상을 들고 나오자 삼촌은 일어나 받아 들었다. 삼촌과 여자는 평상에 마주 앉아 밥을 먹었다. 여자가 간혹 무슨 소리를 하는지 삼촌이 고개를 끄덕였다. 당신은 담에서 떨어졌다. 당신은 비틀거리며 제방을 향해 걸어갔다. 역으로 나가는 마지막 버스는 탈 수 있을 것 같았다. 제방에 앉아서 당신은 조금 울었다. 왠지 삼촌을 만나서는 안 될 것 같았다. 편지 속의 삼촌은 젊은 여자와 살지도 않았고 아기도 없었다. 아니 어쩌면 어머니는 이미 모든 것을 알고 있는지도 몰랐다. 어른들이란 그런 사람들이다. 당신은 삼촌이 그리웠다. 귀신 얘기를 해주고 별 이야기를 하던 그가 그리웠다. 그래서 당신은 울었을 것이다.

7

당신은 며칠 뒤 첼리스트에게 전화를 했다. 그녀는 보스턴에 가고 없었다. 해외 정기 연주회였다. 그녀가 언제 돌아올지 알 수 없다고 전화를 받은 사람은 말했다. 시립 교향악단은 보스턴 공연이 끝나면 뮌헨으로 건너가 다른 연주회가 있을 거라고 했다. 당신은 여전히 일주일에 세 번 지방에 내려가 강의를 했고 나머지 시간엔 집에 틀어박혀 있었다. 당신은 어느 날 밤 국도를 달리다가 여자를 태웠던 장소를 지나갔다. 그곳에 여행 가방을 든 여자는 서 있지 않았다. 당신은 혹시나 싶어 백미러에서 눈을 떼지 못했다. 다음 날 당신이 눈을 떴을 때 집 안에 여자는 보이지 않았다. 여자가 들고 왔던 그 무거운 가방도 보이지 않았다. 당신은 꿈을 꾼 것이라고 생각했다. 여자를 태워 준 일이나 집으로 데리고 왔던 일이나 모두 비현실적이었다. 식탁에는 두 개의 커피잔이 놓여 있었다. 당신이 마신 잔은 깨끗하게 비어 있었다.

당신은 어둠이 짙은 국도를 달려가고 있다. 텅 빈 나뭇가지가 찬 바람에 흔들렸다. 눈이 내리고 있었다. 목련나무 잎이 떨어지는 것처럼 자박자박 부딪쳤다. 당신은 문득 삼촌이 보고 싶었다. 지금 어떻게 살고 있을까 궁금했다. 이대로 차를 달려 삼촌이 살고 있는 곳까지 가고 싶었다. 열일곱 살 이후로 그를 본 적이 없다. 며칠 있으면 대학은 긴 동면에 들어간다. 삼촌을 만나러 가기에 좋은 계절이다.

당신은 어쩌면 그에게 어스름에 만났던 여행 가방을 들고 다니는 여자 얘기를 할지도 모르겠다. 아니면 첼리스트 얘기를 할지도. 늙어 가는 삼촌은 당신의 말을 들으며 어떤 표정을 지을까.

어쩌면 당신은 인터넷에 들어가 뮌헨으로 가는 비행기표를 끊을 지도 모르겠다. 둥근 돔 아래의 객석에 앉아 첼리스트의 연주를 들을지도 모르겠다. 그 연주를 들으러 당신은 한 번도 가보지 않은 도시를 향해 날아갈 것이다. 당신은 자동차의 속도를 높인다. 차 안이 서늘해지는 것 같아 당신은 무심코 룸미러를 바라보았다. 뒷 좌석은 텅 비어 있다. 당신은 쓸쓸하게 웃으며 창문을 내린다. 찬 바람에 섞인 눈송이들이 얼굴을 때린다. 당신은 액셀을 더 힘주어 밟았다. 눈송이들이 세차게 몰려왔다. 당신은 지금 혼란스런 생의 한때를 지나가고 있다.

팬터마임, 여름

PM 6:45 김밥 먹으려고 들어왔다면 내가 속을 줄 알고? 등신 새끼. 칼날이 남자의 목으로 파고들었다. 살 위로 엷은 피가 배어 나왔다. 기호가 눈을 부라리며 지껄였다. 이번엔 또 어떤 수작을 부리는지 다 까봐, 전부! 기호는 칼을 뒷주머니에 꽂고 느적거리는 걸음으로 유리문에 다가섰다. 차가운 맥주 깡통을 두 개 집어 들었다. 이제 자신이 좋아하는 맥주는 다섯 개밖에 남지 않았다. 남자에게 내밀자 아무 소리 안 하고 받아 들었다. 깡통을 따려는 남자의 손가락이 덜덜 떨렸다. 손가락이 풀린 듯 번번이 허탕을 쳤다.

기호는 남자의 깡통을 빼앗아 들고 고리를 따 주었다. 남자의 손이 떨려 맥주가 옷을 적시며 흘러내렸다. 남자는 번번이 맥주를 쏟았다. 빙신, 삽질하고 있네. 기호가 빈정거렸다. 날 어떻게 엿 먹이려고 하는지 말해 봐. 기호가 다시 넌지시 물었다. 말투가 좀 전보다 누그러져 있었다. 정복한테 차인 정강이도 많이 가라앉았다. 머리카락 한 올이 남자의 가슴에 늘어져 있었다. 기호는 놈들의 음모를 알아내야 했다.

기호는 남자에게 무릎걸음으로 다가갔다. 말해 봐, 니들이 뭘 꾸미고 있는지. 기호는 귀를 세워 남자의 얼굴로 가져갔다. 날 또 쫓아내려는 거지? 이번엔 어떤 새끼가 앞장섰어? 엉? 너야, 어떤 새끼야? 무, 무슨 말을 하는 거예요? 남자의 말소리에 울음이 섞여 나왔다. 금세 발작할 모습이었다. 너랑 함께 몰려다니는 새끼가 몇 놈이야? 이제까지 대체 몇 놈을 병신 만들었어. 말해 봐, 새끼야. 무슨 짓을 꾸미는지 말하란 말야! 기호가 꽥 소리를 지르며 남자의 목을 움켜잡았다. 기호는 남자의 목을 흔들었다. 다 불란 말야, 안 불면 너만 다쳐. 남자가 숨을 캑캑거렸다. 왜 날 쫓아왔어? 뒤를 밟으라고 네 패거리들이 시킨 거지? 남자의 얼굴이 다시 울상이 되었다. 남자는 베인 상처가 쓰라린 듯 손으로 눌렀다. 웅웅거리며 확성기 소리가 쏟아져 들어왔다.

「인질극을 종료하고 투항하라. 인질을 풀어 주면 정상 참작 해주겠다.」

놀고 있네. 새끼들. 기호는 마시던 맥주 깡통을 발로 차고 일어났다. 기호는 남자의 멱살을 끌고 문 앞으로 다가섰다.

「너희들이 대체 무슨 상관이야? 난 이 새끼와 할 얘기가 있어.」

경찰들이 바싹 긴장해 있는 모습이 보였다. 기호는 그 모습에 기분이 우쭐해졌다. 남자를 바닥에 주저앉히고 기호는 새 맥주 깡통을 꺼내 들기 위해 유리문으로 다가섰다. 그때, 등 뒤로 남자가 잽싸게 달려들었다. 깡통 하나도 제대로 못 따더니 어찌 된 일인지 남자는 끈덕지게 기호의 뒷목을 움켜잡았다. 기호는 몸을 돌려 남자의 팔을 비틀어 눌렀다.

그러나 이번에는 남자도 물러서지 않겠다는 듯 붙잡은 뒷목을 놓지 않았다. 기호는 뒤로 달음질쳐 남자의 몸을 판매대에 들이받았다. 플라스틱 선반들이 무너지며 물건들이 사방으로 튀었다. 기호와 남자가 동시에 바닥을 굴렀다. 그제야 남자가 움켜잡았던 뒷목을 놓았다. 크림빵을 깔고 앉았는지 기호의 반바지에 생크림이 잔뜩 들러붙었다. 기호는 남자의 가슴팍을 무릎으로 찍고 목을 조르기 시작했다. 남자가 몸부림을 치기 시작했다. 남자의 목을 타고 진득한 땀이 흘러내렸다. 기호는 이를 악물고 남자의 목을 힘껏 눌렀다. 남자의 입에서 서서히 거품이 흘러나왔다.

PM 6:30 기호는 빈정거리다가 남자의 허벅지를 발로 찍어 버렸다. 근육통이 이는지 남자의 눈이 허옇게 뒤집혔다. 남자가 몸을 비틀거리더니 판매대에 부딪히며 쓰러졌다. 기호는 맥주를 꺼내려고 냉장고의 손잡이를 잡아당겼다. 기호가 좋아하는 맥주는 뒷줄 구석에 놓여 있었다. 요 새끼들 봐라. 기호는 다른 상표의 맥주 깡통을 집어 바닥으로 내던졌다. 깡통이 찌그러지며 거품이 뿜어져 나오기 시작했다. 그 위를 발로 우그러질 때까지 밟았다. 기호의 바지와 신발 위로 맥주 거품이 튀어 흥건하게 젖어 들었다. 기호는 파도타기를 하는 것처럼 겅중거리며 뛰었다. 거품이 묻은 바지를 툭툭 흔들어 털었다. 기호는 오징어 포장지를 뜯어 다리 하나를 북 찢었다. 역시 오징어의 참 맛은 다리였다. 몸통은 눈도 돌아가지 않았다. 엄마가 보면 야단하겠지만 기호는 몸통을 쓰레기통에 버렸다. 엄마가 어디서 훔쳐보고 있는 건 아닐까. 혹시 나중에라도 물어본다면 절대 몸통을 버리지 않았다고 말해야겠다. 기호는 안심한 듯 고개를 주억거렸다.

남자가 그 소동에 늘어져 있던 몸을 곧추세우고 고개를 들었다. 눈동자가 힘없이 풀어져 있었다. 기호는 밖을 살폈다. 경찰차의 경광등이 정신없이 돌아가고 있고 한곳으로 몰린 사람들이 제지선 앞에서 웅성거리고 있었다. 기호는 맥주를 홀짝이며 출입문 앞으로 다가섰다. 오징어 다리를 질겅거리며 문이 잘 잠겼는지 흔들어보았다. 너도 한잔할래? 남자가 무겁게 고개를 저었다. 기호는 청바지 뒷주머니에 꽂아 두었던 과도를 꺼내 남자의 목에 잽싸게 밀어붙였다. 남자가 후드득 몸을 떨었다.

「야 새꺄, 내 말이 말 같지 않아? 얻어터져야 정신 차릴래? 너도 알지, 우리 아버지한테 걸리면 얄짤없어. 니미, 씨팔.」

기호는 기분이 상한 듯 깡통을 주먹으로 내리쳤다. 지금 하필 아버지 생각이 떠오르다니. 아버지를 생각하면 꼭 쓴 약을 마시고 사탕을 먹지 않은 기분이었다. 머리에서 아버지 생각을 지우기 위해

새 깡통을 땄다. 선심을 쓰는 것처럼 남자의 입속으로 맥주를 흘려 넣었다. 남자가 목젖을 쿨럭이며 맥주를 억지로 삼켰다. 칼날에 닿은 남자의 목줄기가 뻣뻣해지는 게 느껴졌다. 기호는 남자의 얼굴에서 한쪽 알이 빠진 안경을 벗겨 판매대에 올려놓았다. 안경알이 플라스틱이어서 눈을 다치지 않은 모양이었다. 안경을 벗자 남자는 잘 보이지 않는지 눈을 찡그렸다. 기호는 남자의 손을 뒤로 묶었던 테이프를 풀었다. 칼에 베인 것처럼 손목이 붉었다. 남자는 어리둥절한 눈으로 기호를 빤히 올려다보았다. 허튼짓했다가는 다시 묶일 줄 알아. 기호의 으름장에 남자가 고개를 끄덕였다.

남자에게서 벗긴 바지가 계산대에 늘어져 있었다. 기호는 그것을 바닥에 깔고 앉았다. 기호는 크림빵을 베어 먹었다. 기호가 제일 좋아하는 빵이었다. 남자는 보기 좋았다. 흰색 팬티 하나 달랑 걸치고 에어컨 바람 아래 덜덜 떨고 있었다. 새끼가 겁은 되게 많아 보였다. 그런데 저런 물건도 숨어서는 얼마든지 나쁜 짓을 한다. 쥐새끼 같은 새끼들. 저것들한테 당한 거만 생각하면 열이 오른다. 한 사람 병신 만드는 건 쉬운 일이다. 한때 기호는 밖의 세상만 그런 줄 알았다. 그러나 그건 기호의 착각이었다. 어디서나 인간은 다른 인간을 못 잡아먹어 안달이었다.

조심하라고 귀띔을 해준 것은 첼로였다. 모든 게시판에서 기호를 악플러로 보고 있다고 말이다. 그 편지를 끝으로 첼로는 더 이상 소식이 없었다. 기호는 첼로가 자기 또래의 여자일 거라고 생각했지만 알 수 없었다. 처음에 기호는 남의 글들을 읽기만 했다. 자신이 쓴 글을 사람들이 읽어 줄 거라고는 생각도 못했다. 그것도 폭발적인 관심을 불러일으키리라고는 꿈도 꾸지 않았다. 기호는 게시판에서 갑자기 떠 버렸다.

남자가 숨이 차는지 헉, 하고 들이켰다. 허튼짓했다가는 이거야. 기호가 또다시 으름장을 놓았다. 과도 날로 목을 긋는 흉내를 냈다. 남자가 움찔했다. 어서, 말해 봐. 왜 내 뒤를 밟았지? 나는 김, 김밥을 먹기 위해 들, 들어왔어요. 남자가 꽉 잠긴 목소리로 더듬거렸다. 구라 까지 말고 사실대로 말해, 새끼야. 김밥 먹으려고 들어왔다면 내가 속을 줄 알고? 등신 새끼. 칼날이 남자의 목으로 파고들었다. 살 위로 엷은 피가 배어 나왔다. 기호가 눈을 부라리며 지껄였다. 이번엔 또 어떤 수작을 부리는지 다 까봐, 전부!

PM 6:10 목이 말랐다. 기호는 맥주를 꺼내려고 냉장고의 손잡이를 잡아당겼다. 기호가 좋아하는 맥주는 뒷줄 구석에 놓여 있었다. 요 새끼들 봐라. 기호는 다른 상표의 맥주 깡통을 집어 바닥으로 내던졌다. 깡통이 찌그러지며 거품이 뿜어져 나오기 시작했다.

벗어! 하는 기호의 말에 남자의 두 눈이 크게 뜨였다. 새끼야, 바지 벗으란 말이야. 남자는 그 말을 미처 알아듣지 못한 듯 턱만 덜덜 떨었다. 왜 네 물건 보고 싶어서 그런 줄 알아? 도망칠까 봐 그런다. 기호가 갑자기 풀이 죽었다. 내가 관심 있는 건 첼로야. 이제 편지도 오지 않아. 남자가 손을 떨며 바지의 혁대를 풀었다. 손이 제대로 말을 듣지 않는지 허탕을 쳤다. 한마디로 느려 터진 손이었다. 기호는 남자가 벗은 바지를 빼앗아 계산대로 던져 버렸다. 남자의 허벅지는 햇빛을 받지 않은 듯 희멀건했다. 흰색 팬티를 걸친 다리도 앙상한 게 약해 보였다. 남자는 맨다리에 와 닿는 에어컨 바람이 추운 듯 몸을 떨었다. 기호가 이죽거렸다.

「이번엔 뭔 꼼수야?」

기호가 남자의 어깨를 툭 쳤다. 남자가 웬 뚱딴지 같은 말인가 하는 얼굴로 바라보았다.

「꼼수라뇨? 무슨?」

「어쭈구리. 너 끝까지 이럴래?」

「도대체 무슨 얘기인지 난…….」

남자가 머리를 흔들자 기호는 좀 전의 짭새처럼 남자의 정강이를 걷어찼다. 남자가 신음을 흘리며 옆으로 쓰러졌다.

「난 몰라요.」

「시끄러! 니들이 이번에도 날 물 먹이려고 하는 것 같은데. 또 떼를 지어서 물어뜯을 거냐? 엉? 이번엔 나도 그냥 당하지 않을 거거든.」

기호의 말에 남자가 황당하다는 얼굴로 고개를 흔들었다. 니들 때문에 내가 아작 난 걸 몰라? 아무튼 그때 고생한 거 생각하면 치가 떨린다. 왜 그렇게 날 못 죽여서 야단들인데. 내가 인기 좀 끌었다고 그렇게 배 아프냐? 아주 못 끌어내려서 안달이야. 그래서 고작 생각해 낸 게 사람을 죽일 놈 만들어 내쫓는 거냐? 우리나라 새끼들 남 잘되는 꼴 죽어도 못 보지, 씨발. 날 알아주는 덴 거기밖에 없었어. 그곳이 내겐 전부였다고. 근데 니들이 내게서 뭘 빼앗아 갔는 줄 알아? 이 씨발 새끼들아!

기호가 남자를 향해 눈을 부라렸다. 잘나가기만 하던 조회 수가 괜히 떨어질 리가 없었다. 누군가 수작을 부린 게 분명했다. 언제부턴가 기호가 쓴 글에 사람들은 더 이상 관심을 갖지 않았다. 기호는 머리를 짜냈다. 새로운 아이디를 만들어 자신이 쓴 글에 댓글을 달았다. 까다로운 데는 꼭 실명과 주민 번호를 원했다. 그런 곳에는 엄마와 아버지, 자신의 이름을 써야 했다. 댓글이 많은 글일수록 사람들이 더 관심을 가졌다. 금세 조회 수도 올라갔다. 기호는 하루 종일 여러 게시판을 옮겨 다니며 자판을 두드려 댔다. 손가락이 저리고 뒷목이 땅겼지만 그건 아무래도 좋았다. 기호는 이제 토막 잠을 잤다. 잠을 자거나 침대에 누워 있거나 컴퓨터는 항상 켜져 있었다. 그것을 끄면 불안하고 겁이 났다. 컴퓨터가 돌아갈 때 들리는 소음이 기호에겐 자장가였다. 기호는 열아홉이 되었다가 마흔여덟의 아줌마가 되었다가 쉰셋의 남자도 되었다. 아니, 또 다른 무수한 사람들이 되었다. 밖의 세상과 단절되었지만 상관없었다. 아쉽지도 않았다.

지껄이는 기호를 남자가 질린 눈으로 보았다. 무슨 말을 하는지 모르겠어요, 바지에 지갑 있어요, 가져가고 날 보내 줘요, 제발, 학원에 가야 된단 말예요, 애들이 날 기다려요. 남자가 더듬거리며 애원했다. 기호는 남자의 목을 움켜쥐고 일으켜 세웠다. 남자가 괴롭게 숨을 몰아쉬었다. 시끄러워! 새끼야, 한패거리 주제에. 뭔 잔말이 그렇게 많아. 니들한테 쫓겨난 다음 내가 어땠는지 알아? 며칠을 물 한 모금 못 삼켰어. 사람들이 무서워 이불 뒤집어쓰고 벌벌 떨었어. 더 이상 숨을 곳도 없는 날 니들은 아예 발가벗겼어. 너 같은 새끼가 내 고통과 절망을 알아? 가만히 있는 내게 뒤집어씌워서 마녀 사냥을 했다고. 돈 따윈 필요 없어. 너나 많이 처먹어라, 새끼야. 기호는 빈정거리다가 남자의 허벅지를 발로 찍어 버렸다. 근육통이 이는지 남자의 눈이 허옇게 뒤집혔다. 남자가 몸을 비틀거리더니 판매대에 부딪히며 쓰러졌다.

PM 5:40 출입문 밖이 소란스러웠다. 119 구조대의 구급차와 소방차가 와서 편의점 앞에 멈춰 섰다. 기호는 유리에 바싹 몸을 기대고 밖을 살폈다. 그새 경찰들이 떴는지 요란하게 경광등이 돌아가고 있었다. 니기미. 기호는 쓰러져 있는 남자를 일으켜 바닥을 기어가게 했다. 남자의 다리 아래서 끄집어낸 안경은 한쪽 알이 빠져 있었다. 기호는 남자의 얼굴에 알이 빠진 안경을 씌웠다. 기호와 남자는 건전지가 수북이 쌓인 판매대 뒤로 몸을 낮게 웅크렸다.

열일곱, 가을 어느 날 기호는 문을 잠그고 방에 틀어박혔다. 엄마가 밖에서 학교 가라고 문을 두드리며 이름을 불렀다. 기호는 휴지를 뜯어 귀에다 쑤셔 박았다. 날 좀 내버려 뒀으면, 이젠 지긋지긋했다. 법대에 갈 실력도 안 되는 자신에게 꼭 변호사가 돼야 한다고 하는 엄마는 외계인이었다. 도대체 말이 통하지 않았다. 기호 자신부터 변호사 따위는 되고 싶지도 않았다. 기호는 운동이 좋았다. 특히 농구를 할 때면 자신이 살아 있는 것 같았다. 커서 굳이 뭘 해야 된다면 농구를 하고 싶었다. 그런데 변호사라니. 개좆 같은 소리였다. 10시가 넘자 방문을 두드리던 엄마도 포기했는지 밖이 조용해졌다. 그제야 기호는 침대에서 몸을 일으켰다. 책상에는 교과서, 참고서, 노트 들이 뒹굴었다. 이제까지 기호의 세상을 이루던 것들이었다. 기호는 그것들을 북북 찢었다. 하나의 세상은 쉽게 파괴된다. 엄마가 차라리 변호사가 되었으면 싶었다. 그렇게 되고 싶으면 자기가 되지 왜 관심 없는 자신을 볶는지. 그냥 살면 안 되는 걸까. 꼭 무엇이 되어야 하는 걸까. 엄마 말처럼 변호사가 되고 의사가 되고 국회의원이 되어야만 사람인 걸까. 그런 사람이 안 되더라도 행복할 것 같았다.

　기호는 컴퓨터를 켰다. 적어도 그 안에 있는 사람들은 자신에게 변호사가 되라고 잔소리하지 않았다. 엄마처럼 사람을 달달 볶지도 않았다. 기호는 그날 여러 사이트를 찾아다니며 댓글을 달았다. 금세 반응이 나타났다. 자신이 쓴 글의 조회 수가 올라갔다. 사람들은 기호에게 호의적이었다. 기호는 시간 가는 줄도 모르고 자판을 두드려 댔다.

그날 밤 아버지에게 멱살이 잡혀 기호는 거실로 끌려 나왔다. 아버지는 기호의 뺨을 세차게 때렸다. 엄마가 옆에서 말렸지만 아버지는 손을 멈추지 않았다.

「너, 왜 학교 안 갔어? 엉? 내가 밖에 나가 괜히 뼈 빠지게 일하는 줄 알아? 그게 다 누구 때문인데. 이 새끼야, 너 뭐 하는 새끼야.」

아버지가 눈을 부릅떴다. 기호는 피식 웃음이 나왔다. 기호의 웃음을 보고 아버지가 다시 손을 쳐들었다. 기호는 재빨리 아버지의 손목을 움켜잡았다.

「앞으론 뼈 빠지게 일하지 마세요. 누가 일하라고 등 떠밀었어요? 그럼 밖에서 딴 여자들 만나는 것도 다 나 때문이란 말예요. 진짜 웃기셔.」

「뭐야, 이 새끼야.」

분을 삭이지 못한 아버지가 혁대를 풀어 기호를 패기 시작했다. 기호는 그냥 맞아 주기로 했다. 아버지 하나쯤이야 충분했지만 다 생각하는 게 있었다. 이걸 빌미로 한 며칠 더 학교를 빠질 수도 있다. 엄마가 아버지의 다리를 붙잡고 울부짖었다. 그래도 아버지는 혁대 쥔 손을 멈추지 않았다. 기호의 입술이 터지고 코피가 흘러내렸다. 기호는 아버지가 지칠 때까지 맞았다. 그날 밤부터 기호는 밤마다 아버지에게 끌려 나가 얻어맞았다. 그래도 기호는 다음 날 학교에 가지 않았다. 학교에서 선생이 찾아왔지만 기호는 만나지 않았다. 담임도 문밖에서 기호와의 대화를 시도하다가 그냥 돌아갔다. 무단결석이 이어지자 퇴학은 당연했다. 두 달이 지나자 아버지의 매질은 멈췄다. 퇴근하고 와서 방문을 열고 기호를 끌어내지도 않았다. 때려 봐야 소용없다는 걸 알았던 것이다. 이제 아버지는 기호를 무시했다. 대신 날마다 엄마가 울었다. 기호의 방문을 두드려 대며 흐느끼거나 손톱으로 문을 긁었다. 기호는 방문을 단단히 잠갔다.

이제 기호가 문밖을 나가는 시간은 정해졌다. 엄마 아버지가 잠든 새벽이었다. 기호는 발끝을 들고 거실로 나갔다. 희부윰한 가로등 빛이 커튼을 통해 들어왔다. 기호는 주방으로 가서 냉장고 문을 열었다. 기호는 우유를 목에 들이부었다. 하루 종일 비어 있던 속으로 쿨럭이며 찬 우유가 넘어갔다. 기호는 화장실에 가서 일을 보고 물을 내렸다. 혹시 물 내려가는 소리에 엄마 아버지가 깰까 봐 마음을 졸였다. 누구와도 마주치고 싶지 않았다.

식탁에 크림빵이 놓여 있었다. 기호가 제일 좋아하는 거였다. 어쩌면 엄마는 기호가 새벽이면 잠갔던 문을 열고 밖으로 나오는 걸 알고 있는 것 같았다. 아버지가 크림빵을 가져다 놓을 리 없었다. 기호는 빵을 가슴에 끌어안고 발소리를 죽이며 방으로 돌아왔다. 배가 고프지 않은 날은 아예 밖에 나가지 않았다. 이틀이고 사흘이고 기호의 방문은 열리지 않았다. 기호는 파란빛이 쏟아지고 있는 컴퓨터 앞에 앉았다. 이제 자는 시간을 빼면 기호가 종일 붙어 있는 곳은 거기였다.

웅웅거리며 확성기 소리가 안으로 쏟아져 들어왔다. 기호는 기어서 계산대까지 갔다. 계산대 아래에 사물함 상자가 놓여 있었다. 기호는 그곳에서 박스 테이프를 찾아냈다. 테이프를 이빨로 끊어서 남자의 손을 비틀어 뒤로 묶었다. 남자가 묶이지 않으려고 버둥거리는 바람에 칼끝이 손목을 가볍게 스쳤다. 기호는 주먹을 쥐고 남자의 머리를 내리쳤다. 남자의 몸이 축 늘어졌다. 기호는 그제야 숨을 돌릴 수 있었다. 목이 말랐다. 기호는 맥주를 꺼내려고 냉장고의 손잡이를 잡아당겼다. 기호가 좋아하는 맥주는 뒷줄 구석에 놓여 있었다. 요 새끼들 봐라. 기호는 다른 상표의 맥주 깡통을 집어 바닥으로 내던졌다. 깡통이 찌그러지며 거품이 뿜어져 나오기 시작했다.

PM 5:10 비명 소리에 놀란 계집애가 고개를 쳐들었다. 계집애는 소리를 지르며 출입문을 밀고 밖으로 튀었다. 붙잡아야 하는데 그만 놓치고 말았다. 남자를 놓고 쫓아가기에는 계집애의 행동이 너무 빨랐다. 기호는 남자를 끌고 문으로 다가서서 잠갔다. 밖에서 울음을 터뜨리는 계집애의 모습이 보였다. 계집애는 금세 사람들에게 둘러싸였다. 계집애가 손가락으로 편의점을 가리켰다. 몇 사람이 달려와 편의점 문을 밀었다. 기호는 남자를 꿇어앉히고 과도를 겨눈 채 문으로 다가갔다. 손잡이를 밀고 있는 놈들을 향해 칼을 흔들었다. 기호의 서슬에 문을 밀치던 사람들이 뒷걸음질을 쳤다.

어떤 남자가 휴대폰을 들고 편의점 안을 손가락질하며 입을 놀렸다. 밖으로 사람들이 웅성거리며 몰려드는 게 보였다. 기호는 다시 출입문이 잠겼나 흔들어 보고 나서야 남자를 끌고 돌아섰다. 겨우 숨을 돌렸다. 좀 전에 정복에게 구둣발로 차인 정강이가 욱신거리기 시작했다. 왜, 왜 이래. 돈을 줄게. 날 보내 줘. 시끄러워! 기호는 남자를 향해 빽 하고 고함을 질렀다. 어디서 반말 까고 지랄이야, 새끼야. 나이 처먹었으면 다야. 기호는 칼로 남자의 턱을 살살 긁었다. 남자는 멍청한 표정으로 입을 다물었다. 기호는 남자가 먹다 만 삼각 김밥과 음료수 깡통을 팔로 쓸어 버렸다. 그 바람에 남자의 가방이 열리며 안에 있던 것들이 쏟아져 나왔다. 카세트 플레이어, 이어폰, 영어 테이프, ○○영어 회화 학원 교재 등이 밥알과 홍차에 묻어 아수라장이 되었다. 남자의 눈두덩이 파르르 떨리기 시작했다.

병원에 갔다 온 날 이후로 밖에 나와 본 적이 없었다. 그때가 넉 달 전인지 다섯 달 전인지 오락가락했다. 지금처럼 더웠던 것 같기도 하고 그냥 포근했던 것 같기도 했다. 도대체 그날 엄마는 왜 사람을 불러 손잡이를 부쉈던 것일까. 침대에 누워 있던 기호를 엄마와 낯선 남자가 일으켜 세웠다. 기호는 끌려 나가지 않으려고 소리를 질렀다. 그래도 한때 운동을 했던 몸은 아직 짱짱했다.

엄마가 기호를 끌고 간 곳은 무슨 대학 병원이었다. 기호를 끌어

냈던 남자는 운전석에 앉았다. 차가 달리자 철컥 문이 잠겼다. 기호는 기분이 좀 나아졌다. 문을 잠글 수 있는 곳이라면 일단은 괜찮았다. 남자와 엄마가 양쪽에서 기호의 팔을 잡아끌었다. 엄마 혼자라면 밀치고 도망칠 텐데 흰 가운의 남자는 덩치가 좋았다. 그러고 보니 남자에게서 소독약 냄새가 났다.

엄마는 대합실 의자에 기호를 앉혀 놓고 접수 창구로 갔다. 사람들이 많았다. 아이들은 칭얼거리기도 했고 자주 울음을 터뜨렸다. 기호는 안절부절못했다. 어서 자신의 방으로 돌아가고 싶었다. 그 안에 들어가 문을 잠그고 싶었다. 기호는 신경질적으로 앞 의자의 다리를 걸어찼다. 짜증 난 얼굴로 앞에 앉은 여자가 돌아보았다. 여자의 배는 둥근 공처럼 부풀어 있었다. 여자와 기호의 눈이 부딪쳤다. 여자는 맨얼굴이었다. 부은 얼굴이 물 풍선 같았다. 여자는 기호를 쏘아보았다. 기호는 여자의 얼굴을 보면서 계속 의자를 걸어찼다. 마음 같아서는 그 여자의 배를 걸어차고 싶었다. 여자는 무거운 몸을 일으켜 다른 곳으로 가버렸다.

「이기호 씨 올해 몇 살이지요?」

기호가 의자에 앉았을 때 건너편에 앉은 남자가 물었다. 진료실은 좀 어두웠다. 기호는 입을 꽉 다물었다. 대답하고 싶지도 않았다. 엄마가 대답했다.

「열아홉이에요.」

「언제부터 방에서 나오지 않았나요?」

「2년 됐습니다. 선생님, 치료가 가능할까요?」

「왜 이렇게 늦게 병원에 데려왔나요? 밖으로 나오지 않을 때 바로 치료를 시작했어야 합니다. 시간이 많이 걸리겠어요.」

엄마는 죄지은 사람처럼 고개를 숙였다. 기호 앞으로 설문지가 놓였다. 남자는 그 문항을 잘 읽고 질문대로 표시하라고 했다. 꼭 시험지를 앞에 놓고 앉아 있는 것 같았다. 자신이 저 남자의 말을 들을 필요는 없었다. 궁금하면 지가 쓰든 말든 할 것이다. 그냥 앉아 있는 기호의 팔을 엄마가 흔들었다. 눈이 붉어져 있었다. 기호야, 제발, 선생님 말 들어, 그래야 나을 수 있어, 응? 엄마가 흐느꼈다. 남자가 가만히 기호를 들여다보았다. 기호는 볼펜을 들었다. 얼른 자신의 방으로 돌아가기 위해선 빌어먹을 설문지를 채워야 했다. 다음에 저 남자를 다시 보는 일은 없을 것이다. 또 붙잡아 데려온다면 혀라도 깨물 것이다. 질문 용지는 모두 다섯 장이었다.

「앞으로 일주일에 세 번씩 환자를 이곳에 데려와야 합니다. 요일과 시간은 일정합니다. 히키코모리는 우선 그들이 갇혀 있는 곳에서 나오게 해야 합니다. 그들을 밖으로 끌어내는 것부터 치료가 시작됩니다. 그냥 방치하면 더 나빠집니다. 지금이라도 이렇게 데려온 것은 그나마 다행입니다. 아무튼 시간이 많이 걸릴 겁니다. 어머니가 인내심을 가져야 합니다.」

엄마가 눈물을 닦으며 고개를 끄덕였다. 의사는 더 이상 기호에게 아무것도 묻지 않았다. 그는 앞에 놓인 설문지를 집어 갔다.

「오늘은 이것으로 끝내죠. 낯선 곳에 와서 환자가 불안해할 겁니
다. 이기호 씨, 만나서 반가웠습니다.」

밖으로 나왔을 때 기호는 복도에 걸려 있는 명패를 보았다. '신경
정신과 김선우'. 엄마가 결국 자신을 처넣고 싶은 곳은 정신 병원
이었다.

PM 4:20 정복은 무전기를 꺼내 들고 몇 마디 하더니 허리 뒤춤
에 다시 꽂았다. 너 이 자식, 오늘 운 좋은 줄 알아. 정복의 구둣발
이 대뜸 기호의 정강이를 걷어찼다. 그리고 돌아서 가버렸다. 기호
는 절름거리며 걸었다. 눈앞에 편의점이 보였다. 기호는 안을 들여
다보았다. 카운터에는 계집애 혼자 서 있었다. 기호는 문을 밀었다.
맥주가 있는 뒤쪽으로 걸어갔다. 라디오에서 뉴스가 흘러나오고 있
었다. 아나운서의 목소리가 예뻤다. 기호는 제자리에 서서 라디오
에 귀를 기울였다. 기호의 행동이 수상하다고 생각했는지 계집애가
기호를 유심히 쳐다보았다. 기호는 빨간 모자를 쓰고 있는 계집애
를 슬쩍 쳐다보고 천천히 발길을 옮겼다. 유리문을 밀고 맥주를 하
나 꺼내고 싶었지만 가진 돈이 없었다. 계집애가 볼록 거울을 통해
훔쳐보는 것이 눈에 들어왔다. 기호는 천천히 걸음을 떼어 놓으며
컵 라면을 집었다가 내려놓았다. 다시 반대편으로 걸어가서 지포
라이터를 들여다보았다. 계집애의 눈길이 계속 기호에게 따라붙었
다.

아무래도 미심쩍었다. 왜 저렇게 자신을 감시하는지 이상했다. 저 계집애도 같은 패거리일까. 계집애가 아무 이유 없이 자신을 쳐다볼 리 없었다. 하필 놈들의 아지트에 들어오다니, 씨팔. 진짜 재수 없는 날이었다.

손목이 부러지도록 자판을 쳐대도 조회 수는 올라가지 않았다. 예전처럼 사람들이 자신의 글을 읽어 주기를 얼마나 바랐는지 몰랐다. 그러나 사람들은 금세 시큰둥해했고 변덕이 심했다. 이내 새롭고 색다른 것으로 몰려갔다. 기호는 화가 치밀어 욕설을 남기거나 쌍소리를 써댔다. 혹시나 하는 마음도 있었다. 그런 글들에 관심이 몰리는 건 잠깐이었다. 누군가 금세 기호의 글을 지워 버렸다. 기호는 점점 열이 올랐다. 어떤 쥐새끼 같은 새끼들이 숨어서 자신의 글을 지운다고 생각하니 악에 받쳤다. 기호는 더 심한 쌍소리로 욕지거리를 써놓았다. 얼마 후 쥐새끼들은 기호에게 회원에서 강퇴시킨다는 편지를 보내왔다. 기호가 자신의 글로 온통 도배하고, 욕설과 쌍소리를 써서 분위기를 해쳤다는 이유였다. 어디 한번 붙어 보자는 거였다. 그래, 누가 이기는지 끝까지 싸워 보고 싶었다. 기호는 이를 갈았다. 기호는 쥐새끼가 글을 지우면 다시 들어가 도배를 했다. 또 지우면 다시 도배를 했다. 자신이 알고 있는 온갖 욕설과 쌍소리로 게시판을 채웠다. 기호는 눈에 불을 켜고 그 일에 매달렸다. 다시 쥐새끼들이 설치기 시작했다. 계속 이렇게 나오면 IP를 정지하고 업무 방해 혐의로 고소하겠다는 것이었다. 할

테면 하든지, 기호는 신경도 쓰지 않았다. 며칠 뒤 기호가 게시판에 들어가려고 하자 접속이 되지 않았다. 다른 이름으로 수차례 시도했지만 열리지 않았다. 기호는 자판을 미친 듯이 두드려 댔다. 손가락이 삐고 멍들 때까지 멈추지 않았다. 기호는 키보드를 벽에다 박살을 내버렸다. 도저히 용서가 되지 않았다.

기호는 지그시 입술을 물었다. 지금 맥주가 급한 게 아니었다. 오른쪽으로 돌아가니 주방용 상품들이 있었다. 진열대에 국자, 수세미, 행주, 젓가락 등이 놓여 있었다. 주방용 과도는 두 개였다. 기호는 하나를 슬그머니 쥐었다. 그동안 서서히 땀이 마르기 시작했다. 출입문이 열리고 흰색 와이셔츠를 입은 남자가 들어온 것은 그때였다.

남자는 들어오자마자 두리번거렸다. 기호와 눈이 마주치자 얼른 눈길을 피했다. 남자는 삼각 김밥이 놓여 있는 곳으로 걸어갔다. 남자는 음료수 깡통을 집어 들고 김밥과 함께 계산을 했다. '오늘 오후 서초동의 한 PC방에서 게임을 하던 유 모 씨가 갑자기 사망했습니다. PC방 주인의 말로는 유 모 씨는 먹지도 자지도 않은 채 72시간을 컴퓨터 앞에 앉아 있었다고 합니다. 전문가의 말에 의하면, 오랫동안 앉아 있을 경우 혈전들이 뭉쳐 폐를 막는 폐동맥 색전증이 발생할 수 있다고 합니다. 유 모 씨의 사인은 아직 밝혀지지 않았지만 폐동맥 색전증에 의한 사망이 아닐까 추측하는 의사들도 있습니다. 앞으로 이 같은 PC방 증후군을 없애기 위해 이용

시간이 제한될 것으로 보입니다. 다음 뉴스는…….’ 하여튼 그놈
의 컴퓨터가 문제라니까, 개나 소나 붙어서 쯧쯧. 김밥을 먹던 남
자가 혀를 찼다. 파팍, 불꽃이 기호의 눈에서 튀었다. 기호는 머리
뚜껑이 열리는 소리를 들었다. 계집애가 남자를 부른 게 틀림없었
다. 저따위 싸가지 없는 말을 지껄이는 것만 보아도 뻔했다. 자신
을 엿 먹이고 꼼짝 못하게 내몰던 쥐새끼들. 쏘아보는 기호의 서슬
에 남자가 눈길을 피했다. 남자는 키도 작고 말랐다. 한창 운동을
하던 예전만큼은 못하지만 저런 새끼 하나 처치하지 못할 정도는
아니었다. 증오로 기호의 눈이 번들거렸다. 기호는 카운터의 계집
애를 슬쩍 곁눈질해 보았다. 그리고 천천히 김밥을 먹는 남자의 뒤
로 돌아갔다. 기호는 남자의 어깨를 끌어안고 목에다 칼을 밀어붙
였다. 남자가 헉 하고 비명을 터뜨렸다. 비명 소리에 놀란 계집애
가 고개를 쳐들었다. 계집애는 소리를 지르며 출입문을 밀고 밖으
로 튀었다. 붙잡아야 하는데 그만 놓치고 말았다. 남자를 놓고 쫓
아가기에는 계집애의 행동이 너무 빨랐다.

PM 3:30 오랜만에 집 밖을 나와선지 어지러웠다. 걷다가 차양
밑이나 그늘이 보이면 들어가 쪼그려 앉았다. 기호는 여기가 어딘
가 어리둥절해 사방을 두리번거렸다. 기호 또래의 아이들 몇이 나
무 밑 벤치에 앉아 맥주를 마시고 있었다. 기호는 입맛을 다셨다.
뭘 봐, 별 거지 같은 새끼 다 보겠네. 맥주를 들이켜던 한 아이가 빈

정거렸다. 기호는 그 자리를 떠났다. 갈증이 아까보다 더 심해졌다. 차가운 맥주를 마시고 싶었다. 맥주를 마실 수 있는 곳은 어딜까. 기호는 주위를 두리번거렸다. 눈으로 들어오는 모든 풍경이 이상했다. 사람들은 지친 얼굴로 는적거리며 걸어 다녔다. 진 빠진 얼굴들이 꼭 예전의 자신 같았다.

기호는 요주의 인물이 되어 있었다. 쥐새끼들이 기호를 죽이기 위해 설치고 다녔다. 그 나쁜 새끼들이 기호를 없애려고 공작을 꾸미는 게 분명했다. 컴퓨터는 이제 기호의 유일한 친구가 아니었다. 그건 기호를 물어뜯고 죽이기 위해 달려드는 괴물이었다. 자신의 단 하나 기쁨마저 그 쥐새끼들이 빼앗아 가버렸다. 그곳은 기호가 편하게 놀 수 있는 자유로운 곳이었다. 그랬는데, 그랬는데……. 그 나쁜 새끼들이 다 망쳐 버렸다. 쥐새끼들만 아니었다면 키보드가 박살나지도 않았다. 이런 괴로움이 자신에게 오지도 않았다. 배신감으로 뼈를 가는 것 같은 고통을 느끼지도 않았다. 기호는 주먹으로 얼굴을 때리며 짐승처럼 울었다. 기운이 빠지자 침대 속으로 기어 들어갔다. 이불을 뒤집어쓰고 며칠을 앓았다. 물 한 모금 먹지 않자 엄마가 문을 부수겠다고 난리였다. 어디나 마찬가지였다. 세상은 기호에게 너무 어두웠다.

기호는 골목을 따라 내려와 차도로 나섰다. 차들에서 뿜어져 나오는 매연 때문에 목이 칼칼했다. 기호는 땅에 침을 뱉었다. 기호의 등 뒤로 누군가 다가왔다. 잠시 검문 좀 있겠습니다. 몸을 돌려

보니 정복 경찰이었다. 신분증 좀 꺼내 주시죠. 어…… 없는데요. 경찰이 불안한 듯 안절부절못하는 기호를 훑어보았다. 신분증 좀 봅시다. 없는데요. 정복의 얼굴이 굳어졌다. 계속 신분증 제출을 거부하면 공무 집행 방해로 처벌받게 됩니다. 빨리 꺼내요. 정말 없어요. 기호는 경찰의 눈을 피하며 고개를 떨궜다. 지구대까지 같이 가 주셔야겠는데요. 정복의 손이 기호의 팔을 움켜잡았다.

기호는 잡힌 팔을 뿌리쳤다. 내가 왜 가요? 뭐야? 정복의 얼굴이 일그러졌다. 그때, 정복의 무전기에서 치익 소리가 나며 말소리가 흘러나왔다. 정복은 무전기를 꺼내 들고 몇 마디 하더니 허리 뒤춤에 꽂았다. 너 이 자식, 오늘 운 좋은 줄 알아. 정복의 구둣발이 대뜸 기호의 정강이를 걸어찼다. 그리고 돌아서 가 버렸다. 기호는 절름거리며 걸었다.

PM 3:00 흐르는 땀 때문에 기호는 눈을 떴다. 집은 너무나 조용했다. 거실의 괘종시계가 3시를 쳤다. 기호는 문에 귀를 가져다 댔다. 엄마도 없는 듯 아무 기척도 들리지 않았다. 기호는 오줌이 꽉 찬 우유 팩을 들고 나왔다. 아무도 없다는 걸 알고 나니 끈끈한 몸을 씻고 싶었다. 거실은 엉망이었다. 소파에 그냥 던져 놓은 옷가지와 신문지, 뒹구는 방석들. 거실에 있는 화초마저 시들거렸다. 엄마가 이렇게 놔둘 리가 없었다. 집에 사람이 안 보인 지 며칠이 지난 것 같았다. 도대체 엄마는 어디 간 것일까.

자면서 땀을 얼마나 흘렸는지 갈증이 났다. 냉장고 안은 텅 비어 있었다. 생수 병 하나 보이지 않았고 끓여 둔 보리차도 없었다. 반찬 통도 비어 있고 아무것도 없었다. 수도꼭지에 입을 대고 들이켰다. 뜨듯한 물로는 갈증이 가시지 않았다. 먹을 게 있을까 기호는 싱크대를 뒤졌다. 라면 하나 나오지 않았다. 다시 목젖을 당기며 갈증이 일었다. 뭐든 차가운 걸 들이켜고 싶었다. 기호는 현관문을 열었다. 뜨거운 열기가 확 밀려들었다. 멀리 골목 밖에서 개가 짖었다. 기호는 얼른 문을 닫았다.

기호는 현관문에 기대섰다. 차가운 걸 마시려면 밖으로 나가야 했다. 그 생각만으로 다리가 후들거렸다. 몇 번이나 열고 닫기를 반복했다. 한참을 망설이다가 마지못해 끌려가는 사람처럼 밖으로 나왔다. 기호는 정원을 가로질렀다. 축축 웃자란 풀들이 발에 밟혔다. 정원도 풀을 베어 내야 할 것 같았다. 대문을 열고 기호는 넓은 골목으로 나왔다. 기호는 걸으면서 다른 집들을 기웃거렸다. 잘 손질된 정원에 칸나가 붉었다. 벌들이 그 위를 윙 날아갔다.

조금 걷자 금세 땀방울이 등을 타고 흘러내렸다. 기호는 전봇대에 기대고 한참을 서 있어야 했다. 더위 때문인지 골목엔 사람이 없었다. 아스팔트가 녹아 밑창이 눌어붙을 것 같았다. 기호는 하늘을 올려다보았다. 저 미친 해는 언제 지는 걸까. 태양은 땅바닥을 향해 마구 불화살을 쏘아 대고 있었다. 갈증과 더위 때문에 죽을 것 같았다. 오랜만에 집 밖을 나와선지 어지러웠다. 걷다가 차양

밑이나 그늘이 보이면 들어가 쪼그려 앉았다. 기호는 여기가 어딘가 어리둥절해 사방을 두리번거렸다.

PM 7:00 기호는 남자의 가슴팍을 무릎으로 찍고 목을 조르기 시작했다. 남자가 몸부림치기 시작했다. 남자의 목을 타고 진득한 땀이 흘러내렸다. 기호는 이를 악물고 남자의 목을 힘껏 눌렀다. 남자의 입에서 서서히 거품이 흘러나왔다. 와장창 유리 깨지는 소리가 들리고 뒤통수에 강한 충격이 느껴진 건 그때였다. 경찰의 손이 기호의 오른팔을 낚아채 등 뒤로 꺾으며 바닥에 밀어붙였다. 그들 중 하나가 순식간에 기호의 손목을 비틀어 수갑을 채웠다. 수갑을 채우는 사이, 고개를 옆으로 돌려 남자를 바라보았다. 붉은 손자국이 나 있는 남자의 목에 칼로 긁힌 듯한 엷은 상처가 보였다. 기호는 골똘히 그 상처를 바라보았다. 119 대원이 남자에게 산소 마스크를 씌우고 들것에 옮겨 실었다.

실려 나가는 남자의 핏발 선 눈과 기호의 눈이 부딪쳤다. 남자가 먼저 고개를 돌리고 눈을 감았다. 기호는 잠깐, 남자가 안됐다는 생각이 들었다. 어째 너무 심하게 다그친 게 아닐까 후회되기도 했다. 경찰이 수갑에 묶인 기호의 팔을 잡아당겨 몸을 일으켜 세웠다. 뺨에 걸쭉한 침이 묻어 축축했다. 이런, 개새끼. 남자의 침이 분명했다. 순식간에 기분이 구겨졌다. 좀 전에 그런 남자를 불쌍하게 생각했다는 것이 억울했다. 침이 볼을 따라 흘러내리다가 턱 가장 자리로 미끄러졌다. 기호는 혀를 내밀어 그것을 닦으려 애썼지만 손을 쓰지 않고선 도리가 없었다. 깨진 유리벽 너머로 사람들이 웅성거렸다.

차도에는 119 구조대의 구급차와 소방차, 경광등이 돌아가는 경찰차가 여러 대 서 있었다. 기호는 눈을 굴리며 사방을 두리번거렸다. 경찰들에게 붙들려 편의점 밖으로 끌려 나왔다. 여기저기서 수없이 터지는 카메라 플래시 때문에 제대로 눈을 뜰 수가 없었다.

「기호야, 이놈아.」

엄마가 달려 나오며 기호의 손목을 틀어쥐었다. 기호는 눈을 피했다. 엄마는 움켜잡은 기호의 손목을 붙들고 늘어졌다.

「왜 그랬어? 엄마한테만 말해 봐, 제발.」

「날 엿 먹인 놈들이라고요.」

엄마의 얼굴이 파랗게 질렸다. 엄마는 기호에게 돌아서서 경찰에게 매달렸다. 흘러내린 눈물에 머리카락이 달라붙어 엉망이었다.

「경찰 아저씨, 우리 아들 좀 풀어 주세요. 쟤는 지가 무슨 짓을 했는지도 몰라요. 제발, 우리 아들 좀 풀어 주세요.」

경찰이 엄마의 손을 뿌리쳤다. 엄마는 바닥에 엎어진 채 큰 소리로 흐느꼈다. 기호는 잠깐 엄마를 내려다봤다. 언젠가 엄마도 자신을 이해하리라. 경찰들은 기호를 경광등이 돌아가는 차로 끌고 갔다. 또다시 카메라 플래시가 터졌다. 기호는 경찰의 손에 의해 머리부터 차 안으로 처박혔다. 차가 떠나기 전 기호는 눈을 부릅뜨고 밖을 내다보았다. 엄마의 울음소리가 점점 멀어져 갔다.

  PM 7:30 아직 해는 하늘에 뜨겁게 걸려 있었다. 날이 저물려면 한참은 있어야 했다. 뜨듯한 공기는 열섬이 되어 도시 속을 떠다녔다. 여자는 컴퓨터를 열어 이메일을 확인했다. 몇 통의 편지가 와 있었지만 읽을 시간이 없었다. 아기가 깨기 전에 저녁을 준비해야 했다. 여자는 창문을 닫았다. 리모컨을 찾아 에어컨디셔너의 파워 버튼을 눌렀다. 띠링 하는 소리에 이어 덮개가 열리며 쉭 하고 가스 넘어가는 소리가 들렸다. 여자는 주방으로 걸어 들어가며 텔레비전을 켰다. 냉국을 만들기 위해 냉장고에서 오이를 꺼내려다가 볼륨 소리가 너무 작아 거실로 돌아왔다. CF가 끝나며 8시 뉴스가 시작됐다.

  헤드라인 뉴스가 지나간 뒤 앵커는 방금 전 구미동의 한 편의점에서 인질극이 벌어졌습니다, 하고 속보를 말하기 시작했다. 화면이 바뀌며 한 남자가 수갑을 찬 채 앉아 있는 모습이 보였다. 여자는 오이냉국을 만들 생각도 잊은 채 소파에 주저앉았다. 남자의 얼굴은 보이지 않았다. 갑자기 범인이 고개를 쳐들었다. 얼굴이 크게 클로즈업되었다. 범인이 카메라를 향해 악을 썼다.

「그 쥐새끼들은 날 내쫓았어요. 누명을 씌워 쫓아낸 것도 모자라 뒤까지 밟고 수작을 부리는데 더는 당할 수 없다고요. 아까 그 새끼도 한패야. 내가 뭘 잘못했다고 이러는 거예요?」

여자는 텔레비전 앞으로 다가갔다. 어디서 남자를 본 적이 있는 것 같았다. 그러나 생각이 나지 않았다. 잠에서 깼는지 아기가 칭얼거렸다. 여자는 일어나 거실 한쪽에 놓인 아기 침대로 다가갔다. 기저귀를 갈아 주고 공갈 젖꼭지를 물리고 토닥거렸다. 아기는 벙긋거리더니 다시 잠이 들었다.

여자의 눈은 다시 텔레비전으로 향했다. 편의점 사건 때문에 묻지 마 범죄에 대해서 특집으로 다루고 있었다. 기자가 거리로 나가 편의점 사건을 모니터링하고 있었다. 오늘 일어난 편의점 인질극, 어떻게 생각하세요? 40대 후반의 남자는 입술을 실룩였다. 미친놈이죠. 그런 자식들은 병원에 집어넣어 못 돌아다니게 해야 됩니다. 뒤에서 걸어오던 여자는 기자가 마이크를 들이대니까 난 몰라요, 하고 재빨리 걸어가 버렸다. 자신을 봐달라는 듯 카메라 앞에서 얼쩡거리던 어떤 남자는 그런 쓰레기는 잡아서 가둬야 합니다, 하고 핏대를 올렸다. 인간 쓰레기들이 사회에 발을 못 붙이게 정책적인 대응이 뒤따라야 한다는 말이지요. 그런 인간들 때문에 어디 마음 놓고 다니겠……. 남자의 말은 그쯤에서 잘렸다. 다시 화면이 바뀌었다.

넓은 정원이 딸린 주택들이 지나갔다. 괜찮게 사는 동네였다. 대문에 얼굴을 조금 내민 한 여자가 말했다. 여자의 얼굴은 모자이크로 처리되었다.

「참 이상하네요. 그 애는 거의 집에서 나오지도 않았어요. 아마 2년도 넘었을걸요. 어느 날부터 학교에 가지 않고 집에만 틀어박혔다고 사람들이 수군거리더라고요. 개 엄마가 아무리 울고불고해도 방에만 박힌 아이를 끌어낼 수 없었죠. 병원 차만 오면 혀 깨물겠다고 하도 난리를 쳐서 말이죠. 근데 어떻게 방에만 틀어박혀 있던 애가 갑자기 인질범이 됐을까요? 정말 믿기지가 않아요. 진짜 그 애 맞나요? 정말 믿을 수가 없다니까요.」

여자는 머리를 흔들었다.

사회 심리학자가 나왔다.

「지금 우리 사회에 은둔하는 아이들이 늘어나고 있어요. 그 아이들은 전혀 온순하지 않습니다. 무력하게 있다가도 갑자기 광포한 아이들로 변하죠. 틀어박혀 있다고 온순한 아이들이 아녜요. 무의식에 잠재된 분노와 공포는 훨씬 큽니다. 그것이 터져 나오면 걷잡을 수가 없어요. 이번 사건도…….」

거기서 여자는 텔레비전을 꺼버렸다. 에어컨 돌아가는 소리만이 희미했다. 여자는 소파에 가만히 앉아 있었다. 주방으로 돌아온 여자는 오이를 도마에 올려놓고 썰기 시작했다. 시원한 집 안으로 탁탁탁 칼질 소리가 퍼져 나갔다. 조금 있으면 남편이 돌아올 시간이었다. 서둘러야 했다.

오이냉국을 만들고 조기를 노릇하게 구워 놓고 콩나물을 무치고 난 뒤 참기름과 고춧가루가 엉긴 비닐장갑을 벗고 있는데 초인종이 울렸다. 여자는 발소리를 죽이고 현관문 앞으로 다가가 보안경을 들여다보았다. 남편이었다. 문을 열며 여자는 남편에게 어정쩡한 미소를 지었다. 남편이 신발을 벗는 동안 여자는 목을 내밀고 어두운 복도를 재빨리 훑어보았다. 계단으로 내려가는 후미진 통로가 오늘따라 더 음습하게 보였다. 여자의 차갑게 식은 살갗 위로 잔털이 일어났다. 여자는 재빨리 현관문을 닫았다. 그리고 세 개의 자물쇠를 차례로 걸어 잠그기 시작했다.

어둠에 관하여

편히 앉으세요. 제가 램프를 켤 테니까 앞을 봐주세요. 아, 움직이지 마시고요. 아래쪽에 둥근 거울을 보세요. 피부 표면이 보일 거예요. 양쪽 볼에 얼룩진 부분이 보이시죠? 기미가 착색이 되어서 그래요. 눈두덩 밑에 다크 서클이 보이고요. 피부가 몹시 건조한 상태네요.

여자의 머리에서 캐츠스코프를 벗긴다. 뒤집어쓴 모습이 고양이를 닮아서 그런 이름이 붙은 피부 측정기이다. 버튼을 누르면 우드 램프에 불이 들어와 피부 표면의 모습과 각질층까지 들여다볼 수 있게 된다. 쓰고 있는 동안 답답했던지 여자는 얼굴을 문지른다. 여자의 피부는 엷은 보라색을 띠고 있다. 상담 신청서에 건성 피부라고 휘갈겨 쓴다. 볼뿐만 아니라 눈 밑 이마까지 얼룩덜룩하다. 얼마나 얼굴을 가꾸지 않고 산 것일까. 나이를 물어보니 겨우 서른한 살이다. 나보다 세 살이나 적다. 그런데도 여자의 피부는 그 나이라곤 도저히 믿어지지 않는다. 잘만 하면 여자와 쉽게 계약을 할지도 모른다. 찜찜한 건 2백만 원에 가까운 관리 비용을 부담스러워하지 않을까 하는 것이다.

상담을 할 때 상대방이 고객이 될지 안 될지는 어느 정도 감이 온다. 미스 장 말대로 여자들을 포획해 마사지 룸에 들어가게 하기까지가 힘들다. 일단 마사지를 받아서 피부가 매끈하고 촉촉해진 여자들을 설득하는 일은 쉽다. 상담할 때 석고 팩이라든가, 콜라겐 벨벳 마스크, 모델링 등 특수 관리가 세 번쯤 들어간다고 말하면 여자들의 표정이 흔들리기 시작한다. 그때를 놓치지 않고, 개인 숍에서는 특수 관리에 옵션이 붙지만 이곳에서는 무료로 들어간다는 말을 잊지 않는다. 이쯤 되면 웬만한 여자들은 신청서에 사인을 하게 되어 있다. 눈치를 살피던 미스 장은 캐비닛으로 가서 컨트롤 마스크, 비타젠, 화이트 앰풀 한 상자를 꺼내 올 것이다. 관리에 들어가는 고객들에게 지급되는 화장품들이다.

여자는 사람들로 북적이는 사무실을 불안하게 두리번거린다. 꼭 잘못 끌려온 사람처럼 보인다. 여자의 눈길이 벽을 따라 늘어서 있는 캐비닛으로 향한다. 그 위에는 회사에서 나오는 미용 교양지와 샘플들이 수북하게 쌓여 있다. 강 부장이 자리에서 일어나 캐비닛을 열고 화이트 앰풀 한 상자, 컨트롤 마스크, 비타젠을 한 손 가득 꺼낸다. 뒤에 서 있던 수습 사원이 화장품을 받아 들고 자리로 돌아간다. 강 부장의 미소는 이제 막 한 건 올렸다는 흐뭇함의 표시일 것이다. 강 부장의 책상에는 40대 후반으로 보이는 아줌마가 앉아 있다. 저 나이의 여자들은 조금만 분위기를 띄우고, 비위를 맞추면 금세 고객이 된다. 강 부장이 웃으며 아줌마를 향해 앰풀을 들어 올리는 것을 보다 고개를 돌린다. 벽에 그려져 있는 이번 달 매출 그래프를 보지 않더라도 강 부장은 벌써 선두를 달리고 있을 것이다. 아마 내년에 그녀는 나보다 빠른 승진을 할 것이다.

좀 전에 여자는 농협 앞의 은행나무에 기대어 있었다. 거리엔 바람이 불고 있었다. 바람에 노란 은행 잎이 동전처럼 달그락거리며 떨어져 내렸다. 여자는 짧은 단발머리에 입술엔 거스러미가 일어나 있었다. 누군가를 기다리는 것 같지는 않았다. 트렌치코트의 앞 단추가 벌어져 스카프가 무방비하게 펄럭거렸다. 우리가 다가갈 때까지 깊은 생각에 빠져 있었던 듯, 화들짝 놀라는 모습이었다. 지금 홍보 기간이라서 무료로 마사지를 해드려요. 2회까지 해드리니까 놓치지 마세요. 전 별로 생각이……. 우물거리는 여자에게 미스 장이 끈질기게 달라붙었다. 일단 한번 받아 보세요. 후회하지 않을 거예요. 여자는 발끝만 내려다보다가 느린 걸음으로 우리를 따라왔다.

피부가 수분이 부족해 탄력이 떨어지네요. 게다가 각질층이 얇아져 잔주름이 쉽게 생겨나고요. T존 부위에 거뭇거뭇한 블랙 헤드가 있어 피부색이 어둡게 보이죠. 지금 상태가 많이 안 좋아요.

미스 장이 따듯하게 데운 캔 커피를 들고 온다. 미스 장은 아직 수습사원이다. 그녀는 고객들을 끌어 오고, 대신 내게 피부 관리사 교육을 받는다. 일종의 도제 수업이다. 본사 교육이 턱없이 부족해 대부분 부장들 밑에는 두세 명씩의 수습 사원이 짝을 이루어 일하고 있다.

지금 마시지 받으실 거죠? 피부 측정도 그냥 해드렸고, 마시지도 무료예요.

제가 어디를 가야 하거든요. 시간이 없는데…….

오래 걸리지 않아요. 금방 끝나요.

여자는 이따금 얼굴을 문지른다. 말소리도 우물거리거나 분명하지가 않다. 자신의 목소리를 낼 타입 같지는 않다. 아마 이곳으로 따라온 것도 거절하지 못하는 성격 때문이리라. 좀 더 여자를 밀어붙인다면 계약서에 사인을 할지도 모른다. 그런데 왠지 내키지가 않았다. 그렇게까지 해서 고객을 늘리고 싶지는 않다. 아무래도 난 김 국장 말처럼 영업 마인드가 부족한 사람이다. 악착같이 고객을 끌어 모으고 언제나 매출 1위를 하는 강 부장이 회사로선 더 필요한 사람일 것이다.

여자는 어디를 가야 한다면서 서둘러 일어서지도 않는다. 흔들리는 눈빛으로 여기저기 쳐다보다가 얼굴을 문지르다가 볼펜을 쥐고 있는 내 손으로 눈길을 떨군다. 여자의 피부는 귤껍질이나 분화구보다 더 울퉁불퉁하다. 그냥 여자에게 마사지를 해주고 싶다는 생각이 든다. 쿠폰을 끊지 않아도 상관없을 것 같았다. 아침부터 규정의 생각이 머리에서 떠나지 않기 때문일까. 그냥 일에 몰두하고 싶다는 생각이 든다. 그는 진즉 올라왔겠지만 여태 연락이 없다. 언제나 그러려니 하면서도 신경이 쓰인다. 미스 장이 눈짓을 하며 나를 쳐다보았다. 그냥 대충 보내자는 신호였다. 나는 미스 장의 눈길을 무시한다.

여자는 가운으로 갈아입고 매트리스에 길게 눕는다. 콜드크림을 바르고 턱에서부터 위로 마사지를 시작한다. 눈을 감고 있던 여자가 불현듯 눈을 뜨고 바라본다. 감고 있는 게 나을 텐데 하는 생각이 들었지만 아무 말도 않는다.

뉴욕에 사는 남자가요, 아파트에서 벵골 호랑이를 키우다가 붙잡혔대요. 세상에, 생각을 해보세요. 그런 육식 동물을 키우다가 잘못해서 잡아먹히기라도 하면 누구한테 하소연하려고 그랬을까요.

여자의 목소리는 이제 주저하거나 우물거리지 않는다. 좀 전에 여자를 보면서 했던 내 생각을 수정한다. 그런데 뜬금없이 호랑이 얘기는 왜 하는 걸까.

처음에 그 남자를 의심한 건 동네 푸줏간 주인였겠지요. 날마다 사 가는 고기의 양이 너무 많으니까요. 그것도 살코기만이 아니라 창자들을 잔뜩 사 가는 남자가 의심스러웠죠. 듣기에 혼자 사는 남자가 매일 그 정도의 고기를 먹는다는 건 푸줏간 주인도 상상이 안 갔으니까요. 남들보다 호기심이 많은 그 푸줏간 주인은 어느 날 남자의 아파트로 갔어요. 문에 귀를 밀어붙이고 무슨 소리가 들리지 않나 염탐을 했지요. 안에서 동물의 배설물 냄새가 나는 것 같기도 하고 괴상한 울음소리도 들리는 것 같았어요. 푸줏간 주인은 옆집 문을 두드렸어요. 아니나 다를까 옆집 사람은 푸줏간 주인에게 투덜거렸어요. 1년 전부터 그 집에서 이상한 냄새가 나고 한밤중에 으르렁거리는 소리 때문에 잠을 잘 수가 없다고요. 남자에게 따지면 텔레비전을 크게 틀어 놓아서 그런 거라고 사과하는데, 절대 집으로 못 들어오게 한다는 거예요. 뭔가 있구나. 푸줏간 주인은 쾌재를 부르고 경찰에 신고했겠지요. 남자의 집을 급습하자 커다란 벵골 호랑이가 목에 체인이 감겨 거실에서 어슬렁거리고 있었어요. 얼마나 덩치가 크고 사납게 생긴 호랑이였던지 모두들 벌린 입을 다물지 못했죠. 뉴욕 남자는 체포됐고 호랑이는 동물원으로 보내졌어요. 그런데 왜 그 남자는 호랑이랑 살았을까요? 그 해외 토픽을 읽었을 때 가장 궁금했던 게 그거예요.

호랑이는 남자에게 어둠, 아니었을까요?

어둠요?

남들로부터 도망칠 수 있고, 숨을 수 있는 어둠…….

규정을 생각하고 있었으니까 그런 말이 불쑥 나왔을 것이다. 여자는 어리둥절한 눈으로 나를 보고 있다. 스팀 타월로 콜드크림을 닦아 내는 내게 여자는 또 말을 붙인다. 아무래도 내가 말했던 어둠이 마음에 걸리는 모양이다.

사실 누구나 속으로 호랑이 한 마리쯤은 키울 거예요. 다른 사람이 결코 알아서는 안 되는 그런 거 하나 없는 사람은 없겠죠. 그게 어둠이든 아니든.

이번엔 내가 손놀림을 멈추고 여자를 멀뚱히 내려다본다. 아무튼 여자는 여느 여자들과는 조금 다르다. 매트리스에 누워서 호랑이를 얘기한 것은 여자가 처음이다.

아까 어디 간다고 하지 않았어요? 늦진 않았나요?

늦긴요, 가야 될지 어떨지 정하지도 못했어요.

여자의 말은 갈수록 알쏭달쏭하다. 해초 팩을 여자의 얼굴에 바르는데 가운 주머니의 휴대폰이 진동한다. 미스 장을 불러 마무리를 시키고 마사지 룸을 나갔다. 규정에게 연락 있었습니까? 남자의 목소리가 허겁지겁 튀어 들어왔다. 쿵, 하고 가슴이 내려앉는다. 규정의 친구였다. 내가 대꾸를 못하자 남자는 이름을 밝혔다. 안 그래도 제게 연락이 없다고 생각하고 있었어요. 문득 복도의 화분 사이로 성류굴에서 보았던 규정의 눈빛이 지나갔다. 기어코…… 수요일에 봉화에 있는 동굴에 간다고 했어요. 오늘쯤은 돌아왔을 텐데. 남자의 목소리가 갑자기 빨라졌다. 어제 케이빙 회원들이 굴에서 규정의 랜턴을 발견했어요. 회사에도 출근하지 않았고, 집에도 연락 없답니다. 휴대폰은 아예 받지를 않아요. 규정이 실종된 것 같아요. 실종……. 한순간 맥이 탁 풀렸다. 남자의 목소리도 침울해졌다. 연락해 보고 다시 전화 드리죠.

화장실로 들어가 변기에 걸터앉는다. 가운 주머니에서 일회용

라이터를 꺼내 불을 붙인다. 깊숙이 한 모금 빨아들인다. 가슴이 불안정하게 후득인다. 휴대폰 소리에 놀라 기어코 담배를 바닥에 떨어뜨린다. 황급히 발로 비벼 끄고 수화기를 연다. 좀 전의 규정의 친구다. 좀 이따, 잠깐 볼 수 있을까요. 제가 근처로 가겠습니다. 대답을 하려는데 기침이 터져 나온다. 담뱃불은 이미 꺼졌는데 이 기침은 어디에서 오는 걸까. 간신히 알았다고 대답한 뒤 폴더를 닫는다. 다시 전화기를 열어 규정의 회사 전화번호를 누른다. 손가락이 떨려서 두 번이나 번호를 잘못 누른다. 신호음이 길게 떨어진다. 전화를 받은 여자에게 규정을 바꿔 달라고 말한다. 여자는 잠시 머뭇거리더니 출근하지 않았는데요, 한다. 아무런 연락도 없었나요? 예, 휴대폰도 통화가 되지 않아 지금 저희도 알아보는 중이에요. 사실이다. 그는 돌아오지 않았다. 손을 닦으며 거울 속 얼굴을 오래오래 들여다본다.

'그런 어둠을 한 번만 보았으면 소원이 없겠다. 처음 굴에 들어갔을 때 내 몸을 쓸고 지나가던 전율, 그걸 절대 잊을 수가 없어.'

어디선가 규정의 목소리가 들려온다. 그냥 좋아서 다니는 거야. 특별한 이유는 없어. 말도 안 되는 소리라고 내가 일축했을 때, 그는 낮은 소리로 으르렁거렸다.

'네가 나에 대해 뭘 그렇게 잘 알아. 잘난 척 좀 그만 해. 너는 어둠도 싫어하잖아. 그러면서 날 안다고 할 수 있어?'

2년 전 성류굴이었다. 경북 울진에 있는 그 동굴에 갔었을 때가 말이다. 규정은 항상 케이빙을 다니느라 주말엔 대개 서울을 떠나 있었다. 그가 없을 때 나는 여자 친구들을 만나거나, 혼자 콘서트에 가서 무명 가수의 노래를 들었다. 아니면 시장을 걸어 다니다 쓸데없는 물건들을 잔뜩 사기도 했다. 헤어 핀이나 머리 묶는 줄이나 슬리퍼나 앞치마 같은 것들. 왜 그러고도 헤어지지 않는 거야? 나 홀로 취미 생활에 빠져 있는 남자들은 재미없는데. 주말을 혼자 보낸다는 내게 강 부장이 했던 말이다. 나도 때때로 그 사실이 신기했다. 왜 나는 규정과 헤어지지 않는 걸까.

그때 우리는 해안 도로를 따라 달리고 있었다. 통일 전망대가 있는 고성에서부터 포항까지 가을의 바다는 멋졌다. 바다는 비취였다가 블루였다가 옥빛으로 금세 색이 변했다. 강원도 도계를 지나 경상북도 도계를 넘을 때까지 서로 말이 없었다. 우리는 이따금씩 담배를 피우면서 창밖의 경치를 바라보았다. 오래 만나서 좋은 것도 있다. 서로 입을 다물고 있어도 어색하지가 않다. 가슴이 뛰지도 않고 애태우지도 않고 바라지도 않고 잘 보이고 싶지도 않지만 어색하지 않은 건 다행스럽다. 왕피천을 지나 다리를 넘었을 때 성류굴에 가볼까 하고, 생각난 듯 규정이 말했다. 그는 유턴해 차를 돌렸다.

주차장에 차를 세우고 왕피천의 물길을 따라 걸었다. 강물에 산의 나무들이 물그림자를 이루며 어른거렸다. 동굴 머리 쪽에는 하늘을 향해 쭉쭉 뻗은 측백나무들이 바람에 흔들렸다. 입구부터 시작해 각종 기념품을 파는 집들이 즐비했다. 한참을 기다려 입굴할 수 있었다. 굴속은 좁고 답답했다. 희미한 불빛을 따라 걷는 일이 아슬아슬했다. 등이 켜지지 않은 곳은 그냥 깜깜한 어둠이었다. 숨이 답답했다. 또 안으로 들어설 때부터 풍기는 매캐한 냄새에 비위가 상했다. 석회 냄새라고 그가 말했다. 사람들이 걸어가는 통로를 따라 더듬거리며 걸었다. 그는 빨대 모양의 종유석 앞에 서 있다가 사진 촬영하는 사람들을 보고 눈살을 찌푸렸다. 여기가 무슨 놀이턴 줄 아나 봐, 젠장. 사진 따위는 왜 찍어 대는 거야. 빛이 번쩍거릴 때마다 굴이 상한다는 걸 왜 모를까. 그냥 덮어 두는 게 나았어. 어둠은 어둠인 채로 둬야 하는데. 사람들을 잔뜩 불러 모아 놀이공원 구경시키듯 돌려 대고. 솔직히 이런 굴은 정나미가 떨어져. 어둠을 아는 사람들은 저따위 짓을 하지 않는다고. 시끄럽게 떠들고 플래시 터뜨리고 석순 잘라 가고. 어둠 속에 들어오면 숙연해져야 하는데……. 종유석에는 나이테 모양의 단면들이 어지럽게 나 있었다. 절리를 따라 오목하게 파인 구멍들이 벌통 같아 보였다.

　규정은 몰려다니며 플래시를 터뜨리는 사람들 때문에 기분이 상한 듯 인상을 쓴 채 입을 다물었다. 나 또한 기분이 좋지 않았다. 안에 차 있는 습기와 매캐한 석회 냄새에 속이 메슥거렸다. 비좁은 통로를 버르적거리며 걸을 때는 꼭 죽을 것만 같았다. 30미터가 넘는 석회 호수에 왔을 때에야 규정의 얼굴이 풀렸다. 그곳엔 사람들도 없었고 진한 어둠과 부연 물이 괴괴한 정적에 빠져 있었다. 규정은 호수를 내려다보다가 얼굴을 쳐들었다. 사람들에게 발견되기 전까지 이곳에 어떤 어둠이 있었을까 상상해 봐. 어둠은 사람을 홀리게 만들어. 무섭다가도 포근하지. 어둠에 귀를 기울이면 어떤 허밍이 들려와…… 뱃사람을 유혹하는 세이렌의 노랫소리처럼 말야. 나는 알아. 이런 어둠 속엔 반드시 정령이 살 거라고. 내가 전에 말한 거 기억 안 나? 어떤 선배가 노동굴에 갔을 때 어둠 속에서 누가 용을 쓰며 머리카락을 잡아당기더라는 거야. 선배는 소스라치게 놀랐다는데 분명 그게 어둠의 정령이라고……. 그만 나가! 더 이상 참을 수가 없었다. 밀실 공포증이 있는 거야? 그의 눈이 일그러졌다. 규정은 호수에서 쉬다 가자고 했지만 나는 거세게 머리를 흔들었다.

룸에 들어가니 미스 장이 여자에게 벨벳 마스크를 하고 있다. 미스 장은 화이트 앰풀을 여자의 얼굴에 꼼꼼히 바른다. 미스 장은 손놀림을 계속하며 제가 해요? 묻는다. 미스 장은 눈, 코 및 입 주위가 트인 벨벳 마스크를 여자의 얼굴에 덮는다. 그리고 화장수를 솜에 적셔 마스크를 꾹꾹 눌러 가며 적신다. 여자의 눈에 물기를 짜낸 아이 패드를 얹는다. 티슈로 손을 훔치는 그녀를 구석으로 끌고 간다. 다른 사람들이 듣지 않도록 작게 소곤거린다. 약속이 있어서 30분쯤 나갔다 와야 되거든. 억지로 쿠폰 끊을 필요 없어. 미스 장은 무슨 일인가 하는 얼굴로 고개를 주억거린다. 가운을 벗어 놓고 마사지 룸을 나간다. 사무실에 있던 김 국장이 뜨악한 눈으로 나를 쳐다본다. 바쁜 시간에 가운을 벗고 나가는 내가 못마땅한 표정이다. 강 부장은 또 새로운 고객과 상담 중인 것 같다. 아이를 데리고 앉아 있는 여자가 열심히 얘기를 듣고 있다. 강 부장은 이 지국에서 가장 많은 고객을 가지고 있다. 김 국장이 강 부장을 예뻐하는 건 당연하다. 김 국장에게 고개를 꾸벅 숙이고 빠르게 걸어나간다. 김 국장의 눈길이 따라붙는지 등이 따끔거린다. 엘리베이터를 기다리며 김 국장이 뒤따라 나오지 않을까 신경이 곤두선다.

규정은 정말 돌아오지 않은 걸까. 봉화로 내려가기 전날 밤에 그가 나를 찾아온 게 왠지 마음에 걸린다. 전에 없던 행동이었다. 언제나 슬며시 사라졌다가 어디 다녀왔어, 하던 식에 비하면 의외였다. 그에게 연락이 없으면 으레 그러려니 했다. 어느 때는 그를 기다린 날들도 있었을 것이다. 그러나 시간은 모든 것을 통과한다. 지난달에는 그와 정리하려고 마음을 단단히 먹었다. 평일은 일에 치여 만날 수도 없었다. 주말쯤 만나 얘기를 해야지 하고 있는데 규정은 또 케이빙을 떠났다. 올라오자마자 만나자고 하던 규정은 독감으로 앓아누워 버렸다. 전화로 말할까 몇 번이나 망설였지만 결국 하지 못했다. 우리는 이미 식은 커피 같은 사이였다. 쓴맛밖에는 남아 있지 않았다.

규정은 어둠침침한 계단에 앉아 있었다. 현관 열쇠를 꽂다가 이상해서 그쪽으로 고개가 돌아갔다. 웅크린 어깨가 어둠에 잠겨 있었다. 무슨 퇴근이 이렇게 늦냐? 하며 규정이 자리를 털었다. 놀랐잖아. 순간 약이 올라 하마터면 소리를 지를 뻔했다. 밝은 곳에서 기다리라고 잔소리를 해도 규정은 늘 어둠 속에 앉아 있었다. 통 소리를 내며 그가 키슬링 배낭을 내려놓았다. 또 어딘가로 탐사를 떠나는 모양이었다. 커피를 끓이는 동안 그는 지도를 들여다보고 있었다.

오늘 좀 자고 가자. 내일 일찍 깨워 주면 더 좋고.

어디로 가는데?

봉화군에 있는 굴이야. 아직 사람들에게 잘 알려지지 않은 곳이지.

비밀스런 말을 하듯 그가 목소리를 낮췄다. 무엇에 단단히 홀린 눈빛이었다. 커피 잔을 그에게 주고 바닥에 앉았다. 배낭의 매듭이 풀려 있어서 안을 들여다보았다. 암벽 등반용 장갑, 헬멧, 랜턴, 너무 많아 개수를 셀 수 없는 건전지, 펜치, 니퍼, 드라이버, 약간의 전선줄, 테이프 등 마치 잡화점을 보고 있는 것 같았다. 왠지 모를 거리감이 느껴졌다. 이제 두 사람 사이에 어떤 공통점이 남아 있는지 자신이 없었다. 나는 인정해야 했다. 우리 사이에는 텅 빈 어둠만 있다는 것을. 규정이 돌아오면 서로의 갈 길로 떠나야 할 것이다. 더 이상 버틸 수 없는 지경에 이르렀다는 걸 깨달았다. 문득 슬픈 생각이 들어 랜턴을 들어 이리저리 비추었다.

끈이 달렸네?

동굴을 수직으로 내려갈 때 잘못해서 퉁탕거리며 떨어질 때가 있어. 그때 초보자들은 랜턴을 찾으려고 겁 없이 내려가려고 하지.

그러다 실족해서 아래로 추락하거든. 끈이 있으면 손에서 놓치더라도 밑으로 떨어지지 않아. 안 그래도 굴은 항시 위험이 도사리고 있거든.

그가 곁으로 다가왔다. 무언가 할 말이 있는 것 같았다.

한 달 전 그곳에서 심연 같은 어둠을 만났다. 진짜 죽는 줄 알았어. 몸이 가라앉으면서 다리에 힘이 풀리는데, 그냥 주저앉았어. 그걸 뭐라고 표현할 수가 없다. 지독한, 이라고밖에는. 얼마나 떨리고 무섭던지. 그렇게 만나고 싶었는데…… 이젠 두려워. 어둠에 점점 더 내성이 생기는 내가 말야. 솔직히 무섭다. 이번에 돌아오면…… 안 갈 거야.

나는 믿지 않았다. 안 가다니. 지키지 못할 약속이었다. 그는 결코 굴을 멀리할 사람이 아니다. 한동안 그는 자신의 약속을 지키기 위해 노력은 할 것이다. 어쩌면 주말을 같이 보내자고 전화를 걸어 댈 것이다. 영화를 보러 가자, 인사동에 나가 볼까, 하며 수선을 떨어 댈 것이다. 그러다 어느 날부터 그는 자주 짜증을 부리고, 사소한 일을 가지고 꼬투리를 잡으며 화를 낼 것이다. 그런 시간이 얼마쯤 흐르면 그는 배낭을 짊어지고 다시 굴을 찾아 떠날 것이다. 리와인드되는 테이프처럼. 수요일 아침, 규정은 이르게 현관문을 나섰다. 복도로 그의 등산화가 텅텅 멀어져 갔다.

엘리베이터 문이 텅 하고 열리며 낯익은 얼굴이 올라탄다. 5층 어학원의 창구에 앉아 있는 여자다. 얼굴을 마주칠 때마다 여자는 치열을 드러내며 환하게 웃었다. 지금도 여자는 나를 보며 웃고 있다. 웃고 싶은 기분이 아니어서 여자를 향해 고개만 끄덕인다. 엘리베이터에서 내린 어학원 여자는 약국으로 들어간다. 여자의 등을 보다가 나는 느리게 계단을 내려간다. 지하 커피숍에 규정의 친구가 기다리고 있다. 문을 들어서자 눅눅한 공기가 기도로 달려든다. 커다란 수족관 뒤편에 남자가 앉아 있다. 규정과 남자는 동굴 탐사 모임의 멤버이다. 그들은 10여 명의 남자들로 이루어져 각지의 굴들을 찾아 케이빙을 다닌다. 그 멤버들 대부분이 대학 시절 동굴 탐사 동아리에서 만났다고 들었다. 어느 날 규정의 전화를 받고 나간 자리에서 남자를 본 기억이 났다. 나를 보자 남자는 반쯤 허리를 곧추세웠다가 다시 주저앉는다. 눈빛이 걱정으로 가득 차 있다. 물잔을 탁자에 내려놓는 초록색 에이프런의 여자에게 커피를 주문한다.

규정에게 연락 없었죠?

고개를 끄덕이는 날 보는 남자의 표정이 어두워진다.

어젯밤 봉화에서 전화가 왔습니다. 굴에서 규정의 랜턴을 발견했다고요. 그곳은 한 달 전 탐사회에서 1차로 갔던 곳이죠. 회원들 말이, 굴 입구를 막았던 커다란 돌이 치워져 있었대요. 모두들 이상하게 생각했답니다. 그 굴은 850미터 고지대에 만들어진 함몰구 형태죠. 수직으로 7미터를 내려간 후 70도 경사로 계속 내려갈 정도로 위험해요. 규정은 토요일에 봉화역에서 사람들과 합류하기로 했는데, 오지 않아서 무슨 일인가 했답니다.

그는 수요일에 떠났어요. 2, 3일 월차를 내어 다녀온다고 하더군요. 오늘은 출근한다고 들었어요…….

그럼, 혼자서?

남자의 얼굴이 은종이가 구겨지듯 파삭 일그러진다. 그는 양복 주머니에서 담배를 꺼내어 입에 문다. 불붙일 생각도 잊은 듯 그냥 앉아 있다.

미리 내려갔군요. 욕심 많은 건 알고 있었지만, 이렇게 무모한 행동을 하리라고는…… 그 굴은 막장이 발견되지도 않은 곳인데.

오늘은 월요일이다, 오늘은……. 그리고 규정은 아직 돌아오지 않았다. 남자는 목이 타는지 물을 벌컥인다. 남자의 눈길을 비켜 느리게 헤엄을 치고 있는 금붕어를 좇는다. 하나, 둘, 셋…… 다섯을 세는데 남자가 일어선다. 나는 걸음이 흔들리지 않도록 등을 꼿꼿이 세운 채 계단을 올라간다. 등 뒤에서 친구의 긴 한숨이 터져 나온다. 실종 신고는 벌써 들어갔습니다. 연락이 있으면 알려 드릴게요. 지금도 봉화에서 119와 회원들이 수색을 하고 있으니 곧 무슨 소식이……. 남자는 말을 삼키고 고개를 꾸벅 숙인다.

김 국장은 보이지 않는다. 창 쪽에 놓인 매트리스에서 강 부장이 고객의 얼굴을 만지고 있다. 그녀의 분홍색 가운이 리듬을 타며 흔들린다. 미스 장이 여자의 목에 스팀 타월을 덮고 있다. 나를 보자 화들짝 반가운 표정을 짓는다. 아무렇지도 않은 얼굴을 한다는 게 생각보다 힘들다. 행어로 다가가 웃옷을 벗고 가운을 걸친다. 미스 장이 가까이 다가와 속삭인다. 부장님이 이렇게 반가울 수가 없네요. 저 여자요, 진짜 이상한 여자예요. 계속 이상한 소리를 해대는 통에 돌아 버리는 줄 알았다니까요. 미스 장은 어이없다는 듯 머리를 젓는다. 나는 누워 있는 여자에게 가까이 다가가 얼굴을 쓸어 본다. 여자가 눈을 뜨고 바라본다.

오셨네요. 그냥 가버린 줄 알았어요.

아직 근무 시간인데요.

아까 어둠 어쩌고 하셨잖아요. 맞아요, 그 뉴욕 남자에게 호랑이는 어둠과 같은 거라는 생각이 들었어요. 제 안에도 그런 어둠이 있는 것 같아요. 아까 낮에 집을 나오면서 다시는 돌아가지 않을 생각이었거든요. 이상한 소리로 들리겠지만…….

알 것 같아요.

사람 사이에는 아무리 해도 착륙할 수 없는 텅 빈 활주로가 있어요. 같은 집에 살아도, 애를 낳아 키워도 도무지 어쩔 수가 없어요. 그냥, 그 활주로만 왔다 갔다 하는 거지요. 어떻게든 살아 보고 싶은데 점점 자신이 없어요. 그래서 든 생각이 그 활주로에서 이륙하고 싶어지는 거예요. 혹시 그런 맘 아세요?

나는 고개를 끄덕인다. 내가 그걸 왜 모르겠는가. 규정과 헤어지려고 했던 것도 그런 마음 때문 아니었을까. 만일 그와 산다면 아마 저 여자처럼 텅 빈 활주로를 왔다 갔다 하며 지내야 할 것이다. 아니면 그 뉴욕 남자처럼 호랑이를 기르거나. 그런데 이제 규정은 내게 어떤 기회도 주지 않고 사라져 버렸다. 규정은 살아서 꼭 돌아와야 할 이유가 있다.

여자의 눈이 부옇게 흐려지더니 눈물이 흐른다. 여자는 손으로 얼굴을 감싸고 흐느끼기 시작한다. 마사지 룸에 있던 사람들이 무슨 일인가 하고 우리를 돌아본다. 강 부장이 얼굴을 찡그리며 이쪽을 쳐다본다. 나는 여자의 어깨를 잡고 가만가만 쓸어 준다. 여자가 눈물을 그칠 때까지 나는 의자에 걸터앉는다. 로션 통을 정리하던 미스 장이 질렸다는 듯 고개를 흔든다. 여자는 오랜 시간 울음을 그치지 않는다. 나는 티슈를 뽑아 여자의 얼굴을 닦아 준다.

어둠 속으로 한번 들어가 보는 건 어때요?

어둠요?

들어가서 숨어 봐요. 그 뉴욕 남자처럼 말예요.

미스 장을 부르자 입을 부루퉁하게 내민 채 걸어온다. 여자를 돌려보내지 않는 게 싫은 모양이다.

밀실 공포증 같은 건 없지요?

석고 팩은 눈과 입을 모두 가리기 때문에 밀실 공포증이 있는 사람이 해서는 안 된다. 미스 장은 석고 가루와 거즈, 고무 그릇과 스푼을 가지고 온다. 여자의 얼굴에 스킨과 로션을 바르고 잘 스며들기를 기다린다. 영양 크림을 듬뿍 바르고 같은 동작으로 피부를 두드린다. 화이트 앰풀의 뚜껑을 열어 액을 바른다. 그리고 에센스

액이 묻어 있는 얇은 거즈를 얼굴에 덮는다. 석고가 묻어서는 안 되기 때문에, 여자의 눈썹과 입술에 패드를 올려놓는다. 거즈를 물에 꼭 짜서 얼굴부터 시작해 목까지 잘 덮어 준다. 거기에 영양 크림을 또 한 번 바른다. 다시 크림을 발라야 석고가 마르는 동안 떠 버리지 않는다. 물에 석고를 잘 개어 여자의 얼굴에 골고루 펴 바른다.

이제 좀 자요.

여자에게 조용히 속삭인다. 미스 장에게 뒷정리를 맡기고 밖으로 나간다. 사무실 의자로 걸어가 앉는다. 만일, 규정이 돌아오지 않는다면……. 절대 그렇지 않다고 마음을 다잡는다. 창밖은 어스름이 다가오고 있다. 찬 바람에 시든 잎이 우수수 떨어진다. 꼭 이맘때였다. 도서관 뒤편 무성한 수풀이 누렇게 말라 가고 있을 때, 규정은 긴 계단을 내려와서 저벅저벅 걸어왔다. 혹시 동굴 탐사 동아리에 나오지 않았어요? 그랬다. 색다른 이름 때문에 호기심이 생겨, 과 친구와 몇 번 가보기는 했다. 하지만 실제로 동굴 답사를 해야 한다는 말을 듣고 깨끗이 포기했던 곳이다. 그는 그곳에서 나를 보았던 모양이다. 등 뒤로 땅거미가 다가왔다. 규정은 학교 앞, 카페에서 우리들에게 동굴 사진을 보여 주었다. 친구의 감탄에 고개를 숙여 그것들을 들여다보았다. 내 눈에는 모든 굴들이 엇비슷하게 보였다. 그가 한 장의 사진을 가리켰다. 이곳이 단양에 있는 노동굴이에요. 졸업한 어떤 선배가 동아리 방에 찾아와 이런 얘기를 하더군요. 자기가 우연히 그 동굴 탐사에 참여한 적이 있었대요. 아직 사람들에게 개방되기 전이었죠. 그곳엔 태초의 깜깜함이 똬리를 틀고 있더래요. 마치 누군가 자신의 머리카락을 움켜잡고 어둠 속으로 용을 쓰며 끌어당기더랍니다. 선배는 깊은 못에 빠지는 사람처럼 허우적거렸대요. 우리들은 그걸 정령의 짓이라고 하지요. 우리처럼 케이빙을 다니는 사람들에겐 별의별 소문이 다 따라다니거든요. 나도 굴에 들어갔을 때, 가끔 들어요. 그 정령이 노래하는 허밍 소리를요. 진짜 어둠에 미치면 굴을 찾아다니느라 결혼도 하지 않고 사는 사람들도 꽤 있어요. 우리는 그런 사람들을 정령과 결혼했다고 하지요. 그 선배처럼 한 번이라도 그런 어둠을 봤으면 좋겠어요. 규정의 눈이 유난히 반짝였다. 나는 그에게서 오래 눈을 떼지 못했다.

사람들이 하나 둘 사무실을 빠져나가기 시작한다. 김 국장과 강 부장은 저녁 약속이 있는 듯 서둘러 퇴근했다. 석고 팩을 쓰고 누웠던 여자도 떠났다. 여자는 마사지 룸을 떠나기 전에 내 손을 잡았다.

좀 전에 정말 어둠 속에 누워 있는 것 같았어요. 내 안의 어둠에 대해서도 생각을 했고요. 다음에 기회가 되면 들를게요. 정말 고마워요, 제 얘기를 들어주신 거. 누군가에게 이렇듯 속시원하게 말해 본 적이 없어요. 아직 어디로 가야 할지는 모르겠지만…… 나가서 좀 걸으면서 생각하려고요.

여자는 걸어가다가 뒤돌아 서서 꾸벅 인사를 한다. 나는 미스 장을 불러 먼저 퇴근하라고 이른다. 미스 장은 거울 앞에서 화장을 고치다가 구두 소리를 내며 다가온다. 부장님, 오늘은 완전히 재수 옴 붙은 날이라고요. 그 이상한 여자가 온 뒤로 고객들도 오지 않고. 또 부장님도 오늘따라 이상해요. 그런 여자한테 그렇게 오래 시간을 내줄 필요도 없었다고요. 뭐, 쿠폰 끊은 것도 아니고. 우리가 자선 사업 하는 사람도 아니잖아요. 미스 장이 투덜거린다. 그녀는 캐비닛을 열고 화장품 샘플들을 포개서 집어넣는다.

전화 기다리세요?

가방을 둘러멘 미스 장이 물끄러미 쳐다보고 있다. 아까부터 내가 휴대폰을 꺼내서 만지작거리는 걸 본 것 같다. 말없이 손을 젓는다. 미스 장은 무슨 말을 할 듯하다가 그냥 돌아선다. 창으로 다가가 거리를 내려다본다. 네온사인이 밤거리를 핥으며 부표처럼 흔들린다. 황량한 들에 혼자 서 있는 느낌이다. 아무 생각도 떠오르지 않는다. 도대체 뭘 어떻게 해야 하는 건지 종잡을 수도 없다.

강 부장 자리의 전화가 울리기 시작한다. 한 번, 두 번, 세 번……전화는 열 번을 울리다 끊어진다. 다시 누군가의 책상에서 전화벨이 요란하게 울린다. 뛰어가 받지만 전화는 그냥 끊어진다. 규정의 친구로부터 끝내 아무 소식도 오지 않는다. 규정은 지금 어디에 있는 걸까. 유리창으로 걸어가 창문을 모조리 걸어 잠근다. 출입문을 잠그고, 사무실의 형광등을 모두 끄고 의자에 앉는다. 차도를 구르는 자동차들의 바퀴 소리와 급정거하는 마찰음이 희미하게 들려온다. 창으로 네온사인과 불빛이 쏟아져 들어와 사방이 어슴푸레하게 떠 있다. 그러나 규정이 찾는 어둠은 어디에도 없다. 천천히 일어나 마사지 룸으로 들어간다. 갑자기 환한 불빛 때문에 두 눈이 시큰거린다. 벽에 걸려 있는 전신 거울에 무심코 눈이 부딪힌다.

'어둠에 귀를 기울이면 허밍이 들려와…… 뱃사람을 유혹하는 세이렌의 노랫소리처럼 말야.'

규정의 목소리가 아득히 울린다. 캐비닛을 열어 석고 가루와 종이, 고무 그릇을 꺼낸다. 물에 석고를 부어 넣고 천천히 젓는다. 그릇에 석고를 잘 개어, 침대로 가지고 올라가 눕는다. 가운 주머니에 있던 휴대폰이 통 하고 바닥으로 떨어진다. 배 위에 석고가 담긴 그릇을 올려놓고 눈과 입을 패드로 덮는다. 더듬거리며 짓이긴 덩어리를 얼굴에 바르기 시작한다. 석고가 열을 내고 굳으며 피부에 단단히 들러붙는다. 고개가 무거워지며 움직일 수조차 없다. 점점 숨이 가빠 온다. 눈을 떠보려고 해도 잘 되지 않는다. 사방이 온통 칠흑이다. 콜타르 같은 어둠의 입자들이 끈끈하게 얼굴을 조여 온다. 심장이 빠르게 뛴다. 매캐한 석회 냄새가 코를 찌른다. 뚝뚝 석회수가 종유석을 타고 떨어지는 소리도 들리는 것 같다. 부연 석회 호수가 눈앞에 일렁인다. 온몸에 힘이 풀리고 밑으로 점점 가라앉아 간다. 바닥을 알 수 없는 깊은 어둠이 나를 삼키고 있다.

야간 비행

당신은 강물을 보고 있다. 찬 기운이 가시지 않은 바람이 당신의 흰머리를 헝클어뜨리며 불어 간다. 당신은 추운 듯 어깨를 옹송그린다. 내가 옆으로 다가앉으며 손을 붙잡자 어깨를 틀며 손가락을 빼내려고 버둥거린다. 당신 손은 야위었다. 나는 어깨에 둘려 있는 회색 카디건을 위로 끌어올려 준다. 바람이 카디건을 들출 때마다 당신의 굽은 어깨도 떨린다. 바람과 반대로 햇살엔 온기가 있다.

봄기운을 담고 있는 공기가 폐 속 가득 흘러든다. 고개를 들어 멀리 산허리를 훑던 당신 눈길이 다시 강물로 빠진다. 강물은 시멘트를 풀어놓은 듯 부옇다. 아직 싹을 틔우지 않은 수양버들이 마른 가지를 늘어뜨리고 서 있다. 강 둔치를 핥으며 잘금잘금 물결이 일렁인다. 탁한 물 위로 페트병과 과자 봉지와 형광색 슬리퍼가 떠간다. 당신 눈길도 그것들을 따라 흘러간다. 강 옆으로 난 길을 유치원생 아이들이 줄지어 지나간다. 아이들 등에 짊어진 노란색 가방이 유채 꽃망울처럼 흔들린다. 당신 고개가 아이들 재잘거리는 소리 따라 움직인다. 찬 바람에 흰색 머리칼이 더풀거린다. 당신은 거스러미가 허옇게 일어난 입술을 달싹인다. 정섭일 네년이 버렸지? 오살할 년……. 당신은 아이들 뒷모습에서 시선을 떼지 못한다. 고개를 틀어 나를 노려보는 당신 이마로 퍼런 힘줄이 튀어나온다. 당신 눈이 금세 붉어지며 젖는다. 정섭일 찾아와, 이년아, 정섭일. 당신은 흐느낀다. 나는 울고 있는 당신 뒤에 서서 흘러가는 강물을 덤덤하게 바라본다. 당신이 내게 아무리 패악을 부려도 상관없다. 옛날의 나였다면 어림없는 일이었을 것이다. 오빠가 없어진 작년부터 당신은 잘 걷지 못한다. 마루에서 쓰러진 뒤 한 달 가까이 방에만 누워 있었다. 그렇게 아끼고 사랑했던 당신의 피붙이. 그 아들이 없는 당신은 낡은 스웨터처럼 초라하다.

당신 울음소리가 잦아든다. 한기가 이는 듯 몸을 떤다. 나는 휠체어 손잡이를 붙잡는다. 바퀴에 무엇이 걸렸는지 휠체어는 밀리지 않고 기우뚱거린다. 당신 몸도 옆으로 기울어진다. 공포로 당신 눈이 커다랗게 벌어져 있다. 순간, 손을 탁 놓고 싶은 충동에 화들짝 놀란다. 강물을 향해서 곤두박질치는 당신 모습이 보이는 것 같다. 허우적대며 물속으로 잠겨 드는 당신 모습도 스친다. 황급히 휠체어를 붙든다. 바퀴에 무엇이 걸렸는지 허리를 숙이고 본다. 커다란 돌멩이다. 언제 굴러들어 온 것일까. 박힌 돌을 기어이 빼내고야 마는 굴러들어 온 돌. 당신은 어깨를 움츠리고 가쁘게 숨을 몰아쉬고 있다.

자정이 가까워 온다. 마음이 급해진다. 당신과 있는 동안 야간 비행(夜間飛行) 가고 싶은 걸 참느라 죽는 줄 알았다. 좀이 쑤시고 발바닥도 근질거렸다. 당신은 이제 잠들었다. 누비이불을 끌어다 덮어 준다. 살금살금 일어나 머리맡에 켜두었던 스탠드를 끈다. 당신은 별일이 없는 한 내가 돌아오는 새벽까지 깨지 않을 것이다. 나는 윗목에 놓아둔 스테인리스 요강을 발로 차지 않도록 조심하며 걸어 나온다. 방문에 귀를 대보고 혹 당신이 깨지 않았나 잠시 서성거린다. 당신의 낮고 고른 숨소리가 새어 나온다.

마루에 걸린 가족사진을 올려다본다. 오빠는 초코파이를 움켜쥔 채 금세라도 울 것 같은 표정으로 찡그리고 있다. 눈빛은 카메라가 아닌 다른 것을 보고 있다. 오빠를 붙잡는 것에 지쳐 버린 사진사는 대충 셔터를 눌렀을 것이다. 아버지가 죽기 1년 전에 찍은 사진이다. 전립선암 말기였던 아버지는 빠진 머리를 감추기 위해 캐멀 색 중절모를 쓰고 있다. 젓가락처럼 마른 아버지 옆에 서 있는 당신은 녹색 블라우스 솔기가 터질 듯 빵빵하다. 당신과 그런 아버지의 모습을 볼 때면 늙은 톨스토이가 부인 소냐와 함께 서 있는 사진이 떠오른다. 흰 수염이 얼굴의 반을 덮은 톨스토이는 앙상하게 마른 얼굴로 냉담한 미소를 짓고 있고, 소냐는 퉁퉁한 허리를 비스듬히 돌린 채 카메라를 쏘아보고 있다. 소냐는 딴생각에 빠져 있는 듯도 하고 화나 있는 듯도 하다. 두 사람의 표정은 같은 사진 속에 들어가 있는 것조차 마땅치 않은 얼굴이다. 저 사진을 찍을 때 당신도 그랬을까. 아버지 옆에 서 있는 당신은 소녀보다 더 불편한 기색이다. 당신은 그때 몹시 살이 쪄 있었다. 아버지가 약 기운과 토악질 때문에 식사를 못해도 당신은 그런 아버지 앞에서 고기를 볶고 생선을 구워 오빠와 함께 먹었다. 마루에 서 있으면 달그락거리는 그릇 소리와 오빠가 수저로 상을 두드리는 소리가 들려왔다. 나는 소반에 묽게 끓인 쌀죽을 얹어 아버지 방에 갖다 드렸다. 죽기 며칠 전부터 아버지는 죽조차 잘 삼키지 못했다. 아버지가 죽 그릇을 밀치는 사이 건넌방에서 오빠가 더 달라는 듯 상을 두드리는 소리가 요란했다. 병신 새끼. 아버지는 천장으로 고개를 돌리며 가래 끓는 소리를 내었다. 아버지의 앙상한 목 언저리로 검푸른 죽음이 가득했다. 당신은 카메라를 쏘듯이 쳐다보고 있다. 그러나 사진 속 아버지는 오히려 담담해 보인다. 아버지는 죽음 앞에 이미 모든 것을 포기한 얼굴이다. 뒤통수가 땅기는 것 같아 조금 전 닫은 당신 방문을 돌아본다. 밤바람이 문풍지를 흔들고 지나는 게 보인다. 마당에 켜둔 낡고 오래된 등 때문에 마루가 훵하다.

　가족사진을 찍은 날은 당신 쉰일곱 생일이었다. 그날, 당신은 집으로 온 사진사에게 아버지 영정도 함께 찍게 했다. 마루에 오래된 나무 의자를 갖다 놓을 때 삐걱이던 소리와 이년아, 소철 화분 좀 이쪽으로 치우라니까, 하며 내게 이르던 당신 음성이 귀에 쟁쟁하다. 오빠는 내가 마루 뒤쪽에 끌어다 둔 소철 화분 속에서 흙을 파내고 있었다. 사진사가 셔터를 누르기 전 오빠를 붙들어 내 옆에 세워 놓았다. 그러나 오빠는 금세 달아나 작은 방에서 초코파이를 먹고 있었다. 손아귀에 쥔 초코파이를 다 먹기도 전에 다른 손은 새것을 움켜쥐었다. 오빠는 초코파이, 접시, 자동차 바퀴, 동전 등 둥근 것에 집착했다. 그중에서 가장 좋아하는 것은 초코파이였다. 오빠 방에는 베어 먹다 만 초코파이와 아직 뜯지도 않은 과자 상자가 어른 키 높이만큼 쌓여 있었다. 오빠가 있을 적에는 방이 개미와 바퀴벌레로 들끓었다. 오빠는 벌레들 때문에 때가 낀 검은 손톱으로 살갗을 긁어 댔다. 얼굴과 다리, 팔뚝에는 긁다 생긴 딱지와 부스럼이 엉겨 붙어 있었다. 손은 시럽이 묻어 언제나 진득거렸다. 방이나 마루에 굴러다니는 초코파이를 줍는 사람은 당신이었다. 당신은 어느 날부터 오빠가 남긴 초코파이를 먹기 시작했다.

작년 여름, 당신은 장을 보러 갔다 돌아오는 길에 오빠를 잃어버렸다. 서른세 살의 오빠는 스무 해가 넘도록 살았던 집으로 돌아오지 못했다. 당신은 오빠가 고속도로에서 누군가의 차에 치여 횡사했을지도 모른다고 더듬거렸다. 그날 바로 서울로 돌아가려고 집에 들른 내 손에는 여행 가방조차 들려 있지 않았다. 사이드 브레이크를 채워 놓은 승용차가 걱정돼 엉거주춤 일어서는 내 다리를 당신이 기어 와 붙들었다. 확 밀쳐 버리고 싶었는데 웬일인지 발이 움직이지 않았다. 당신은 내 다리에 얼굴을 비벼 대었다. 정섭일 좀 찾아 줘라. 제발, 정섭일 찾아 줘. 3년 만에 본 당신은 두 눈이 푹 꺼지고 몸은 죽기 전의 아버지처럼 말라 있었다. 당신은 더 이상 눈물도 나오지 않는 듯 마른 울음을 삼켰다. 왜 나는 그때 당신을 뿌리치고 떠나지 못했을까. 나는 한 번도 당신에게 따스한 정을 느낀 적이 없는데, 왜 그대로 주저앉았을까.

오빠의 방 문을 연다. 불기가 들지 않은 방은 썰렁하다. 방에서는 눅눅한 냄새와 무언가 썩는 듯한 구릿하고 탁한 냄새가 섞여 난다. 2단짜리 옷장과 비취색 하이그로시로 만든 책상이 방에 놓여 있다. 물건을 치우지 못하게 한 것은 당신이다. 당신은 아직도 오빠가 돌아올 거라고 믿고 있는 걸까. 오빠의 쿨쩍이는 모습이 검은 유리창에 어른거린다. 집을 떠나기 며칠 전이었다. 버스에서 내려 큰길을 따라 올라오다가 가게로 들어가는 그를 보았다. 오빠 옆에는 웬일인지 당신이 보이지 않았다. 전봇대 위 줄에 앉아 있던 참새들이 일제히 하늘로 날아올랐다. 가게 밖에 서서 구두로 보도블록을 차며 서 있었다. 한참을 기다려도 오빠는 나오지 않았다. 안에서 고함 소리가 터져 나온 것은 그때였다. 얼굴이 잔뜩 지질린 채 입으로 거품 같은 침을 흘리며 오빠가 뛰쳐나왔다. 오빠 손에는 뚜껑이 열린 초코파이 상자가 들려 있었다. 오빠 뒤로 낯익은 가게 여자가 빗자루를 쥐고 쫓아 나왔다. 오빠는 얼마 뛰지 못하고 여자에게 붙잡혔다. 오빠의 다리 사이로 초코파이가 쏟아졌다. 여자가 가지고 있던 빗자루로 오빠의 다리와 어깨를 마구 두드려 댔다. 병신이 이젠 물건까지 손대네, 기막혀서. 오빠는 아픈지 몸을 웅크리고 흔들었다. 빗자루가 움츠리며 떨고 있는 오빠의 몸 여기저기를 날고 있을 때도 나는 꼼짝하지 않았다. 여자는 땅에 떨어진 초코파이를 주워 담았다. 상자를 들고 오빠의 멱살을 잡아끌었다. 나는 골목에 서서 대문에 등을 기대고 섰다. 안에서 당신 고함 소리가 터져 나왔다. 당신 목소리는 미안해하기는커녕 오히려 당당하고 기운찼다. 훔쳐? 이런 애가 뭘 훔쳐, 정신 나갔어? 이 여편네야! 쫓아오니까 무서워서 도망친 거라고. 당신 큰 소리에 기가 눌린 듯 가게 여자는 우물거렸다. 황급히 밖으로 뛰쳐나온 가게 여자와 골목에 서 있던 내 눈이 부딪쳤다. 당신과 드잡이라도 했는지 여자의 머리칼은 헝클어져 있고 치맛단이 옆으로 틀어져 있었다. 여자는 어이없다는 표정을 하고 있었다. 당신이 미안하다고만 했으면 여자는 그냥 돌아섰을 것이다. 한동네에서 그리 야박하게 굴 여자도 아닌 것 같았다. 가게 여자는 내게 들으라는 듯 종알거렸다. 기가 막혀서, 방귀 뀐 놈이 성낸다고. 여자는 침을 칵 뱉고는 등을 돌렸다. 걸진 침이 내 구두코로 날아와 붙었다. 수돗가에는 배가 터진 초코파이가 여기저기 널려 있었다. 빵에서 나온 흰 마시멜로가 바닥에 달라붙어 미끈거렸다. 오빠가 들고 나왔던 상자는 봉숭아 화단에 뒤집혀 있었다. 당신은 빗자루로 마당에 떨어진 초코파이를 쓸기 시작했다. 내가 들어온 줄도 모르는 듯했다. 오빠는 쿨쩍이면서 초코파이를 베어 먹었다. 콧물과 눈물이 범벅이 되어 입으로 함께 쓸려 들어갔다. 병신. 나는 손가락을 빨고 있는 그를 노려보았다.

　반이 젖혀 있는 체크무늬 커튼이 밖에서 흘러 들어온 불빛에 어둡게 떠 있다. 창가로 다가서서 커튼을 들춘다. 오빠 방에서는 집 뒤 공터가 내다보인다. 오랫동안 열리지 않은 창문이 바람에 덜커덕거린다. 한여름에는 웃자란 잡풀이 키를 넘고 있지만 지금은 마른 대궁이 밤바람에 흔들리고 있다. 검은 유리창에 떠 있는 단발머리 여자도 바람에 흔들린다. 시커먼 물체 하나가 빠르게 공터를 가로지른다. 짧은 섬광 같은 것이 번쩍 어둠 속에 빛난다. 가슴이 철렁 내려앉아 창턱에 팔꿈치를 짓이긴다. 들고양이다. 야산을 돌아다니며 쥐를 잡아먹는 들고양이는 날이 추우면 마을까지 내려온다. 집 주변을 어슬렁대며 쓰레기봉투를 파헤치고 대문이 열린 집으로 기어들어 부엌까지 숨어든다. 아직도 저 어둠 바깥 속에 숨어서 노려보는 것 같아 황급히 커튼을 친다. 책상 위에 있던 낡은 스케치북이 팔꿈치에 부딪쳐 떨어진다. 첫 장을 넘겨본다. 4B 연필로 그린 오빠 얼굴이 보인다. 그림 속 오빠는 멀쩡한 사람 같다. 항상 불안하게 굴리던 눈동자도 없고 침을 흘리던 입술도 아니다. 언제나 오른쪽 머리칼을 쥐어뜯어 그쪽만 새 꼬리처럼 바짝 올라붙은 머리도 아니다. 검은 눈은 초롱초롱 빛나고 살짝 꼬리가 올라간 입은 웃음까지 띠고 있다. 머리칼도 단정하다. 당신이 그린 것일까. 예전에 당신은 곧잘 오빠에게 연필을 쥐여 주고 선이나 동그라미를 그리게 했었다. 오빠는 동그라미는 잘 그렸다. 자신이 관심 있던 것이라서 그런지 스케치북 한 장에 온통 빙글빙글 원을 그려 놓았다. 오빠가 그린 동그라미는 컴퍼스로 그린 것처럼 일정했다. 그것을 보며 당신은 기쁨에 못 이겨 칭찬을 퍼부었다. 그러나 그뿐이었다. 오빠는 네모도 삼각형도 그리지 못했다. 당신이 연필을 쥐여 주고 그려 보라고 독촉을 해대면 상을 두드리며 소리를 질렀다.

책상 서랍에 휴대폰이 들어 있다. 오랫동안 쓰지 않아서 먼지가 앉아 있다. 전화기는 배터리가 분리된 채다. 어느 밤, 시끄럽게 울려 대던 벨 소리에 화가 치밀어 뽑아 버렸을 것이다. 휴대폰 안쪽에 이 차장과 찍은 스티커 사진이 붙어 있다. 이 차장은 플래시에 놀란 듯 두 눈을 감아 버렸다. 이 차장은 사진 붙여 놓은 걸 보고 질색을 했다. 그러나 붉은색 치렁치렁한 가발을 쓴 채 눈을 감은 남자가 이 차장인 줄은 사무실 사람들도 모르는 눈치였다. 내 자리에 앉으면 그의 뒤통수가 바라보였다. 희끗희끗한 새치가 많은 머리였다. 가끔 이 차장은 모텔 침대에 엎드려 내게 흰머리를 뽑아 달라고 했다. 휴지 가득 뽑은 흰머리를 보면서 이젠 너와 비슷한 또래로 보이니? 하며 클클거렸다. 그러곤 자정이 되기 전, 집으로 전화를 걸었다. 야근 중이야. 기다리지 말고 자. 그만 좀 징징거려. 전화를 끊을 때 이 차장의 목소리는 짜증이 나 있었다. 디자인실의 팀장인 그가 나만 만나는 눈치는 아닌 듯했다. 인사권을 쥔 그에게 꾀어드는 여자들도 많은 것 같았다. 회사를 그만두지 않을 이상 이 차장의 손길을 뿌리치는 건 쉽지 않았다. 그와 만나는 동안 서른이 넘었다. 이제 당신과 오빠가 있는 집은 내게 서서히 잊혀 가고 있었다. 나는 휴대폰을 만지작거리다 배터리를 들어 끼운다.

철 대문이 기분 나쁜 소리를 내며 닫힌다. 쌀쌀한 밤공기가 훅 하고 끼쳐 온다. 스웨터 성근 올 사이로 찬 바람이 스며든다. 이빨이 딱딱 부딪치며 몸이 부르르 떨린다. 치마 주머니에 들어 있던 스카프를 꺼내 머리에 둘러 감는다. 금세 콧물이 인중을 따라 흘러내린다. 강으로 나 있는 시멘트 계단을 내려간다. 질러가기 위해서는 이 길이 제일 빠르다. 낮게 엎드린 강물이 물개 등처럼 번들거린다. 물속에서 툭 소리와 함께 무언가 펄쩍 허공을 향해 튀어 오른다. 물고기일 것이다. 강물은 탁해도 물고기는 제법 버글거린다. 고속도로로 나오자 바람이 한결 강해진다. 서울을 향해 올라가는 상행선 방향 차들이 미친 듯 속도를 낸다. 속도에 취한 인간보다 더 무서운 것은 없다. 밖에서 만난 여자에게서 나를 낳았을 때도 아버지는 고속(高速)의 시간을 달리고 있었을 것이다. 아버지가 집 장사를 시작할 무렵 막 다세대 주택 붐이 일었다. 아버지는 놀고 있는 임야를 헐값에 사들여 다세대 주택을 짓고 팔았다. 현장에 나가 있느라 1년의 반도 집에 들어오지 않았다. 아버지가 자신의 속도에 취해 갈팡질팡해 댈 무렵 당신은 오빠 외에 아무것에도 관심이 없었다. 당신은 결혼하자마자 아버지와 맞지 않는다는 걸 알았다고 했다. 결혼한 지 1년이 되도록 아이가 들어서지 않아 차라리 잘되었다고 안심했다고 했다. 그러다 덜컥 들어서 버린 것이 오빠였다. 오빠를 배 속에 가지고 있는 동안 당신은 아버지 때문에 까맣게 말라 갔다. 당신은 오빠가 발달 장애로 태어난 것이 아버지 탓이라고 믿고 있다.

차들의 속도가 너무 빨라 도로를 가로지를 엄두가 나지 않는다. 여름날 새벽 집으로 돌아올 때 고속도로 위에 널브러져 있는 다람쥐나 수리부엉이의 터진 내장을 본 적이 있다. 수리부엉이는 커다란 눈을 홉뜬 채 날개가 부러지고 뱃가죽이 터져 있었다. 손으로 만져 보면 수리부엉이 몸은 아직 따뜻했다. 검붉은 핏자국 사이로 꺼멓게 개미들이 몰려들었다. 오빠 방에서 보았던 작고 검은 약탈자들이었다. 공터 마른 흙에 집을 짓고 살던 개미들은 단내를 맡고 창문을 향해 줄을 지어 모여들었다. 오빠가 뜯어 먹다 놔둔 초코파이는 자고 일어나면 포장지 속으로 벌레들이 버글거렸다. 오빠는 그 옆에서 침을 흘리며 잠들어 있었다. 당신에게 나도 그런 약탈자가 아니었을까. 포대기에 싸인 나를 받아 안을 때 젊은 당신은 벌레 보듯 진저리 쳤을까. 나는 번득이며 달려오는 차들의 헤드라이트에 두 눈을 질끈 감아 버린다.

작은 종이 딸랑거리는 문을 밀고 들어간다. 마스카라 여자가 커다란 마른 헝겊으로 찻잔을 닦다 쳐다본다. 여자 눈은 짙게 칠한 마스카라 때문에 검은 웅덩이처럼 보인다. 여자의 눈을 볼 때마다 나는 아마조네스를 떠올린다. 악어와 독거미와 지네가 우글거리는 축축한 숲 속에 숨어 사냥감을 기다리고 있었을 아마조네스들의 검은 눈을. 내가 바텐드 앞 둥근 의자에 걸터앉자 여자는 CD 케이스에서 음반을 꺼내 들어 바꾼다. 맑은 유리 가루가 부서져 공중에서 쏟아지듯 신시사이저 음악이 귀를 타고 흐른다. 뒤를 이어 클라리넷이 강을 따라 흐르는 물줄기처럼 따라 나오기 시작한다. 제스로 툴의 〈플라이 바이 나이트〉다. 나는 턱을 바텐에 대고 몸을 기울인다. 마스카라 여자가 갓을 씌운 등 스위치를 내린다. 고개를 들어 천장을 올려다본다. 검은 하늘엔 무수한 형광색 별들이 빛나고 있다. 크기도 제각각이다. 별들은 밤하늘을 따라 흘러가기 시작한다. 내 몸도 흐른다. 이제 마스카라 여자와 나는 야간 비행을 시작한다. 승객은 아직 없다. 가끔 생에서 불시착하는 사람들, 우리가 기다리는 사람들이다. 달빛이 통유리창으로 밀려 들어온다. 여자는 보라색 초에 불을 붙인다. 라벤더 냄새가 코로 날아들며 몸이 나른해진다. 여자가 내 앞에 젖은 냅킨을 담은 재떨이를 놓아 준다. 밤참 줄까? 여자의 목소리는 여느 날처럼 은근하다. 여자의 속셈이 무언지 뻔히 알고 있다. 나를 이곳에 더 오래 붙들어 두려는 것이다. 여자의 눈이 촛불 아래서 은은하게 빛난다. 담배에 불을 붙여 한 모금 빨다 비벼 끈다. 여자는 진에 마티니를 섞어 내 앞에 갖다 놓아 준다. 술잔에 비스듬히 꽂힌 레몬 조각을 물끄러미 바라본다. 다른 거 만들어 줄까? 나는 고개를 젓는다. 졸음이 밀려와 바텐에 턱을 기댄다.

내가 이곳을 드나든 것은 작년부터다. 근처 소읍에 갔던 날이었던 것 같다. 당신이 약을 먹고 잠든 후 골목에 세워 두었던 차를 빼서 나왔다. 병원에 들러야 했다. 날짜가 많이 지나 있었다. 사무실에 휴가 신청서를 내놓고 나오다 이 차장과 마주쳤었다. 이 차장 옆에는 다른 동료도 있었다. 이 차장이 병간호 잘해 드려요, 하며 사무실로 들어갔다. 아래 직원에게 쓰는 평범한 말투였다. 좀 더 따뜻한 말이 흘러나올 거라고 기대했던 탓일까. 배신감이 느껴졌다. 갓길에 차를 세우고 핸들에 고개를 파묻었다. 이 차장의 뒷모습이 자꾸 머릿속에 밟혔다. 하지만 그에게 말하지 않은 건 잘한 일 같았다. 이 차장이 안다고 해서 뾰족한 수가 있는 것도 아니었다.

고속도로에 차들이 많지 않았다. 속도를 내어 달리기 시작했다. 인터체인지를 빠져나간 것은 집에서 달려와 채 한 시간도 지나지 않을 때였다. 소읍은 조용했다. 나무 계단을 올라가는데 처음으로 다리가 후들거렸다. 작은 산부인과였다. 바깥에서와 달리 대기실은 의외로 깨끗했다. 둥근 소파 위로 희고 빳빳한 면 커버가 씌워져 있었다. 탁자 위의 잡지도 잘 정돈되어 쌓여 있었다. 내 눈길을 잡아끈 것은 창가를 따라 피어 있는 제라늄의 붉은 꽃잎이었다. 나는 손을 모아 쥐고 접수대로 걸어갔다. 들어 올린 내 두 다리 사이로 걸어오며 여의사가 라텍스 장갑을 꼈다. 차가운 금속 기구가 아랫도리 속으로 거칠게 파고들었다. 섬뜩한 이물감에 놀라 다리가 뒤틀렸다. 뒤꿈치로 수술대의 시트를 마구 내려 찼다. 어서 마취주사 놔. 여의사가 소리를 질렀다. 팔뚝에 마취 주사를 찌르고 나서 간호사는 자, 세보세요, 하나 둘 셋, 하고 말했다. 하나 둘 셋…… 가물거리는 눈 속으로 침대 옆 쓰레기통에 핏물 밴 휴지가 보였다. 붉은 휴지는 창가를 따라 떨어진 제라늄 꽃잎 같았다. 붉은 꽃잎들이 일시에 내 얼굴로 쏟아지기 시작했다.

액셀을 밟는 발이 자꾸 흔들렸다. 손에서 식은땀까지 솟았다. 강이 보이기 시작했을 때 차를 세웠다. 강 저편에 유리로 지붕을 덮은 집이 보였다. 햇살이 유리에 부딪혀 반짝였다. 나는 차에서 내려 그곳을 향해 걸어갔다. 문 앞 깃대에 작은 깃발이 나부끼고 있었다. 가까이 가서 들여다보니 비행기였다. 초록색 리스가 걸린 문을 밀고 들어가자 검은 웅덩이처럼 눈을 까맣게 칠한 여자가 일어났다. 스피커에서 제스로 툴의 〈플라이 바이 나이트〉가 흘러나오고 있었다. 나는 비척비척 걸어서 바텐 앞 의자에 주저앉았다. 눈앞으로 가위를 든 오빠가 몸을 흔들고 있었다. 좀 전에 내 몸속을 훑어 내렸을 가위 소리도 들려오는 것 같았다. 부앙? 부앙? 부앙? 오빠의 목소리가 귓전에서 메아리쳤다.

레코드판은 여전히 밤하늘을 날아가고 있다. 멀리 고속도로를 빠른 속도로 달려가는 차들의 소음이 희미하게 들려온다. 그 소리를 들으니 눈이 서서히 감겨 오는 것 같다. 두 눈이 감겨 오려고 하는데 딸랑, 문소리가 난다. 검은 트렌치코트를 입은 남자가 서서 카페 안을 둘러보고 있다. 수은등이 불을 밝히고 있는 정원에는 남자가 타고 온 듯한 승용차가 서 있다. 남자는 어디를 향해 달리다 이곳에 불시착한 것일까. 고속도로에서 속도에 취하지 않고 한눈 파는 사람만이 야간 비행을 할 수 있다. 어둑한 실내를 돌아보던 남자가 그 자리에 못 박힌 듯 서 있다. 남자는 천장의 형광색 별들을 올려다보다 내가 앉아 있는 곳으로 다가온다. 여자가 뜨거운 물이 담긴 잔을 남자 앞에 놓아준다. 남자는 코트를 벗어 옆 의자에 걸쳐 놓는다.

「10년 전에 듣고 처음이군요.」

남자가 담뱃불을 붙이며 조니 워커 블루를 손으로 가리킨다. 마스카라 여자가 술병을 바텐에 올려놓는다. 남자가 태우고 있는 담배 연기가 세 사람 머리 위로 흩어진다. 진 토닉 잔은 이미 비었다. 여자가 위스키 잔을 내 앞에 놓는다.

「학생 때 배낭 하나 달랑 메고 부산에서 서울까지 무전여행을 한 적 있어요. 그때 많이 들었던 곡인데. 제스로 툴이 생텍쥐페리의 《야간 비행》을 읽고 만들었다지요?」

남자가 자신의 잔에다 위스키를 따르다 빈 술잔을 앞에 놓고 있는 나를 바라본다. 남자가 내 앞에 놓인 잔에 술을 부어 준다. 나는 감기려는 눈을 겨우 치뜬다.

「떠나라, 떠나라고 속삭이는 것 같지 않아요?」

그래서 무전여행을 했어요? 크래커 위에 햄과 치즈를 얹던 마스카라 여자가 남자를 돌아보며 작게 웃는다. 접시를 바텐에 놓으며 여자는 나를 향해 눈을 찡긋한다. 남자가 괜찮다고 신호를 보내는 것이다. 프로그레시브 록 그룹으로선 드물게 런던 필하모닉과 협연했고, 멤버 다들 옥스퍼드를 졸업한 수재들이었고요. 내 말에 남자가 입에다 햄 조각을 집어넣으며 고개를 주억거린다. 남자가 한 잔 마시고 내게도 한 잔 따라 준다. 남자 한 잔, 나 한 잔. 남자 두 잔, 나 한 잔. 잔을 들어 남자와 챙 부딪친다. 호박색 술이 촛불에 흔들린다. 술이 그립다. 얼마나 마셔야 더 이상 그립지 않을까. 양주 병이 바닥난다. 남자가 레미 마르탱을 달라고 소리친다. 화장실에 가서 몇 번 게우고 나서도 나는 끝없이 잔을 비운다. 몇 잔을 마셨는지도 모르겠다. 페치카 속에서 탁탁 나무 튀는 소리가 들려온다. 나무 타는 냄새와 천장에서 쏟아지는 별들과 술 때문에 자꾸만 눈이 감긴다. 더 마셔야 되는데, 더······. 유리 조각이 부서지는 검은 하늘을 따라 내 몸이 끝없이 날아간다.

벽이 울리는 둔중한 소리에 눈을 뜬다. 목이 말라 주변을 둘러본다. 머리가 어지럽다. 바지를 벗은 남자가 침대에 엎어져 코를 골고 있다. 남자의 벗은 엉덩이가 천장을 향해 솟아 있다. 벽이 울리는 소리는 남자의 코 고는 소리였다. 남자가 몸을 뒤치며 시트 속으로 파고들자 둥근 엉덩이도 사라진다. 스탠드가 놓여 있는 탁자에 남자가 꺼내 놓은 수표가 놓여 있다. 남자와 나는 걸어서 모텔까지 왔을 것이다. 고속도로를 따라 차들이 달리는 소리가 희미하게 울려온다. 남자와 함께 양주 두 병을 비우고 맥주를 대여섯 병마신 것이 떠오른다. 그 정도면 마스카라 여자가 서운해할 정도는 아니다. 남자는 아랫도리를 벗고 있는데 나는 멀쩡하게 치마를 입고 있다. 냉장고 문을 열어 물병을 꺼내 벌컥벌컥 들이켠다. 탁자 위 수표를 집어 든다. 아직 날이 밝지 않았다. 내가 잠이 든 것은 고작 몇 시간 정도일 것이다. 남자는 아침이면 자신이 갈 곳으로 달려갈 것이다.

당신은 한사코 목욕을 하지 않으려고 버틴다. 며칠 씻지 않은 당신 몸에서는 게장 삭히는 냄새가 난다. 마당에 휠체어를 내놓고 방으로 들어가 누워 있는 당신을 안아 올린다. 예전이라면 당신을 들 엄두도 나지 않았을 것이다. 그러나 이제 당신은 방 안을 떠다니는 먼지처럼 가볍다. 손에 들린 당신에게선 전혀 무게가 느껴지지 않는다. 허수아비 같은 당신을 안고 마루를 걸어오는 나를, 녹색 블라우스를 입은 뚱뚱한 당신이 내려다보고 있다. 당신은 밖으로 나가는 줄 알고 가만히 있다가 휠체어가 세면장으로 향하자 손바닥으로 의자 팔걸이를 누르며 버틴다. 네년이 정섭일 죽였지? 이제 그것도 모자라 나도 죽이련? 오살할 년. 당신 입에서 흰 거품이 부글거린다. 당신의 눈은 나를 바라보지만 초점이 없다. 네년이 정섭일 얼마나 미워했는지 다 알아, 갈아 먹어도 시원찮을 년. 당신 입에서 튄 침방울이 내 얼굴로 날아든다. 목욕탕 문을 닫고 욕조에 더운물을 가득 받는다. 미리 보일러를 켜놓았기 때문에 물은 중간에 끊어지지 않고 잘 나온다. 당신이 입고 있는 바지와 울 카디건을 벗긴다. 다리를 움직이지 못하는 당신은 팔을 휘저어 댄다. 겉옷을 벗겨 내고 팬티를 입은 그대로 담근다. 더운물 속에 들어간 당신은 몸이 금세 발갛게 익는다. 당신은 기운이 빠지는지 더 이상 버둥대지 못하고 욕조에 기댄다. 당신의 거죽 같은 엉덩이를 들고서 팬티를 벗겨 내린다. 쪼글거리는 치골 사이로 성근 흰색 거웃이 몇 개 매달려 있다. 오빠를 낳았던 당신 자궁은 오그라들어 이제 뱃가죽 밑에 간신히 붙어 있을 것이다. 오빠가 성한 자식이었다면 날 미워하지 않았을까. 내가 오빠를 미워했다고 하지만 당신이 날 더 미워했다.

열 살 무렵부터 나는 당신이 친엄마가 아니란 걸 알고 있었다. 아버지도 내 아버지가 아니라고 생각하던 때였다. 이 집을 떠나 멀리 갈 수 있다면 바랄 것이 없었다. 학교 뒤편으론 길게 신작로가 나 있었다. 신작로를 따라 올라가다 보면 기차가 멈춰 서는 건널목이 나왔다. 한 번은 신호 대기 중인 기차를 향해 뛰어들었다가 역무원에게 붙잡혀 크게 혼나기도 했다. 레일 위를 굴러가는 기차를 보고 있으면 타고 싶어 발바닥이 근질거렸다. 어린 시절 내내 손님처럼 집에 들르는 아버지도, 오빠에게 매달리는 바람에 내 학용품을 챙겨 주지 않는 당신도 싫었다.

그날, 당신은 오빠와 상에 붙어 앉아 스케치북에 그림을 그리고 있었다. 양반다리를 한 오빠가 앞뒤로 몸을 흔들어 댔다. 당신은 오빠에게 세모를 그려 주며 똑같이 그리면 사탕을 주겠다고 어르

고 있었다. 너, 해볼래? 당신 말을 오빠가 그대로 따라 했다. 너, 해
볼래? 오빠는 스케치북을 보고 히죽 웃더니 연필을 쥐었다. 어긋
나게 연필을 쥐고 있는 오빠의 팔목이 아슬아슬해 보였다. 오빠는
당신이 그린 세모를 쳐다보며 고개를 까딱였다. 그러나 오빠가 스
케치북에 그린 것은 동그라미였다. 컴퍼스를 돌리지 않으면 나나
당신이나 그런 동그라미는 그리지 못할 것이다. 둥그런 거 말고 세
모 말야, 세모. 당신이 소리를 질렀다. 비행기, 비행기 같은 거, 부
앙, 하며 하늘을 날아다니는 비행기가 세모야. 오빠의 눈이 천장을
향해 올라갔다. 부앙? 부앙? 오빠가 고개를 까딱까딱 흔들었다.

　일이 많아 피곤했던 나는 일찍 잠자리에 들었다. 당신과 오빠가
마루에서 아직 그림을 그리고 있는지 부스럭거리는 소리가 들렸
다. 며칠 뒤면 이 집을 떠날 거였다. 그토록 바라던 일이었다. 떠나
면 나는 당신과 오빠를 잊고 살 것이다. 스르르 눈이 감겼다. 잠결
에 무엇이 갉작이는 소리에 불현듯 눈이 뜨였다. 방에 불이 환하게
켜져 있었다. 오빠가 책상에 올라앉아 가위로 레코드판을 자르고
있었다. 가위질을 하면서 오빠는 몸을 앞뒤로 계속 흔들어 댔다.
오빠는 높은 곳에 올라가는 걸 좋아했다. 책상이나 담은 물론 남의
집 지붕에 오르다 떨어진 적도 많았다. 번개처럼 일어나 오빠 손에
들린 레코드판을 나꿔챘다. 제스로 툴의 곡이 담긴 판이었다. 판은
둥그렇게 잘려 있었다. 레코드 넣는 집에 하늘을 나는 비행기 모습
이 있는 게 화근이었다. 어렵게 구한 데다가 몹시 아끼는 판이었

다. 나도 모르게 손이 오빠 뺨을 향해 날아갔다. 병신아, 이걸 동강 내놓으면 어떡해! 오빠가 책상에서 뛰어내리며 비명을 질러 대었다. 방바닥에 그대로 고꾸라져 다리를 비틀었다. 오빠 눈이 돌아가고 있었다. 게거품이 입술을 타고 흘러넘쳤다. 겁이 나서 어쩔 줄 모르고 있는데 잠옷 바람의 당신이 뛰어 들어왔다. 당신은 내 머리채를 잡아끌어 바닥에 패대기쳤다. 이년아, 이 오살할 년아. 당신 손이 내 머리카락을 쥐고 흔들었다. 당신 눈은 독기로 출렁였다.

당신 몸은 가시 발린 생선 살처럼 힘이 없다. 비누를 묻힌 타월을 들고 다리부터 닦기 시작한다. 손에 와 닿는 피부가 미농지보다 더 얇게 느껴진다. 힘을 주어 쥐면 당신은 바스러질 것 같다. 당신과 눈을 마주치지 않으려고 타월을 쥐고 있는 내 손만 쳐다본다. 당신도 기운 없이 물속으로 고개를 떨구고 있다. 다리를 닦고 나서 당신의 허벅지와 치골을 따라 비누 거품을 문지른다. 당신의 굳은 다리가 움찔하고 뒤틀린다. 등을 따라 타월을 옮기는 손끝으로 당신 몸이 떨리는 것이 느껴진다. 내게 몸을 맡기고 있는 당신은 지금 어떤 생각을 할까. 당신도 나와 눈이 마주치기 싫어 물속만 보는 걸까. 얼굴을 씻기고 머리를 감기니 당신 목욕도 끝이다. 욕조 물을 빼고 새 물을 받아 당신을 헹군다. 마른 수건으로 몸을 구석구석 닦아 준다. 미리 갖다 놓은 새 옷을 입히고 당신을 들어 휠체어에 앉힌다.

햇볕이 쏟아지는 마당에 당신을 내놓고 세면장 청소를 시작한다.

세제를 풀어 욕조에 긴 때를 벗겨 내고 있는데 어디선가 휴대폰 울리는 소리가 들린다. 당신은 따뜻한 봄볕 아래 고개를 파묻고 잠들어 있다. 찌푸린 표정이 풀린 당신 얼굴은 순한 양 같다. 오빠 방 책상에 놓인 휴대폰이 울리는 소리다. 빨간 불이 신호처럼 반짝이는 휴대폰을 바라본다. 세제 거품이 묻은 손끝이 떨린다. 예감은 맞았다. 이 차장이다. 가슴이 철렁 내려앉는다. 입속 침이 졸아드는 것 같아 나는 창문 밖 빈 공터만 노려본다. 이 차장의 화난 목소리가 전화선을 타고 들려온다. 수없이 네게 전화를 했었어. 왜 연락도 하지 않는 거야? 회사는 아예 그만둔 거야? 이 차장은 이곳으로 내려오겠다고 한다. 말린다고 말을 들을 사람인가. 나는 그에게 카페를 알려 준다. 어차피 막다른 골목에선 한번쯤 마주치는 법이다.

카페는 괴괴하다. 마스카라 여자는 보이지 않고 안은 텅 비어 있다. 밤이면 타닥타닥 불을 피워 올리던 페치카도 꺼져 있다. 나무 바닥에 발소리를 울리며 바텐까지 걸어간다. 인기척을 느꼈을 텐데도 여자는 나오지 않는다. 새벽이면 거무스름해 보이던 통유리 창도 말끔하다. 햇빛이 쏟아지는 허공을 따라 흰 먼지들이 떠다니고 있다. 바텐 옆으로 나 있는 쪽문을 열고 기어 들어간다. 뒤쪽의 선반에서 유자청이 들어 있는 유리병을 꺼낸다. 도자기 잔을 두 개 꺼내 세 스푼씩 덜어 낸다. 설탕을 집어넣다가 불현듯 놀라 손을 멈춘다. 기울어진 스푼을 따라 검은 설탕이 바닥으로 흘러내린다.

설탕이 너무 많이 들어갔지만 다시 비우지 않는다. 가스레인지에 주전자를 올리고 끓기를 기다린다. 기포가 올라오며 뚜껑이 들썩거린다. 하나 둘 셋…… 뚜껑이 들썩일 때마다 내 눈동자도 따라 흔들린다. 눈앞에 제라늄의 붉은 꽃잎들이 흩어졌다. 내 몸속 붉은 꽃잎도 찢겼다. 창가를 따라 떨어져 버렸다. 나무 계단을 내려오는데 욕지기가 치솟았다. 어서 차로 돌아가고 싶었다. 사람들이 날 볼 수 없는 곳에 몸을 숨기고 싶었다. 나는 차 안에서 굳은 채 꼼짝도 못했다. 얼마나 시간이 흘렀는지 몰랐다. 당신이 깨기 전에 돌아가야 한다는 것이 생각났다. 그 순간, 포대기에 싸인 날 받아 안았을 젊은 당신이 떠올랐다. 처음으로 당신이 보고 싶었다.

  가스레인지 불을 끈다. 주전자를 기울여 잔에 붓고 있는데 이 차장이 들어온다. 바텐에 서 있는 나를 쏘아본다. 먼 길을 달려오느라 그의 머리칼은 흩어져 있다. 전보다 살이 찐 듯도 하고 흰 머리칼은 더 늘었다. 나는 찻잔 얹은 쟁반을 들고 쪽문을 밀고 나온다. 페치카 앞에 놓인 자리로 먼저 걸어가 앉는다. 이 차장은 문 앞에 그대로 서 있다. 나도 이 차장의 눈을 피하지 않고 노려본다. 잔을 들어 유자차를 한 모금 마신다. 차가 너무 달지만 그냥 삼킨다. 그가 주춤거리며 내가 앉아 있는 곳으로 다가온다. 얼굴선이 딱딱하게 긴장되어 있다. 그도 나도 입을 열지 않는다. 한동안 긴 침묵이 흐른다. 그는 앞에 놓인 차에는 손도 대지 않는다. 유자차가 싸늘하게 식어 간다. 널, 못 잊겠다. 다시 시작하자. 창 너머 강줄기를 보고 있는 내게 그가 말을 꺼낸다. 강물은 흐르다 어디로 가는 걸까. 어쩌면 별을 찾아 흘러가는 게 아닐까. 어서 밤이 왔으면. 나도 저 끝없는 밤하늘을, 별을 찾아 흘러가고 싶다. 자리에서 일어난다. 유자차가 든 찻잔을 들어 이 차장의 머리에 쏟아 붓는다. 그가 놀란 듯 눈을 치뜨며 어깨를 뒤튼다. 이마를 타고 흘러내린 끈끈한 설탕물이 탁자로 떨어진다. 누런 유자 한 조각이 그의 턱에 달라붙어 있다. 이 차장의 얼굴이 일그러진다. 당신, 아직도 내가 필요해? 난 흥미 사라졌어. 다신 수작 부리지 마, 나쁜 새끼. 마지막 말에 힘을 주어 뱉는다. 이 차장이 몸을 일으키려다 주저앉는다. 등을 꼿꼿이 세우고 또박또박 걸어 나온다. 언제 왔는지 마스카라 여자가 바텐에 팔꿈치를 기대고 서 있다. 까만 눈을 총총 빛내며 나와 그를 보고 있다. 그녀가 무슨 일야? 하고 소곤대지만 나는 뒤돌아보지 않고 문을 나선다. 오늘 새벽 이곳에 불시착한 남자는 있을까.

당신은 휠체어에 앉아 마루에 놓인 텔레비전을 보고 있다. 탤런트들이 몰려나와 소란 떨어 대는 화면을 멍청하게 쳐다본다. 나는 스케치북을 펴놓고 마루에 엎드린다. 오빠 모습이 담긴 전단지라도 먼저 만들어야 할 것 같다. 연필로 오빠 얼굴을 천천히 그리기 시작한다. 먼저 둥그렇게 얼굴을 그린다. 막막해져 벽에 걸린 가족사진을 올려다본다. 울 것같이 얼굴을 찡그린 옆모습을 곰곰이 바라본다. 뺨을 올려붙이던 것이 생각나 마음이 쓸쓸하다. 나는 동그라미를 그린 바깥에 날개와 꼬리를 붙인다. 비행기는 곧 밤하늘을 날아 올라 먼 비행을 떠날 것 같다. 이 집을 떠나고자 했던 것은 나였다. 그런데 지금 나와 당신은 이곳에 남아 있다. 날아가 버린 건 오빠다. 아니 시간이다. 얼굴을 감싸 쥐다 당신을 돌아본다. 당신 고개가 한쪽으로 비스듬히 기울어져 있다. 가까이 다가가 들여다보니 당신은 낮게 코를 골며 잠들어 있다. 낮에 목욕을 해서 고단할 것이다. 당신을 안아 들어 방에다 눕힌다. 누비이불을 끌어 와 덮어 준다. 당신은 별일이 없는 한 내가 돌아오는 새벽까지 깨어나지 않을 것이다. 나는 지금 야간 비행을 하러 간다. 철 대문이 바람에 턱턱 부딪친다. 방문이 미세하게 흔들린다. 들고양이가 공터를 휘젓고 내달리는 소리가 요란하다. 흘레라도 붙었는지 들고양이들의 울음소리가 쌀쌀한 봄밤을 찢는다. 야간 비행 하기 좋은 시간이다.

아빠가 허락하지 않을 일

그해 그 도시에선 칼에 찔려 죽은 여자들이 많았다. 늦봄부터 시작된 흉흉한 소문은 초가을을 지나서도 수그러들지 않았다. 사건은 주로 비 오는 밤에 발생했다. 소문에 의하면 목요일, 비 오는 밤, 빨간 옷을 입은 여자들이 무참히 살해되었다. 한 여자는 공원에서 애인과 헤어지고 집으로 돌아가다 칼에 찔려 죽었다. 여자의 시체는 공원 느티나무 아래에 널브러져 있었다. 죽기 전 여자는 애인에게 전화를 걸어 어떤 남자가 뒤따라와 마구 찔렀다고 말했다고 한다. 모르는 사람이라고, 처음 보는 사람이라고 더듬거리다 여자는 숨이 끊어졌다. 어떤 여자는 계단을 올라가 자기 집 현관문을 따다가 칼에 찔렸다. 발견되었을 땐 이미 죽은 뒤였다. 또 어떤 여자는 화장실에서 등이 엎어진 채 죽었다. 어떤 여자는 골목길 한복판에서 칼에 찔린 채 피를 흘리고 있다가 구조되었다. 유일한 생존자였다. 그러나 그 여자도 범인을 보지 못했다. 갑자기 뒤에서 무언가 자신의 머리를 내려쳐서 정신을 잃어버렸다고 했다.

강도 살인은 아니었다. 여자들의 돈이나 귀금속들은 고스란히 남아 있었다. 범인은 아무것도 탐내지 않았다. 그것이 오히려 사람들의 공포심을 자극했다. 도대체 범인은 왜 여자들을 죽인 것일까. 심심풀이 장난으로 일을 벌인 것일까. 어쩌면 정신병자일 수도, 이 사회를 증오하는 쓰레기일 수도 있었다. 아니면 어떤 살인범처럼 영화를 보고 따라 하는 모방 범죄일 수도 있었다. 각 경찰서와 지구대엔 비상이 걸렸고 검문이 강화되었다. 그러나 범인은 잡히지 않았다.

집마다 여자들에게 금족령이 떨어졌다. 여자들 스스로도 무서워 일찍 집에 돌아갔다. 범인은 15년 전 그 나라를 떠들썩하게 했던 소도시의 범인이란 소문이 돌았다. 여자들만 골라 추행을 하고 죽이는 끔찍한 범인이었다. 사람들은 그 소문을 모두 두려워했다. 심지어 그 범인이 살인을 음미한다는 괴상한 소문까지 돌자 공포는 극에 달했다. 범인은 윤곽은커녕 그 동기조차도 알 수 없었다.

비 오는 목요일이 되면 여자들은 외출을 하지 않았다.

여자는 침대에서 몸을 일으켰다. 정오의 남자는 이미 방을 나가 버린 뒤였다. 저녁에 만나자는 남자에게 여자는 밤엔 일하지 않는다고 말했다. 휴대폰 속에서 남자는 잠시 침묵했다. 까다롭게 굴기는. 남자는 투덜거렸다. 그럼, 점심때밖에 시간 없어. 남자의 마음이 바뀔까 봐 여자는 얼른 대답을 했다.

남자의 성기는 붉었다. 이제껏 이렇게 붉은색은 처음이었다. 여자는 반사적으로 구역질이 치밀었다. 그러나 혀뿌리를 눌러 그걸 참아야 했다.

「시간 없다. 어서 빨아 줘.」

남자가 허리를 들어 올렸다. 여자는 바닥에 무릎을 꿇었다. 남자의 가랑이 사이에 코를 박았다. 눈을 감으니 붉은색은 더 이상 어른거리지 않았다.

「얘가 뻑이 갔네. 쓸 만하냐?」

남자의 목소리엔 자부심이 가득했다. 여자는 그렇다는 듯 고개를 끄덕였다. 입을 열면 구토물이 그대로 쏟아져 나올 거 같았다. 하필 이럴 때 개의 붉은 눈이 떠오르다니. 여자는 그 생각에서 벗어나려는 듯 머릿속으로 다른 생각을 떠올렸다. 여자는 남자의 물건을 입에 집어넣고 빨기 시작했다. 남자가 신음 소리를 내며 몸을 비틀었다.

여자는 화장실로 들어가 가방을 열었다. 가그린을 꺼내 입속을 헹군 뒤 세면기에 뱉었다. 아무리 먹어도 정액은 맛이 없다. 그 미끌미끌하고 수상쩍은 감촉이란, 정말 싫었다. 이를 닦고 싶지만 화장이 지워질까 봐 참았다. 아직 세 명의 남자들을 더 만나야 했다. 오늘은 바쁜 날이었다. 여자의 휴대폰이 울렸다. 여자는 휴지로 번진 립스틱을 지우다가 폴더를 열었다. 2시의 남자다. 좀 전 정오의 남자는 40대 후반이었는데 지금은 좀 더 늙었다. 남자는 시간을 옮길 수 없느냐고 물었다. 여자는 안 된다고 잘라 말했다. 줄줄이 예약이 돼 있어요. 거짓말이었지만 아무래도 상관없었다. 늙은 남자는 말끝을 흐렸다. 갑자기 일이 생겨 버렸다는 것이다. 여자는 수첩을 꺼내 재빨리 넘겼다.

「날짜는 옮길 수 있어요.」

늙은 남자가 말을 더듬었다.

「아가씨, 그, 그럼 내가 또 연락할게.」

전화가 툭 끊어졌다. 여자는 늙은 남자의 전화번호에 밑줄을 좍좍 그었다. 다음에 '또'라는 말을 여자는 믿지 않는다. 이런 일은 특히 더 그렇다. 마음이 변했다가 다시 연락해 온 남자들은 한둘도 되지 않았다. 그나마 젊은 사람들이었다. 나이가 들수록 겁이 많아지는 건 사실이다. 한번 밀어붙이지 못한 일을 다시 하는 늙은 남자들은 아무래도 드물다. 여자는 거울을 들여다보며 립스틱을 발랐다. 언제나 있는 일이어서 실망도 없다. 여자는 탁 소리가 나게 핸드백을 닫았다.

여자는 모텔을 나와 근처의 PC방으로 들어갔다. 접속을 하자마자 그 남자가 말을 걸어왔다. 남자는 여자를 지켜보고 있는 듯 언제 들어가든 재빨리 달려왔다. 남자는 아침부터 자기가 정신없이 바빴노라고 엄살을 떨었다. 사무실에 출근하자마자 처리해야 했던 일들, 거래처와 언성을 높이며 싸워야 했던 일들, 경리가 생리 휴가를 가는 바람에 어쩔 수 없이 받아야 했던 무수한 전화들. 남자는 벌써부터 골이 지끈거린다며 불평을 늘어놓았다. 오늘 퇴근하고 나면 사람들하고 한잔하러 가야겠다고 했다.

─혹시 생각 있으면 나올래요?

여자는 모니터에 떠 있는 글자를 보며 입술을 핥았다.

─안 돼요. 못 나가요. 우리 아빠 무서워요.

남자는 여자에게 수없이 써먹었던 말을 또다시 시작했다. 여자는 모니터에 어떤 말들이 올라올지 이제는 거의 외울 정도였다.

─아직도 아빠에게서 벗어나지 못한 거예요? 당신 아빠도 이제 곧 죽어요. 그때는 작은아빠가 감시하나요?

─오해를 하나 본데요. 우리 아빠 좋은 사람이에요. 아주아주 착해요.

─착해요? 스물셋이나 먹은 딸을 감시하는 아빠가 좋은 아빠라고요?

─당신은 몰라요. 모든 아빠들의 생각은 다 비슷하거든요. 우리 아빠만 특별한 게 아녜요.

─안됐군요. 그런 아버지를 고맙고 착한 사람으로 생각하다니. 당신 아버지는 감시자일 뿐예요. 그것도 비정한.

─그렇게 안 봤는데 말을 막 하는군요. 당신이 언제 봤다고 우리 아빠를 욕해요? 이딴 식이면 앞으로 당신과 얘기하지 않을 거예요.

　— 미안해요, 지나쳤다면 사과할게요. 당신이 안돼서 그랬어요. 마음을 가라앉히고 내 말 좀 들어 봐요. 이렇게 사과하고 있잖아요. 진정해요, 제발. 사과하는 마음으로 내가 녹음한 음악 파일 보내 줄게요. 한 곡으로 온통 채웠어요. 처음부터 끝까지 존 레논이에요. 그가 부른 〈이매진〉, 들어 봤어요?

　— 몰라요.

　— 난요, 그 노래를 고등학교 때 단체 관람 영화에서 처음 들었어요. 〈킬링 필드〉라는 영화였는데…… 크메르 루주의 대학살을 고발하는 영화였죠. 피가 튀고 해골바가지들이 뒹구는 그런 영화. 영화는 뭐 그저 그랬어요. 캄보디아 기자가 몇 년에 걸쳐 지옥 같은 그곳을 탈출해 난민 수용소에서 미국인 기자 친구를 만나는 장면에서 〈이매진〉이 흘러나와요. 존 레논의 맥이 탁 풀린 것 같은 목소리였죠. 해시시를 한참 빨아 대고 나면 그런 소리가 나올까. 난 그때까지 비틀스가 누군지도 몰랐어요. 그러니 존 레논은 알 턱이 없었죠. 이 노래를 듣고 있는데 기분이 멍했어요. 그리고 비좁은 좌석에 끼인 다리가 저려 왔어요. 전교 1등을 지키느라 그때 참 힘들었을 때였죠.

　— 공부를 잘했나 봐요.

　— 잘했죠. 아주 잘했어요. 그런 사람이 지금은 작은 사무실에서 경리 사원으로 일한다는 게 믿어져요?

　— 안됐네요, 잠시만요.

여자는 휴대폰을 들어 시간을 보았다. 3시의 남자를 만나러 가려면 지금 일어나야 했다. 5시의 남자까지 만나면 오늘의 일은 끝난다. 여자는 핸드백 속을 뒤져 보았다. 이번 주까지 쓸 명함은 아직 넉넉했다. 차에 꽂아 둔 명함을 보고 남자들이 전화를 걸어오면 시간과 가격을 흥정했다. 남자들은 대뜸 몇 살이냐고 물었다. 스물셋이라고 하면 더 이상 묻지 않았다. 미성년자가 아니어서 좋다는 남자들도 더러 있었다.

바람을 맞은 적도 많았다. 그래도 좀 전 2시의 남자는 나은 편이었다. 약속한 모텔에서 아무리 기다려도 오지 않는 남자들도 있었다. 그런 날은 아까운 모텔비만 날렸다. 여자는 그 뒤부터 먼저 가서 남자들을 기다리지 않았다. 가끔은 아주 질 나쁜 놈들과 마주칠 때도 있었다. 갑자기 뺨을 때리거나 머리채를 잡거나, 경찰에 신고하겠다고 으름장을 놓는 치들이었다. 여자에게 준 돈이 아까워진 것이다. 지난여름에는 정말 더러운 놈을 만났다. 야자수가 그려진 남방 소매를 걷어붙인, 얼굴이 희었던 남자였다. 매너도 그다지 나쁘지 않았다. 여자가 너무 방심했던 탓일까. 놈은 일이 끝나자 여자에게 주었던 돈을 빼앗고 백 속에 있던 돈까지 전부 털어 갔다. 여자가 흐느끼자 버럭 화를 내며 피우던 담배를 여자의 엉덩이에 가져다 댔다. 비명만 질러 봐. 흑산도로 팔아 버릴 테니까. 여자는 소리를 내지 않으려고 시트 자락을 물었다. 아직도 여자의 엉덩이엔 불에 탄 자국이 동전만 하게 남아 있다.

─일하러 나가 봐야 돼요.

─나도 외근 나가야 해요. 혹 우리 거리에서 마주칠 수도 있겠네요. 당신은 계약을 맺으러 걸어가고 나는 수금하러 걸어가죠. 먹고살려면 튼튼한 두 다리가 밑천이라니까요. 만나면 손이라도 흔들어 줄래요?

─건투를 빌어요.

─당신도. 참, 비 오는 날은 다니지 말아요. 특히 목요일은.

─비가 와도 사람들은 기다려요.

─굿 럭.

남자가 사라졌다. 여자는 의자를 밀치며 일어났다. 보험 회사 다닌다는 말은 전혀 틀린 말은 아니었다. 지금 하는 일이 여자에겐 일종의 보험이었다. 남자도 커피 생각이 나 자리에서 일어났다. 지금 몇 시쯤 됐을까, 눈을 비비다 이 방에는 창문이 없다는 생각을 했다.

남자는 7개월째 방에 틀어박혔다. 다섯 평의 방이 남자의 거리고 골목이고 편의점이었다. 남자는 필요한 게 있으면 전화기 버튼을 눌렀다. 배달되지 않는 게 없었다. 먹을 것은 아주 조금 필요했고 필요한 것은 많지 않았다. 이번이 마지막이라고 치른 사법 고시에서 자신의 이름이 보이지 않았다. 한 번만, 이번 한 번만. 남자는 손등을 물며 신문을 펼쳤다. 그러나 남자의 이름은 없었다. 2차에서 미끄러진 것만 해도 벌써 세 번째였다. 그 시각, 남자의 아버지는 전화기 앞에 앉아 있을 터였다.

다음 날 아버지가 찾아와서 문을 두드렸다. 남자는 문을 열지 않았다. 아버지의 불호령에도 남자는 꿈쩍하지 않았다. 아버지는 돌아가지 않았다. 남자가 문을 열 때까지 앉아 있겠다고 했다. 남자는 조금도 물러서지 않았다. 남자는 돌아가라고 소리를 질렀다. 이제껏 아버지의 말에 고분고분했던 자신이 저주스러울 뿐이었다. 남자는 문밖도 나가지 않고 3일을 내리 굶었다. 기척이 없어 문을 열어 보니 아버지는 없었다. 아버지는 문을 부수지도 경찰을 부르지도 않았다. 이토록 쉬운 일이었다니. 남자는 차라리 허탈했다. 그동안 한 번이라도 왜 아버지에게 반항하지 않았던 것일까. 이렇게 간단한 일이었는데.

남자가 거짓말을 한 건 아니었다. 고등학교 때까지 남자는 수재였고 전교 1등을 놓치지 않았다. 당연한 순서처럼 남자는 일류대에 들어갔다. 졸업을 앞두고 아버지가 사법 고시를 보라고 했을 때 남자는 고개를 끄덕였다. 남자는 초등학교 때부터 줄곧 그렇게 살아왔다. 아버지가 허락하는 것만을 남자도 자신의 인생에서 허락했다. 고백하건대 그렇게 사는 건 편했다.

남자는 하루 종일 컴퓨터를 켜놓고 있었다. 메신저를 열어 놓고 여자가 접속하기만을 기다렸다. 여자의 아이디는 '녹색진주'였다. 여자는 낮에 잠깐씩, 때로는 자정 넘어서까지 남자와 얘기를 나눴다. 여자에게 만나자고 했지만 거짓말이었다. 남자는 여자를 만나고 싶지 않았다. 남자는 그럴 마음이 전혀 없었다. 이제 남자를 밖으로 끌어낼 수 있는 건 아무것도 없었다. 아버지조차 할 수 없었던 일이었다. 오로지 자신이 원할 때만 문은 열렸다. 가끔 아주 가끔 남자는 문을 열고 바깥으로 나갔다. 이제 다른 사람의 의지 따위로 살지 않겠다. 남자는 처음으로 자신을 되찾은 것만 같았다.

남자가 아버지와 아직 연결되어 있는 게 있었다. 돈이었다. 남자는 지긋지긋했지만 어쩔 수 없는 일이었다. 굶어 죽지 않기 위해 돈이 필요하긴 했다. 잊을 만하면 아버지는 남자의 방에 찾아와 문틈으로 돈을 밀어 넣었다. 어느 날 남자는 들었다. 아버지가 숨을 죽여 울고 있었다.

「석호야, 제발 나와라, 석호야. 언제까지 이렇게 살 수는 없다. 석
호야, 석호야…….」

남자는 아버지가 돌아갈 때까지 기척도 내지 않았다. 한참을 흐느끼던 아버지는 문틈으로 돈을 밀어 넣고 사라졌다. 다시는 오지 않았으면. 꼴도 보기 싫었다. 아니, 목소리도 듣기 싫었다. 남자는 번들거리는 눈으로 문을 노려보았다. 돈 봉투가 꼭 부고장 같았다.

남자는 붙박여서도 모든 걸 다 알고 있었다. 아파트 가격이 끝간 데 없이 치솟는 것도, 강남 불패의 신화가 여전하다는 것도, 판교 개발이 주변 땅값까지 죄다 올려놓았다는 것도, 그리고 비 오는 목요일에 칼에 찔리는 여자들에 대해서까지. 남자가 궁금하지 않

아도 컴퓨터는 쉴 새 없이 정보를 쏟아 내었다. 세상은 절대 적막
한 곳이 아니었다.

　남자는 커피를 타서 의자에 앉았다. 남자는 마우스를 저어 광활
한 세상으로 나아갔다.

　편의점에서 여자는 샌드위치와 아이스크림을 샀다. 저녁으로 먹
을 거였다. 언제부턴가 여자는 밥을 먹지 않았다. 혼자서 무얼 만
들어 먹는 것도 대단히 용기가 필요한 일이었다. 이젠 먹는 일까지
용기가 필요한 세상이다. 만일 용기가 있었다면 다르게 살았을까.
하지만 언제나 그쯤에서 생각을 멈춘다. 여자의 작은 방엔 컵 라면
상자들이 몇 박스나 쌓여 있다. 모두 대형 할인 매장에 가서 사온
것들이다. 여자는 아침에는 언제나 컵 라면을 먹었다.
　여자가 밤에 일을 하지 않는 것은 야맹증 때문이었다. 한 번은
밤에 모텔 계단을 내려오다 굴러 인대가 파열된 적이 있었다. 그날
따라 단속이 떠서 여자는 비상계단을 달려 도망쳐야 했다. 형광등
은 곧 나갈 것처럼 깜박대더니 꺼져 버렸다. 여자는 손으로 난간을
더듬으며 겨우 계단을 밟았다. 한 칸을 건너뛰면서 발목이 꺾여 그
대로 고꾸라지고 말았다. 이미 왼발을 접질린 뒤였다. 인대 파열은
오래갔다. 깁스를 한 달이나 했고 보름 넘게 한의원으로 침을 맞으
러 다녔다. 그동안 전혀 일을 할 수 없었다. 회복되고 나서 여자는
밤일을 접어 버렸다. 그래도 끈질기게 밤에 만나 달라는 남자들이

있었다. 남편이 기다려요, 한마디면 되었다. 사실 여자가 기다리는
건 혼자 있을 밤이었다.

　오늘은 그다지 운이 나쁘지 않았다. 더 지독한 날도 많았다. 언제
나 와이셔츠가 잘 다림질된 남자들만 전화를 걸어오진 않는다. 3시
의 남자는 입에서 하수도 냄새가 났다. 점심으로 뭘 먹었는지 머리
카락에서조차 불에 탄 냄새가 났다. 아마도 생마늘을 집어 먹으며
고기를 구워 먹다 온 것이리라. 고기. 여자는 고기 알레르기가 있었
다. 어떤 고기든 구역질이 올라와 삼킬 수가 없었다. 여자는 자신의
주제를 알았다. 입에서 냄새가 난다고 불평해서는 안 된다는 걸. 그
건 여자의 태도가 아니었다. 3시의 남자도 그런 불평 따윌 들으려
고 여자를 부른 건 아니었다. 구역질을 참으려고 여자는 되도록 숨
을 쉬지 않았다. 갑자기 딸꾹질이 터져 나왔다. 3시의 남자가 하수
도 뚜껑을 들썩이며 웃었다.

　여자는 이런 냄새를 익히 알고 있었다. 엄마가 이웃집 남자와 개
를 잡아서 돌아올 때 나던 냄새였다. 머리카락 한 올 한 올까지 불
에 탄 냄새가 배어 있었다. 붉은 양동이에 토막 낸 개고기와 창자들
이 그득했다. 아직 따듯한 김이 올라오는 양동이를 보고 여자는 구
역질을 하고 말았다. 두 사람 뒤를 따라 몰래 비탈을 올랐을 때 여
자는 보았다. 개가 왜 그토록 처절하게 울부짖었는지를. 이웃집 남
자는 나무에 개를 묶어 놓고 몽둥이로 패고 있었다. 머리가 터져 흘
러나온 붉은 피가 눈 속으로 떨어지고 있었다. 개는 피에 전 눈으로

노려보며 사납게 몸부림을 쳤다. 입에서 흰 거품이 뿜어져 나왔고 똥도 질금질금 흘렸다. 붉은 피 웅덩이에 쉬파리 떼가 내려앉았다. 피비린내가 공기를 타고 퍼졌다. 이웃집 남자는 쉬지 않고 팔을 휘둘렀다. 가끔 손바닥을 바짓단에 문지르곤 했다. 개는 쉽게 죽지 않았다. 오히려 더 처절하게 울부짖었다. 몸부림도 한층 심해졌다. 개를 묶어 놓은 나무 둥치가 마구 흔들렸다. 개의 포효가 커질수록 남자도 악에 받친 얼굴이 되었다. 열세 살인 여자는 그때 생각했다. 내게 칼만 있다면 달려 나가 저 이웃집 남자를 찔러 죽이리라. 내게 칼만 있다면. 칼만. 개는 한 시간이 넘게 얻어맞고서야 숨이 끊어졌다. 개는 눈을 부릅뜨고 죽었다. 눈 속에 붉은 핏물이 고여 있어 실컷 운 것만 같았다. 그 뒤 여자는 고기를 먹지 못했다.

개를 잡은 날이면 이웃집 남자는 엄마의 방으로 숨어들었다. 건넛방에 아이들이 있든 말든 두 사람은 뻔뻔스러웠다. 둘의 수작이 마루를 타고 들려왔다. 엄마의 신음 소리는 더 작아야 했다. 두 사람의 살이 부딪치는 소리는 더 작아야 했다. 최소한 건넛방에 있는 아이들이 들을 수 없도록 방문은 닫아야 했다. 여자는 숨을 죽였다. 어쩌면 아빠가 골목을 걸어오고 있을지도 몰랐다. 방문을 벌컥 열어젖힌 아빠가 저 뻔뻔스런 이웃집 남자를 끌어내 주기를, 골목에 패대기쳐 주기를, 숨이 끊어질 때까지 몽둥이를 휘둘러 주기를, 기다렸다. 여자는 대문 쪽으로 귀를 세우고 빌었다. 그러나 언제나 여자의 소원은 이루어지지 않았다. 한번 집을 나간 아빠는 돌아오지 않았다. 모두 다 아빠를 잊었지만 여자는 잊을 수 없었다. 이웃 집 남자를 죽이기 위해 아빠는 꼭 돌아와야 했다.

「나랑 살림 차릴래? 괜찮은 방 하나 잡아 줄게.」

「……..」

「네가 마음에 들어서 그래. 이놈 저놈 만나지 말고 아예 나랑 살자. 생활비도 줄게. 원하는 만큼. 이렇게 사는 것도 한때다.」

바지에 다리를 집어넣던 2시의 남자가 말했다. 남자의 얼굴은 안타까운 표정을 띠고 있다. 배가 나온 40대 후반의 남자였다. 가정이 있을 것 같고 아이들이 있을 것 같은 남자였다. 남자는 지퍼를 올리고 나서 길게 기지개를 켰다.

「왜 나랑 살기 싫어? 지금보다 그게 더 낫겠다.」

「돈이 많나 봐요.」

「돈? 너 하나 데리고 살 정도는 충분해. 마누라 몰래 감춰 둔 게 좀 있지.」

2시의 남자는 여자의 허리를 낚아채 침대로 던졌다. 여자의 허벅지를 누르고 두 팔을 붙잡아 꼼짝 못하게 내리눌렀다. 여자가 벗어나려고 버둥거렸지만 남자는 풀어 주지 않았다.

「대답해 봐, 난 진심이야.」

「싫어요.」

「왜? 배 나와서? 늙고 못생겨서?」

156

여자는 고개를 저었다.

「함께 사는 건 싫어요. 아저씨든, 누구든.」

2시의 남자는 섭섭한 얼굴로 일어났다. 남자가 아쉬운 얼굴로 여자의 엉덩이를 만지작거렸다.

「정말 괜찮은 방 얻어 줄 건데.」

「말만으로도 고마워요.」

「섭섭하네.」

넥타이를 마저 매고 2시의 남자가 방을 나갔다. 여자는 문을 잠그고 변기에 걸터앉았다. 한순간 천장이 빙 돌았다. 밥을 제대로 먹지 않아 영양 부족이 분명해 보였다. 오줌에 섞여 핏방울이 떨어져 내렸다. 조짐이 좋지 않았다. 음부 속 깊이 통증이 느껴졌다. 어쩌면 산부인과에 가보는 것도 좋을지 몰랐다.

컴퓨터에 연결해 놓은 스피커에서 〈이매진〉이 흘러나오고 있다. 남자의 말처럼 온통 〈이매진〉이다. 존 레논의 목소리는 듣는 사람까지 쓸쓸하게 만들었다. 여자는 맥주를 홀짝이며 남자가 접속하기를 기다렸다. 시계를 보니 이미 자정이 넘었다. 남자의 아이디, '다락방'은 끝내 나타나지 않는다. 남자는 아직 집에 돌아오지 않은 것일까. 아니면 일찍 잠이 든 것일까. 때때로 남자가 접속하지 않을 때가 있긴 했다. 어쩌면 남자에게 애인이 있을지도 몰랐다. 여자는 맥주를 삼키며 혼자 웃었다. 여자가 맥주를 두 병 마실 때까지 남자는 접속하지 않는다. 미니 냉장고를 열었지만 사다 둔 맥주는 없었다.

여자는 게임 사이트로 들어가 카트라이더 출발선에 섰다. 붉은 캡과 파란 캡의 팀 대항전이었다. 여자는 붉은 캡을 썼다. 여섯 대의 차가 달려 나갔다. 단풍이 든 길을 꼬마 차들이 요란하게 질주했다. 그물로 짠 다리를 건너는데 뒤의 어떤 녀석이 여자에게 물풍선을 던졌다. 여자는 꼬마 차에서 떨어져 난간을 들이받았다.

다시 차를 일으켰을 땐 맨 꼴찌로 밀려나 버렸다. 여자는 급발진을 시켜 앞으로 튀어 나갔다. 좀 더 속도를 높이자 아슴하게 다른 차들의 엉덩이가 보이기 시작했다. 언덕을 내려오다 여자는 또 물풍선을 맞았다. 누군가 집중적으로 여자만 골라 공격을 퍼붓고 있다. 마지막 라운드였다. 여자가 미친 듯이 속도를 내보지만 이미 카운트다운은 시작되었다. 10, 9, 8, 7, 6, 5, 4, 3, 2, 1, 0. 여자는 제시간 안에 들어오지 못하고 게임은 끝나 버렸다. 붉은 캡이 졌다. 파란 캡의 꼬마들이 단상으로 몰려가 환호를 지르고 있다.

열 게임을 넘게 달렸지만 남자는 끝내 나타나지 않았다. 노래를 보내 줘서 고맙다는 말을 하고 싶었는데 다음으로 미룰 수밖에 없다.

언제부턴가 밖에 비가 내리고 있다. 여자는 컴퓨터 앞에서 일어나 창문을 열었다. 다세대 주택 벽으로 빗줄기가 줄줄 흘러내리고 있다. 창틀에 말라붙은 먼지들이 쓸려 내려갔다. 천둥이 치고 검은 하늘이 벌어졌다. 남자는 우산이 있을까. 이런 빗속은 조금만 걸어도 흠뻑 젖을 것이다. 커피포트에 물이 끓자 여자는 봉지를 뜯었다. 창문에 기대고 서서 커피를 마셨다. 이 방을 얻기까지 여자가 들인 노력은 쉽지 않았다. 남자들과 헤어져 계단을 내려와 현관문을 딸 때 여자는 가장 행복했다. 여자는 비로소 철저한 혼자가 되었다. 여자는 휴대폰도 꺼버리고 더 이상 받지 않았다. 야맹증 핑계를 댔지만 사실 여자가 밤에 일하지 않는 것은 혼자 있기 위해서다. 어쩌면 여자가 낯선 남자들에게 가는 것은 다시 이 방으로 돌아오기 위해서인지 모른다. 완전한 고독을 사기 위해 여자가 치르는 대가는 그리 큰 편도 아니었다. 그건 여자에게 가장 작은 것일지도 몰랐다.

방으로 돌아오면 여자는 음악을 틀어 놓고 컴퓨터를 켰다. 여자의 고독을 방해하지 않을 정도의 소품이었다. 여자는 이미 혼자였다. 다락방은 몇 번이나 만나자고 했지만 여자는 절대 나가고 싶지 않았다. 바깥에서 만나는 남자들은 모텔의 남자들로 충분했다. 그런 여자가 왜 다락방을 만난단 말인가.

비가 와서일까. 아빠 생각이 나서 여자는 조금 울었다. 맥주 때문이라고 여자는 중얼거렸다. 열세 살 이후로 만난 적도 없는 사람이 갑자기 보고 싶을 리가 없었다. 이젠 미움도 엷어져 아무 느낌도 없었다. 그는 지금 행복할까. 여자는 우산을 찾아 들었다. 맥주를 더 마시고 싶었던 것이다. 현관문을 잠그고 여자는 계단을 올라갔다. 비가 뿌리는 검은 골목으로 여자는 걸어 들어갔다.

지난밤에 또 한 명의 여자가 살해되었다. 어김없이 비 오는 목요일이었다. 여자는 인적이 드문 골목길을 걸어가다 뒤에서 달려든 범인에게 피습된 듯 보였다. 여자는 예리한 칼날에 목덜미가 찔려 바닥에 엎어진 채 죽어 있었다. 여자의 시체는 새벽에 거리를 청소하러 나왔던 미화원에 의해 발견되었다. 여자는 작은 손지갑 하나만 든 채였다. 범인은 여자의 소지품을 그대로 둔 채 유유히 사라졌다. 현장에는 단서 하나 발견되지 않았다.

이 소식이 알려지자 사람들이 다시 동요하고 있다. 한 달 동안 소강 상태를 보였던 정신병자의 사냥이 다시 시작된 것일까. 사람들을 조롱하는 것 같은 범인의 행각의 끝은 어디일까. 성난 시민들의 전화가 경찰서로 폭주해서 업무가 마비될 정도다. 시민들의 한결같은 분노는 도대체 경찰은 무엇을 하고 있느냐는 것이다.

경찰의 무능력과 주먹구구식의 수사, 현장 주변의 탐문 수사에만 의존하는 것들이 여론의 도마에 오르고 있다. 경찰은 제보를 기다리고 있지만 문제는 목격자가 없다는 사실이다. 사건은 비 오는 밤이나 새벽 인적이 뜸한 곳에서 일어났고 지능적인 범인은 현장에 그 어떤 단서도 남기지 않았다.

어쩌면 이 사건도 미궁에 빠질 확률이 크다. 15년 전 전국을 발칵 뒤집었던 화성 연쇄 살인 사건, 개구리 소년들처럼. 시민들은 하루속히 범인이 잡혀 안심하고 거리를 다닐 수 있기를 간절히 바라고 있다.

남자는 눈을 떴다. 알람 소리를 들은 것도 같지만 남자의 방에 알람은 없다. 남자는 가만히 귀를 기울였다. 지난밤 쏟아지던 비는 그쳤는지 아무런 소리도 들리지 않았다. 골목으로 지나가는 사람들의 발소리도 들리지 않았다. 남자는 불을 켰다. 형광등이 푸시식거리더니 겨우 불이 들어왔다. 남자가 몸을 일으키자 쿠키 부스러기에 앉아 있던 개미들이 놀라 사방으로 튀었다. 남자는 뒤꿈치로 개미를 꾹 눌렀다. 남자는 컴퓨터를 켜고 담배에 불을 붙였다.

지난밤의 살인 사건으로 세상이 시끄러웠다. 어제가 목요일이었던 것일까. 또 한 여자가 칼에 찔려 죽었다. 예리한 칼날에 목덜미가 깊숙이 찔려 죽은 것 같다고, 기사는 다소 격앙돼 있었다. 여자는 혼자 살고 있는 방으로 돌아가다 변을 당했다. 잠시 밖으로 나온 듯 운동복을 입은 채였다. 여자는 콜걸로 밝혀졌다. 시체를 발견한 미화원 외에 어떤 목격자도 없어 수사는 답보 상태를 면치 못하고 있다. 비 때문에 씻겨 나가 현장에서는 어떤 단서도 찾을 수 없다. 범인은 꼭 비 오는 날에 범행을 하는 용의주도함을 보였다. 이 사건도 자칫 미궁으로 빠지는 게 아닌가 하는 우려가 나오고 있다. 남자는 꼼꼼하게 기사를 읽었다. 지난밤의 습기로 비가 내리고 있는 걸 알았다. 전에 방이 침수된 적이 있는지 남자의 방은 비가 내리면 습기가 가득했다. 벽지에 물기가 배고 축축해지면서 늘어졌다. 그러면 남자도 알았다. 밖에 비가 내린다는 걸.

어제도 아버지는 남자의 방에 나타났다. 아버지는 문틈에 대고 남자의 이름을 계속해서 불렀다. 남자는 숨을 죽이고 아버지가 돌아가기만을 기다렸다. 아버지는 몇 번이나 자신이 잘못했다고 남자에게 말했다. 아버지는 한 번만 목소리를 들려 달라고 거푸 애원했다. 그러나 남자는 무시했다. 문틈에 돈 봉투를 끼워 넣고 아버지는 돌아섰다. 남자는 의아했다. 그렇게 자신이 보고 싶다면 왜 아버지가 문짝을 부수지 않는지 이해가 되지 않았다. 예전의 아버지라면 충분히 그랬을 거라고 남자는 생각했다. 누구하고도 타협하지 않고 일방통행식의 관계를 맺었던 아버지가 아닌가. 그런 사람이 저렇게 변할 수도 있는 것일까. 아버지의 전의를 빼앗아 가버린 건 무얼까. 솔직히 남자는 알고 싶지도 않았다. 남자는 이제 과거도 미래도 생각하지 않았다.

이 방을 나간다면 아버지로부터 벗어날 수도 있다. 아버지가 모르는 곳으로 아예 흔적 없이 사라질 수도 있다. 그러나 남자는 알고 있다. 자신에겐 이 방을 떠날 용기도 없음을. 그럴 용기가 있었다면 이렇게 붙박이지도 않았을 것이다.

돌아갈 수만 있다면 남자는 열일곱 살이 되고 싶었다. 그때 극장에 앉아 있다가 처음 〈이매진〉을 들었던 그날로. 그때 존 레논은 분명 남자에게 말하고 있었다. 이제 극장을 나가 뒤돌아보지 말고 앞으로 걸어가라고, 네 아버지를 떠나라고, 이 도시를 떠나라고, 그리고 다시는 돌아오지 말라고, 그러면 후회하지 않을 인생을 살 거라고. 존 레논의 지친 목소리는 남자를 계속 쑤셔 댔다. 그렇게 살다

가는 언젠가 완전히 지쳐 버릴 거라고 존 레논은 남자에게 말했다.

　남자는 알고 있었다. 아버지의 뜻대로 사는 날들이 언젠가 자신에게 칼을 들이대리라는 걸. 언젠가는 반드시 대가를 치르게 되리라는 걸. 지난 시간이 자신에게 내용 증명을 보내고 법정으로 끌어낼 것이라는 걸. 남자는 결코 모르지 않았다.

　자정이 넘어도 '녹색진주'는 접속하지 않았다. 음악 파일을 보내주고 나서 아직 여자에게 연락이 없다. 놀기에 바쁜 것일까. 물론 여자에게 애인이 있을 것이다. 스물셋은 아직 그런 날들인 것이다. 남자는 약간 후회스러웠다. '녹색진주'에게 자신을 너무 많이 보여 준 게 아닐까 생각했다. 어쩌면 여자가 자신을 부담스러워할 것 같았다. 누군가에게 자신을 다 보여 주면 사람들은 버거워했다. 그리고 점점 멀어진다. 다른 사람과 관계를 맺기 위해서는 자신을 감추어야 한다. 깊이, 더 깊이 어둠 속에 몸을 숨기고 있어야만 한다. 결코 모습을 드러내서는 안 된다. 비가 오려는지 방이 눅눅해지고 있다. 남자는 비 냄새라도 맡으려는 듯 공중으로 고개를 쳐들었다.

　어쩌면 '녹색진주'는 잠시 휴가를 얻어 가족과 함께 좋은 곳으로 여행을 갔을지도 몰랐다. 여자를 감시하고 있을 아버지와 함께. 언젠가는 여자도 알게 될 것이다. 모든 아버지들은 비정하다는 것을.

　새벽, 남자는 마우스를 저어 넓은 세상으로 나아갔다. 그곳에 배를 띄우고 '녹색진주'를 기다렸다.

바나나편

누군가 우리를 훔쳐보고 있다. 불투명한 유리 사이로 머리통이 일렁인다. 감이 안 좋아 미노의 옆구리를 찌르지만 녀석은 관심도 없다. 신경 꺼, 하곤 그만이다. 좀 전부터 미노의 손가락이 가슴을 만지다가 허벅지를 쓸었다가 야단을 한다. 미노의 숨결이 색색거린다. 비디오방에 가자고 할 때부터 알았다. 내가 순진하게 영화 한 판 때릴 줄 알고 따라온 줄 안다면 만만의 말씀이다. 역시 XY는 XY일 뿐이다. 학명, 바나나, 사는 곳, 바지 속, 기후 조건, 습하고 따듯한 곳을 좋아함, 아니면 말고. 절대 미노 탓이 아니란 걸 나는 안다. 하나 지지배가 말하지 않았던가. 여덟 살인가 아홉 살 때 사정하는 아이도 있다고 말이다. 머리에 피도 안 마른 것들이 해봤자지, 뭐. 내가 투덜거리자 하나가 배꼽 빠진다고 난리였다.

미노가 어깨를 감싸 안는다. 미노는 나를 꽉 끌어안고 귓바퀴에 뜨거운 입김을 불어넣는다. 지난주에 키스까지 한 녀석은 의기양양하다. 미안하지만 여기까지다. 열일곱에 그것도 비디오방에서 딱지를 떼는 건 싫다. 뭐 그렇다고 백마 탄 왕자님을 기다리는 것은 아니다. 이 세상에 백마 탄 왕자님이 없다는 건 어린애들도 다 안다. 오죽하면 여덟 살이나 아홉 살 때 사정을 하겠냐.

미노의 가쁜 숨이 느껴지자 몸이 달아오른다. 솜털이 부스스 일어나며 신경이 곤두선다. 진짜 죽겠다. 어디서 읽은 적이 있다. 쾌감에 익숙해진 몸은 더 큰 쾌감을 원한다. 이미 키스의 달콤함을 알고 있는 몸은 더 큰 달콤함을 달라고 떼쓴다. 아아, 큰일 났다. SOS다. 빨리 불을 꺼야 한다. 겨우 며칠 전에 담탱이한테 깨지던 모습을 가까스로 떠올린다. 김이 팍 샌다. 왜 그렇게 담탱이는 나를 못 잡아먹어 안달일까. 그 좋은 머리로 왜 공부를 하지 않느냐고 언제나 닦달이다. 머리가 좋으면 왜 공부만 해야 되는데, 웃긴다.

유리 위로 다시 머리통이 일렁인다. 얼굴을 갖다 대는지 코가 뭉그러져 있다. 달려가서 손잡이를 낚아챈다. 누군가 발소리를 내며 튀어 사라진다. 부스스한 파마기에 남산만 한 엉덩이로 잘도 도망간다. 비디오방 아줌마가 틀림없다. 하여간 아줌마들 뒤로 꼼수 부리는 덴 뭐 있다. 비디오 골라 줄 땐 언제고 훔쳐보고 난리다.

열도 식힐 겸 화장실로 간다.

미노의 손이 후드 티 속으로 파고든다. 가슴을 더듬는 녀석의 손은 끈질기고 집요하다. 순간 녀석이 내 손을 끌어다 청바지 사이로 집어넣는다. 엄청 부풀어 있다. 정신 바짝 차려야 한다. 이러다 녀석의 페이스에 말릴 수도 있다. 딩동. '핸펀'으로 문자가 들어온다. 미노를 밀치고 일어나 불을 켠다. 녀석이 벌건 얼굴로 식식거린다. 하나 지지배다. 하나는 화장실에서 큰 거 하다가도 할 말이 생기면 문자 찍는 애다. 아주 지랄을 한다. 요금 때문에 지네 엄마와 대판 싸운 뒤 줄인다고 했지만 며칠 못 갔다. 알코올 중독보다 더 무서운 게 핸펀 중독이다. 하나를 보면 알 수 있다. 핸펀을 아예 끼고 산다. 없으면 안절부절 난리가 난다. 통화는 별로 하지 않는데도 한 달 평균 15만 원이 넘는다고 한다.

문자를 무제한으로 쓰는 요금에 가입해 봐야 소용없다고 징징거린다. 핸펀으로 영화 보고 다운받고 이제는 드라마까지 두루 본다. 기분이 꿀꿀할 때는 음악 틀어 놓고 몸을 흔든다. 지 딴에는 엄마 잔소리가 듣기 싫은지 알바 없을까 눈을 뒤룩대지만 만만한 일자리가 있을 턱이 없다. 이태백이 디글디글한데 언제 우리 차지가 오냐.

미노가 핸펀을 빼앗아 문자를 확인한다. 이제 녀석은 문자에도 질투를 한다. 얼마 전 둘이서 PC방에 갔을 때였다. 게임 한 판 때리고 라면을 시켜 먹고 있는데 문자가 왔다. 순간 미노가 팔을 쭉 뻗어 핸펀을 가져갔다. 달라고 성질을 내도 녀석은 주지 않았다. 그날따라 재수가 없었는지 잘못 들어온 문자였다. 거기서 만나자, 이쁘게 하고 와라. 타이밍 죽인다. 꼭 그때 문자가 잘못 올 게 뭐냐. 미노는 이 새끼 누구냐고 펄펄 뛰었다. 사실대로 모른다고 해도 믿지 않았다. 김민호, 빙신, 얼음 신발. 누가 펭귄 신발 아니랄 까 봐 그리 유난을 떠는지 모르겠다. 그때부터 미노는 문자가 올 때마다 보려고 안달을 한다.

솔직히 미노하고 너무 오래 만났다. 아이들은 3개월이 넘게 사귀 는 커플들은 노인 커플이라고 놀린다. 그런데 미노하고 8개월을 만났으니 이건 노인 커플이 아니라 시체 커플이다. 1년 채우면 아 예 돌잔치까지 해준다고 난리다. 그러고 보면 내가 미노하고 너무 오래가는 건 아닐까. 하나까지 미노하고 너무 오래 사귀는 거 아니 냐고 이죽거린다. 누가 제 속셈 모를 줄 알고, 지지배. 얼짱인 미노 하고 안 찢어지니까 배가 아픈 거다. 하나는 얼마 전에 사귀던 남 자 아이와 찢어졌다. 그러니 내가 곱게 보일 리가 없다.

미노는 닭 다리 하나를 맛있게 발라 먹는다. 가봐야 한다는 날 붙잡고 기어이 파파이스로 들어왔다. 딩동. 하나의 문자가 또 들어 온다. 비디오방 아줌마와 하나는 닮은 데가 있다. 오두방정을 떨어 대고 남을 정신없게 만드는 거다. 아줌마를 떠올리자 웃음이 나온 다. 지금쯤 엄마에게 떠들고 싶은 걸 참느라 얼마나 근지러울까. 하지만 내가 아줌마라도 입에 지퍼를 물 것이다. 그동안 올려 준 매상이 얼만데. 아까운 단골손님을 놓치겠냐.

「바나나 말야.」

「바나나?」

「왜 항상 떼거지로 붙어 있는 거지? 좀 하나씩 달려도 되잖아.」

「넌 쓸데없는 생각을 많이 해. 바나나는 원래 그런 거야. 왜 그런
데 머릴 쓰냐?」

「이상하잖아. 꼭 그렇게 모여서 달릴 필요가 있을까.」

「아무튼, ‘이지니’ 넌 이상한 애야.」

「왜 사람들은 모든 걸 당연하게 생각하지. 그렇지 않아?」

미노가 고개를 흔든다. 대꾸할 말이 없는 얼굴이다. 또 시작이구
나 하는 표정이 재밌다. 콜라를 두 잔째 마시는 내게 미노가 잔소
리를 한다. 자기는 먹을 거 다 먹으면서 웃긴다. 언제부턴가 미노
는 조금씩 나를 간섭한다. 미노의 저런 모습을 볼 때마다 잘생긴
얼굴이 아까워진다. 녀석은 생긴 거 하난 끝내 준다. 큰 키, 운동으
로 다진 탄탄한 몸, 깊고 검은 눈동자. 미노와 걸어가면 여자 애들
이 부러운 얼굴로 나를 쳐다본다. 그땐 기분 캡이다. 미노가 입술
에 묻은 기름을 핥는다. 참 섹시하다. 저런 모습을 보고 가슴이 두
근거리지 않을 애가 있을까. 안 그럼 벌써 쫑났다.

초딩 때부터 사귄 애들을 세려면 열 손가락이 모자란다. 그 애들
중에서 같이 잔 아이는 아직 없다. 남자 애와 비디오방을 들락거린
다고 해서 나를 헤픈 애로 봐서는 안 된다. 내겐 룰이 있다. 스물두
살이 되기 전엔 절대 남자하고 자지 않을 것이다. 왜 스물두 살이
냐고 물으면 할 말은 없다. 왠지 그 숫자가 좋다. 좋은 데 이유가
없다는 건 동네 개도 다 안다. 다른 아이들은 초딩, 중딩 때부터 사

귀는 애들과 자기도 한다. 자기들 일이니까 알아서 하겠지만 나는
싫다.

　난 사랑 따윈 믿지 않는다. 상대가 사람일 때는 더하다. 개나 고
양이나 책을 사랑하면 덜 골치 아프다. 배신을 때리지 않는다. 우
리 아빠나 오빠 얘기를 하려는 게 아니다. 아빠는 바둑에 미쳐 있
고, 오빠는 로또에 빠져 산다. 나도 두 사람을 욕할 처지는 아니다.
내게도 병이 있다. 바로 활자 중독증이다. 하나는 세상에 그런 병
이 있는 줄도 모른다. 모르면 모르는 대로 사는 게 편하다. 얼굴 가
꾸는 데 시간이 빠듯한 지지배한테 뭘 쓸데없는 얘기까지 하냐. 책
을 안 읽어도 사는 데 지장이 없는데 누가 책 따위를 읽겠는가. 내
병은 나만 안다.

　책을 읽어서 좋은 점은 쓸데없는 생각을 많이 한다는 거다. 그래
선지 하나나 다른 여자 애들처럼 한 가지 고민만 줄창 하지 않는
다. 남자만 해도 그렇다. 세상엔 그것 말고도 고민할 거 투성이다.
요즘 내가 고민하는 건 사람들이 왜 모든 걸 당연하게 생각하냐는
거다. 밥을 왜 밥이라고 부르냐고 엄마에게 물었다가 귀 방망이만
터졌다. 이상해서 물고 늘어지면 모두 다 쓸데없는 생각 좀 그만
하라고 난리다. 왜 그리 야단들인지 모르겠다. 내게는 그런 사람들
이 더 웃긴다.

　딩동. 문자가 들어온다. 아직도 미노랑 안 헤어졌니. 빨랑 보내

고 나랑 립글로스 사러 가자. 벌써 징징거리기 시작한다. 비디오방부터 시작해 벌써 다섯 개째다. 자기 문자를 씹었다고 잔뜩 골이 나 있다. 남친과 찢어지고 나서 하나는 부쩍 마음을 못 잡고 있다. 남들에게 문자 찍는 낙으로 하루를 보낸다. 지난달부터 하나는 나를 천연기념물이라고 놀린다. 미노하고 찢어지지 않는 게 그렇게 배가 아픈 걸까. 아주 티를 팍팍 낸다. 좀 있으면 크리스마스실 나올 텐데 니 얼굴도 박아 주랴? 한다. 하나 지지배가 아니라도 만날 때마다 보채는 미노가 슬슬 짱난다.

미노가 문자를 보려고 몸을 기울인다. 얼른 닫아 버린다.

「하나?」

「응.」

「걔는 친구가 너밖에 없냐. 만날 문자만 찍게.」

미노가 툴툴댄다. 여자끼리 친한 거까지 이젠 질투다. 우리가 레즈도 아니고 별 이상한 참견까지 다 한다. 비디오방에서 아무런 건수도 올리지 못한 게 두고두고 분한 모양이다. 말투가 삐딱하다. 그러거나 말거나. 기분 맞춰 주고 싶은 생각이 달아난다. 콜라를 빨아 올리던 미노가 조금 풀린 얼굴로 묻는다.

「PC방 갈래?」

심드렁해서 머리를 흔든다.

─이브팅 할래여? ^0^

—애인 없어여?

—없어여. ^0^

파란 화면 속에서 남자 애는 뻔한 거짓말을 치고 있다. 무슨 말을 할까 궁리하다가 손이 그냥 자판을 두드린다.

—나도, 없는데.

—그럼 핸펀 번호 알려 줘요. ^0^

밖에서 엄마가 부르는 소리가 들린다.

「진희야, 가게 좀 봐라. 엄마 목욕탕 간다.」

「오빠 있잖아.」

「좀 전에 나가더라.」

「알았어.」

짜증나는 목소리로 대답하고 커서가 깜박거리는 화면을 쳐다본다.

—왜, 싫어여? ^0^

—여자한테 번호 알려 달라는 건 실례자나여. 그쪽 번호 알려 주면 연락할게여.

얼른 번호를 적고 바쁜 일이 있다는 핑계로 빠져나온다. 가게엔 아빠도 보이지 않는다. 아마 어디로 바둑 두러 갔을 것이다. 아빠의 취미는 바둑이다. 그다음으로 좋아하는 건 남들을 속여 먹는 것이다. 언젠가 아빠 심부름으로 동사무소에 등본 떼러 갔는데 아저씨가 보충역이네, 했다. 그게 무슨 말인가 해서 돌아와 물었다. 아빠는 휴전선 철망 부근에 총을 메고 보초를 서는 거라고 했다. 그러나 얼마 안 있어 아빠의 거짓말은 들통났다. 마침 담탱이가 가르치는 사회 시간이었다. 그날따라 군대 얘기가 나왔다. 담탱이는 몸이 허약해 보충역으로 근무했다고 한다. 앞뒤가 맞지 않았다. 허약한 사람이 최전방에서 어떻게 보초를 서냐. 손을 들어 담탱이에게 물으니 배를 잡고 클클거렸다. 그 뒤부터 난 아빠에게 묻지 않는다. 그게 더 속 편하다.

바둑 두러 간 아빠가 오지 않으면 엄마가 심부름을 보낸다. 아빠는 시장 골목 아저씨들 중 한 사람과 대국을 두고 있다. 목욕탕 집 아저씨나 순댓국 집 아저씨, 슈퍼 집 아저씨가 얼굴을 바꾸며 앉아 있다. 한 판이 끝날 때까지 조용히 기다려야만 한다. 그렇지 않고 엄마가 찾는다거나 집에 가자고 방정이라도 떠는 날엔 아빠의 보복이 날아든다. 아예 꿈쩍을 않는다는 거다. 내 힘으론 아빠를 끌고 올 수도 없다.

알전구의 붉은빛 아래 과일들이 반짝반짝 빛난다. 과일들은 먹음직스럽게 보인다. 가지에서 바나나 하나를 떼어 껍질을 벗긴다. 엄마는 야단하지만 맛있는 걸 어떡해. 이렇게 많이 달려 있는데 하나쯤 없어진다고 표나냐. 문득 미노의 청바지 사이가 떠오른다. 단단하고 딱딱하게 부풀어 올라 있던 그것. 가슴이 팔락거린다. 그런데 이상하다. 한 가지에 왜 이토록 많은 바나나가 달려 있는 것일까. 약한 것들은 주로 모여 있다고 하던데 그래서일까.

엄마가 어느새 귀신같이 다가와 등짝을 때린다. 목욕 바구니를 든 얼굴이 보얗다. 이놈의 지지배, 내가 말을 말아야지, 하며 눈을 흘긴다. 딸보다 그까짓 바나나가 아까운지 정말 아니꼽다. 토라져 껍질을 휙 던져 버리고 다락으로 올라간다. 한참 책을 읽고 있는데 골목에서 비명 소리가 난다. 잠시 후 오빠가 투덜거리며 들어오는 소리가 들린다.

뭐 하나 방문을 조금 열어 본다. 오빠는 방바닥에 배를 깔고 엎드려 고민에 빠져 있다. 바닥엔 로또 용지가 흩어져 있다. 꼭 수능 시험 답안지를 앞에 두고 있는 비장한 모습이다. 찌질이. 오빠는 망설이더니 이윽고 숫자 칸을 채우기 시작한다. 내 오빠지만 정말 덜떨어진 인간이다. 대박 꿈을 못 버리고 계속 로또 용지를 나르고 있다. 나 같으면 어떤 번호를 쓸까 고민할 시간에 면접이라도 보러 다니겠다. 시시한 데는 시시해서 못 다니겠고 큰 회사는 실력이 안 돼서 못 들어간다. 전문대 졸업하고 2년째 집에서 방콕 중이다.

그런 주제에 제 꼴도 모르고 하나가 집에 오면 집적거린다. 하나가 마음에 든 눈치다. 그래 봤자 하나가 영 관심이 없으니 그나마 다행이다. 얼마 전에 하마터면 하나가 남친이랑 찢어졌다는 소리를 할 뻔했다. 지금 생각해도 식은땀이 다 난다.

하나는 어디까지 왔느냐고 몇 번이나 문자를 보낸다. 정말 오두 방정 울트라 캡쏭 지지배다. 하나와 약속을 하면 그곳까지 가는 동안 최소 열 번의 문자를 각오해야 한다. 그놈의 립글로스 사러 가야 한다고 며칠 전부터 사람을 들들 볶는다. 전철을 갈아타러 가면서 다 읽은 보들레르의 《악의 꽃》을 벤치에 버린다. 책을 잘 사지는 않지만 어쩌다 사는 책들은 다 읽으면 그냥 버린다. 저자들이 이 사실을 알면 내게 화를 낼까 생각해 보지만 알 수 없다. 핸편이라도 눌러 물어보고 싶은 걸 참는다. 다 읽은 책을 집에 쌓아 두는 건 싫다. 읽었던 책이 다시 읽고 싶어지면 서점에 가서 읽는다. 어쩌다 다시 살 때도 있다.

화장품 매장에 캐럴이 울리고 있다. 흰 눈 사이로 썰매를 타고 달리는 기분……. 우리는 서로를 쳐다보며 따라 부른다. 매니큐어를 바른 손톱을 쳐들고 키득거린다. 남자 모델의 브로마이드가 가게 앞에 걸려 있다. 눈밭에 여자와 뒹굴며 눈싸움을 하는 모습이 짱이라고 하나가 방방 뜬다. 우리가 이곳에 오면 늘 하는 일이 있다. 모든 화장품들을 죄다 써보는 것이다. 립스틱도 바르고 매니큐어도 칠하고 커버 로션, 향수까지 찍어 바른다.

그리고 거울에 비친 서로의 얼굴을 뜯어보며 깔깔댄다. 하나는 빨리 어른이 되고 싶어 안달이다. 어른이 되면 하고 싶은 거 다 하면서 살고 싶단다. 아직도 그따위 순진한 생각을 하고 있는 하나 지지배가 불쌍하다. 어른이 된다는 건 골치 아픈 일 투성이가 된다는 말이다. 모르긴 몰라도 머릿속이 터져 나갈 지경일 거다.

하나는 분홍색 립스틱을 바르고 이쁘냐고 묻는다. 이번 크리스마스 때 바르면 어떨까 종알댄다. 애인도 없는 주제에 너무 들떠 있는 것 같다. 누구라도 있어야 그걸 바르고 봐달라고 할 거 아니냐. 난 그날 바빠서 하나를 상대해 주지 못한다. 어쩌면 핸펀 번호를 딴 남 자 애를 만나고 있을지도 모른다. 그전에 미노하고 찢어져야 하는 데, 빨리 좋은 방법을 생각해야 한다. 딴 애들은 시간이 없다고 하 면 알아서 떨어져 나갔다. 미노 같은 애들은 꼭 똥을 똥이라고 알려 줘야 한다. 빙빙 돌려서 얘기해 봤자 알아듣지도 못한다.

하나는 립스틱 하나를 소쿠리에 담는다. 립글로스는 안 사? 하는 내 말에 아 참 그렇지 하며, 이마를 때린다.

「벌써 치매 왔냐?」

「그딴 소리 할래?」

「아님 머리 좀 잘 챙겨.」

「요게.」

날아오는 손바닥을 소쿠리로 막는다. 우리는 쿵후 영화에 나오 는 남자들처럼 괴성을 지른다. 하마터면 걸어가던 종업원의 얼굴 을 때릴 뻔했다. 여자는 우리를 재수 없다는 눈으로 째려본다. 안 그래도 사람이 많아 짜증나 죽겠는데 소란까지 피우는 게 얄미운 모양이다. 우리는 부리나케 카운터로 도망친다.

지하철에 사람이 많아 터져 나갈 것 같다. 아기 예수가 마구간에 서 태어나서인지 개나 소나 다 기어 나온다.

하나와 난 문 가까운 곳으로 붙어 선다. 사람들에게 밀리면서도 하나는 그 와중에 문자를 찍고 교복 조끼 주머니에서 손거울을 꺼내 얼굴을 비춰 본다. 옆에 서 있는 남자가 뻔뻔한 눈길로 하나를 뜯어본다. 하나가 거울을 보려고 손을 쳐들 때마다 남자의 가방을 건드린다. 남자의 떨떠름한 표정은 금세 한심하다는 표정으로 바뀐다. 남자는 하나에게서 눈을 떼지 않는다. 계속해서 하나를 째린다. 그러나 문자 찍기에 바쁜 하나는 모른다. 폴더를 닫고 나서 하나는 조끼에서 손거울을 꺼내 얼굴을 이리저리 비춘다. 나와 눈이 마주치자 배시시 웃는다.

핸펀으로 문자가 들어온다. 미노다. 어디야? 너 학원에 있는 거 아니지. 저도 농땡이 피우고 있으면서 누구한테 잔소리야. 날 제 마누라처럼 간섭하려 드는 게 웃긴다. 저러다 장가라도 갈 수 있을지 모르겠다. 어디에 있느냐, 누구랑 있느냐, 그만 싸돌아다녀라. 얘는 내가 지겨워한다는 걸 정말 모르는 걸까. 미노는 얼짱이긴 하지만 그게 다는 아니다. 엄마 말처럼 얼굴 뜯어 먹고 사는 건 아니니까 말이다. 엄마가 아빠에게 속은 게 바로 그 잘난 얼굴이다. 엄마의 생생한 현장 교육 덕분에 나는 안다. 사람의 얼굴, 그건 밤의 과일 가게에 불을 켜는 것과 비슷하다. 속기 딱 좋다는 말이다. 엄마는 내게 밤에 절대 과일을 사서는 안 된다고 말한다. 아무리 생각해도 그건 과일 가게 주인이 할 말은 아니다.

하나가 미노지? 하며 몸을 기울이다 옆 남자와 부딪친다. 남자가 재수 없다는 얼굴로 하나를 밀친다. 하나가 문에 부딪히면서 손거울이 떨어진다. 하나가 비명을 지르기 시작한다.

「왜 만지고 지랄이야?」

금세 눈 속으로 눈물이 그렁거린다. 하나를 밀친 남자가 당황한 얼굴이 된다. 남자는 갑자기 다른 칸을 향해 움직인다. 사람들이 한심하다는 눈길로 남자의 뒤통수를 째린다. 남자는 이쪽을 힐끔 쳐다보더니 꽁지를 내리고 옆 칸으로 사라진다. 사람들은 다시 무관심한 얼굴이 된다. 하나는 쪼그리고 앉아 깨진 거울을 휴지로 감싼다. 내가 사 줄게 하는 말에도 시큰둥하다. 손거울은 헤어진 남친이 생일 선물로 사준 것이다. 하나는 그 애한테 아직 미련이 있는 걸까.

「진짜 만졌어?」

하나가 혀를 쏙 내민다.

미노가 비디오방 앞에 서 있다. 날 기다리고 있었던 듯 보자마자 잔소리다. 너, 또 하나하고 싸돌아다녔지? 다 안다는 얼굴로 묻는다. 정말 지겹다. 애가 왜 이렇게 분위기 파악을 못하는지 성질나 죽겠다. 저 얼굴의 반이라도 머리 굴리는 데 쓴다면 지금처럼 찢어질 생각도 안 한다. 약이 올라 부루퉁하게 대꾸한다. 성질 같아서는 지금 헤어지자고 말하고 싶다.

「할 말 있어.」

「해봐.」

미노가 재촉한다. 침을 꼴깍 삼킨다. 추워서 새파랗게 질린 미노의 두 귀가 보인다. 어차피 지금 꼭 말할 필요도 없다.

「나중에.」

「지니야, 이브 날 기대해도 돼.」

「뭘?」

「우리 둘만 보내자. 하나 끼워 줄 생각 없으니까 미리 말해라.」

무슨 생각을 하는지 미노의 얼굴이 벌그레해진다. 분명 꿍꿍이가 있는 얼굴이다. 네가 상상하는 최고의 이브가 될 거야. 미노는 의기양양하다. 누가 제 녀석 속셈 하나 모를 줄 알고. 미노는 결코 내 상대가 될 수 없다.

「추운데 영화 한 판 때리고 갈까?」

미노가 턱으로 비디오방을 가리킨다.

「숙제 밀렸어.」

아쉬운 얼굴로 미노가 입맛을 다신다.

「추우니까 얼른 들어가라.」

미노가 돌아서서 손을 젓는다. 시장 골목 끝으로 사라지는 미노의 등을 보며 조금 불쌍하단 생각이 든다. 녀석은 내게 잘 보이기 위해 난린데 난 찢어질 궁리만 하고 있다. 미노의 계획을 망쳐서 안됐지만 어쩔 수 없다. 나도 더는 못 참겠다.

돌아서려는데 골목 끝 초원장 문이 열린다. 고개를 빠끔 내밀고 두리번거리고 있는 건 분명 아빠다. 저 인간, 벌써 몇 번째야. 얼른 전봇대 뒤로 숨는다. 골목으로 나온 아빠는 뒤돌아서 손짓을 한다. 목욕탕 집 아줌마가 따라 나온다. 두 박자 아줌마다. 얼굴은 이쁘장한데 언제나 두 박자 늦게 알아듣는다. 두 박자 아줌마니까 아빠하고 눈이 맞지, 비전도 없는 과일 가게 아저씨랑. 갑자기 머리에 스파크가 일어난다. 핸펀으로 재빨리 두 사람의 모습을 찍는다. 어떻게 이런 기특한 생각을 했는지 우쭐해진다.

오, 불쌍한 우리 엄마. 우리 가정은 내가 지켜야 한다. 사명감에 몸을 떨며 주먹을 쥔다. 아빠와 두 박자는 잽싸게 서로 다른 골목으로 흩어진다. 부리나케 아빠 뒤를 쫓아간다. 겨우 따라잡는다. 뒤에서 부르니까 아빠가 소스라친다.

「학원에서 오냐?」

「응.」

의뭉스럽게 아빠의 팔짱을 낀다. 아빠가 흠흠거린다. 이 인간 되게 찔리는 모양이다. 아빠에게서 비누 냄새가 난다. 좀 고상한 아줌마와 바람이 나든지 두 박자가 뭐야, 두 박자가. 하여튼 아빠의 취향은 별나다.

「다 봤어. 아빠.」

「뭘?」

아빠가 자지러진다. 핸펀을 흔들며 씨익 웃는다. 아빠의 얼굴이 사색이 된다. 협박이란 어느 정도의 위험을 안고 가는 것이다. 너무 조이면 반대로 퉁겨 나간다. 나는 관대해지기로 한다. 사실 두 박자 아줌마랑 여관에서 나왔다고 내가 흥분할 일도 아니다. 아빠가 배신한 건 엄마지 내가 아니기 때문이다. 잠깐 우리 가정은 잊기로 한다.

「아빠 하기 나름이야.」

그 정도 던지고 만다. 얼굴이 붉어진 걸 보니 알아들은 눈치다. 아빠가 큿큿거린다. 계속 헛기침만 해댄다. 우리는 팔짱을 끼고 집으로 들어선다. 날 보자마자 엄마가 들어가 공부하라고 성화다. 학원은 빼먹지 않았지? 하고 들들 볶는다.

「공부 좀 해라. 만날 싸돌아댕기기나 하고.」

엄마 얼굴에 신경질이 가득 묻어 있다. 그러고 보니 요즘 엄마가 부쩍 짜증을 내고 신경질을 부린다. 내가 생리할 때와 모습이 비슷하다. 요즘은 아빠와 그것도 하지 않는 것 같다. 보통 한 달에 한두 번은 했던 것 같은데. 아빠가 엄마하고 해야 할 일을 두 박자 아줌마랑 하고 있다는 걸 알면 어떤 기분이 들까. 나처럼 관대하지는 않을 것 같다.

바나나 가지에서 하날 따고 있는 내게 엄마가 소리를 지른다.

「들어가 공부 좀 해라. 지지배야!」

엄마의 짜증에 기가 죽은 아빠가 점퍼를 벗는다. 아빠가 나를 슬쩍 돌아본다. 입 다물라는 애원의 눈길이다. 저 정도면 몇 장이나 들어올까. 오늘따라 바나나가 더 달착지근한 것 같다. 껍질을 벗겨 골목을 향해 차버린다. 두 박자 아줌마라도 지나갔으면 좋겠다. 된통 미끄러지면 기분이 캡일 텐데.

오빠가 책상 앞에 앉아 있다. 뒷모습만 보면 대단히 열중한 모습이다. 그러나 공부하고 있는 거면 내 손에 장을 지진다. 오늘도 오빠는 대박 인생에 모든 걸 걸었다.

하나를 떼놓고 온 건 잘한 일이다. 같이 왔다면 분명 쓸데없는 말을 늘어놓을 게 뻔하다. 하나는 지금쯤 화장품 매장에 가 있을지 모른다. 며칠 전에 산 립글로스가 마음에 들지 않는다고 계속 투덜거렸다. 그때는 그 색깔이 제일 낫다고 하더니 그새 마음이 바뀌었다.

하나는 여느 여자 애들처럼 얼굴이나 몸무게나 화장품에 예민하다. 그런 것들에 별로 신경 쓰지 않는 내가 별스럽다고 한다. 별스러운 게 아니다. 단지 시시하게 느껴질 뿐이다. 내게 비친 사람들의 꼬락서니가 다 웃긴다. 겉으로는 아닌 척하지만 모두 남들을 못속여 안달이다. 나는 오빠를 속이고 오빠는 아빠를 속이고 아빠는 엄마를 속이고 엄마는 과일 사러 온 사람들을 속인다. 엄마한테 무른 과일을 산 사람은 누구한테든 화풀이를 할 것이다. 이 세상은 진지한 사람이 살기엔 너무 시시하다. 또 시시한 사람이 살기엔 너무 재미가 없다. 그 차이가 날 외롭게 한다.

콜라를 두 번이나 리필해 와 마신다. 세 번째 컵을 들고 가자 카운터에 서 있는 알바가 이마를 찡그린다. 지지배 졸라 재수 없다. 사람마다 다 입맛이 다르지. 꼭 그렇게 째려야 속이 시원하냐. 제 것도 아니면서 생색은. 미노가 오기 전에 호흡을 가다듬는다. 헤어질 때는 쿨하게다. 그래야 서로 부담이 없어서 좋다. 근데 왠지 감이 안 좋다. 이쯤에서 신경 끄기로 한다. 왜 쓸데없이 이별 후까지 걱정하냐. 그건 미노의 문제지 내 문제가 아니다.

「좀 늦었지.」

미노가 건너편에 앉는다. 뛰어왔는지 머리는 헝클어져 있고 찬 바람에 뺨이 붉다. 진짜 생긴 건 캡짱이다. 찢어질 생각을 하니 좀 아쉽기도 하다. 8개월 동안 녀석을 만난 것도 저 모습 때문이다. 헤어지지 말까. 진짜 갈등 때린다. 미노가 포장 꾸러미를 내민다. 그러면 그렇지. 김민호. 타이밍 잘도 맞춘다. 헤어지려고 하는 여자에게 선물 들고 나타나다니. 역시 펭귄 신발이다.

「장갑 샀어. 껴봐.」

손에 딱 맞는다. 미노가 흐뭇한 얼굴로 고개를 끄덕인다.

「고마워, 잘 낄게.」

미노가 신바람 난 얼굴로 수첩을 꺼낸다.

「이거 짜느라고 날밤 샜어.」

「그래? 힘들었겠다.」

「둘이 재밌게 보내는데, 그 정도 고생은 해야지.」

「근데 미노야, 미안해서 어쩌니.」

「뭘?」

「그날 못 만날 거 같아.」

「갑자기 뭔 소리야?」

「아무튼 널 만날 수가 없을 거 같아.」

「뭐라고? 지난번 할 말 있다는 게 그거야?」

「응.」

「내가 모를 줄 알고, 이지니. 너 그날 딴 남자 만나려는 거지?」

좀 찔리지만 생글거리는 얼굴을 풀지 않는다. 이 분위기라면 구태여 미노한테 헤어지자고 말을 할 필요가 없다. 이제껏 딴 남자애들한테 써먹던 방법 그대로 가는 게 낫다. 이제 미노도 그 정도는 알아들어야 한다. 언제까지 고딩으로 사는 것도 아니다. 미노는 기가 차다는 듯이 노려본다. 두 눈이 활활 타오른다. 미노의 손이 부들부들 떨린다. 수첩이 바닥으로 떨어진다.

「미안해.」

「거짓말.」

「진짜, 미안해.」

「거짓말!」

미노의 눈이 벌게진다. 곧 폭발할 것처럼 보인다. 자신 같은 얼짱이 차이리라고는 꿈도 꾸지 못한 모습이다. 얼굴이 일그러지고 숨이 가빠지더니 고개를 떨군다. 미노의 잘생긴 얼굴을 타고 눈물이 툭 하고 떨어진다. 미노가 손으로 눈물을 훔친다. 장난감을 빼앗긴 다섯 살 남자 애 같다. 옆 테이블에서 햄버거를 씹던 아이들이 수군거린다. 어디선가 킥킥거리는 웃음소리도 들려온다. 미노는 이제 어깨까지 들썩인다. 미노 때문에 얼굴이 홧홧 달아오른다.

정말 쪽팔려 미치겠다. 졸라 재수 없다. 어디로 달아나 숨어 버리고 싶다. 미노가 울 거라고는 진짜 상상도 못했다. 창피해서 죽을 것만 같다. 벌떡 일어나 달리는데 미노가 외친다.

「지니야!」

계속 문자가 날아든다. 씹어도 소용이 없다. 미노는 몇 분에 하나씩 문자를 날리고 있다. 마음을 바꾸라고, 기다린다고 한다. 후회할 일이 생길 거라고 협박까지 한다. 후회할 일? 맘대로 하든지 말든지. 무서워할 이지니가 아니다. 수업도 귀에 들어오지 않고 시계만 자꾸 들여다본다. 종례를 하던 담탱이가 몇 번이나 나를 째린다. 가방을 싸는데 하나 지지배가 쪼르르 달려온다.

「얼른 가자.」

「어딜?」

「립글로스 바꿔야 한다고 했잖아.」

「너나 가.」

소리가 곱게 나가지 않는다. 종일 미노한테 시달리고 하나의 상대까지 해주고 싶은 맘은 일없다. 기분이 꿀꿀하다. 종일 미노의 문자에 시달려서일까. 미노에게 저런 구석이 있나 싶게 끈질기다.

내가 잘못 본 걸까. 하긴 내가 미노에 대해서 알면 얼마나 알겠냐. 21년을 같이 산 엄마도 아빠가 두 박자를 만나는 건 모른다. 그리고 내가 활자 중독증이란 걸 2년 넘게 붙어 다닌 하나도 모른다.

집에 돌아가자마자 이불을 뒤집어쓰고 잠이나 자야겠다. 핸펀도 꺼버리고 하나의 문자든 미노의 문자든 다 씹을 것이다. 통밥대로 미노는 교문 앞에서 기다리고 있다. 칼이라도 숨겨 온 듯 비장한 얼굴이다. 왜 미노의 얼굴에 우리 오빠가 겹치는지, 짱난다. 하나가 반갑게 달려가 아는 척을 한다. 미노는 어정쩡하게 얼굴을 구긴다. 웃으려고 하는데 웃음이 나오지 않는 모양이다. 절절한 눈으로 나를 바라본다. 웬일인지 얼굴에 수염이 거뭇거뭇하다. 날밤이라도 샌 몰골이다. 눈은 붉게 충혈되어 있고 얼굴도 꺼칠하다. 본척만척 무시하는데 하나가 달려와 가방을 낚아챈다.

「같이 안 가?」

「찢어졌어.」

하나가 입을 딱 벌린다. 나는 팩 돌아선다. 미노가 내 이름을 부르며 쫓아온다. 마침 떠나려는 버스에 냉큼 올라탄다. 미노가 발을 구른다. 하나와 미노를 두고 버스는 떠난다. 하나가 뭐라고 떠들지만 미노는 듣지 않는 것 같다. 미노의 고개는 줄곧 내가 탄 버스 꽁무니만 좇고 있다.

가게에 앉아 엄마는 졸고 있다. 오후의 과일 가게는 썰렁하다. 과일들은 초라해 보인다. 아빠는 어디에 갔는지 보이지 않는다. 바둑을 두러 갔을 거라고 생각하는 엄마가 안됐다. 괜히 지갑을 만지작거린다.

조는 엄마 얼굴엔 피곤이 덕지덕지 묻어 있다. 엄마 나이가 돼도 세상은 여전히 재미없는 모양이다. 난 맹세한다. 절대 엄마처럼 살지 않을 거다. 세상이 결코 호락호락하지 않다는 걸 나는 안다. 상처는 사실 가까운 사람과 주고받는다. 남은 욕 몇 번 해주고 나면 별거 아닌 게 된다. 엄마가 아빠의 배신을 모르는 게 나을까, 아는 게 나을까. 난 잘 모르겠다.

바나나를 가지에서 따서 다락방으로 올라온다. 핸펀은 아예 꺼 버린다. 시장 골목을 지나가는 사람들의 발소리가 아래서 들린다. 벌러덩 누워 바나나를 씹는다. 달콤한 과즙이 목을 타고 넘어간다. 언젠가 이 시장 골목을 떠나야 할 것이다. 바깥에는 재미없는 세상이 날 기다리고 있다. 담탱이는 오늘도 같은 소리를 했다. 고장난 MP3가 따로 없다. 종례 시간마다 좋은 대학을 가야 한다고 지랄이다. 지금이 어떤 시댄데 간판만 잘 따라고 난린지 모르겠다. 그보다 사람의 능력이 무언가를 바꿀 수 있다는 걸 알려 주지 않는다. 사실 우리가 듣고 싶은 말도 그런 것이다. 모두 다 판에 찍힌 두부 따위가 되고 싶지는 않다. 우리가 다 다르다는 걸 알아봐 주기를 바라는 것이다. 그러나 언제나 간판만 따라고 난리다. 지가 책임질 것도 아니면서.

컴을 켜자마자 메신저가 뜬다. 지난번 핸펀 번호를 딴 남자 애다. 시간 좀 내라고 선수를 친다. 내가 뭐라고 하기도 전에 시간과 장소를 정한다. 살짝 튕기다가 망설이는 것처럼 뜸을 들인다. 폭탄이 아니니까 함 만나 보는 것도 괜찮겠다. 보내 준 사진을 보니 얼짱이다. '뽀샵질'로 장난친 게 아니라면 말이지.

오빠가 다락방으로 올라온다. 편의점에 있는 로또 용지를 쓸어 왔는지 점퍼 주머니가 불룩하다. 나한테 무슨 할 말이 있는지 빙빙 돈다. 대충 감이 오지만 선수칠 때까지 기다린다. 언제나 몸이 다는 놈이 지게 마련이다.

오빠의 얼굴은 자못 심각하다. 뭔가를 골똘히 생각하는 눈빛이다. 나는 엄청 바쁘다는 듯 딴청을 피운다. 괜히 가방을 끌어와 무언가를 찾는 듯 수선 피우며 뒤적거린다. 오빠는 책상에 놓인 바나나를 벗겨 베어 먹는다. 다 먹었으면 나갈 일이지 계속 꾸물거린다.

「하나 말인데.」

「하나가 왜?」

지레 목소리가 커진다.

「왜 요즘 통 집에 안 와?」

「바쁘니까 그렇지.」

「하나 생일이 언제야?」

사이렌이 울린다. 아무 소리도 하지 않았는데 이 인간이 어떻게 냄새를 맡았을까. 참 이상한 일도 다 있네. 혹시 통화하는 걸 들은 걸까. 아니면 핸편에서 문자를 본 것일까. 그렇지 않고서야 오빠가 하나가 남친과 찢어진 걸 알 턱이 없다.

「생일은 왜?」

오빠가 머리를 긁적이며 씨익 웃는다.

「로또 번호 쓰려고.」

아이고, 찌질이. 아주 꼴값을 떤다. 내 오빠지만 정말 걱정된다. 하긴 지가 무슨 수로 알겠냐. 하나가 지금 솔로라는 건 죽을 때까지 비밀이다.

실내에 캐럴이 울린다. 남자 애는 몸을 까딱이며 발을 흔든다. 남자 애는 날 실망시키지 않았다. 운이 캡 좋다. 이건 얼짱에다 몸짱이다. 맘짱까지 바란다면 내가 나쁜 년이다. 덧니도 귀엽고 웃을 때 눈이 반달로 기울어진다. 이런 킹카가 왜 솔로일까. 혹시 나처럼 선수가 아닐까.

하나 지지배가 알면 배가 아파 미칠 것이다. 지금쯤 방에 틀어박혀 문자 찍거나, 자판 두드리고 있을 텐데. 난 왜 이리 운이 좋은 걸까. 가만가만 저런 애가 채팅으로 여친을 찾다니. 수상한 냄새가 난다. 혹시 내가 모르는 무슨 비밀이 있는 앨까. 얼마 못 산다거나, 아니면 공부하러 훌쩍 외국으로 떠나 버리거나. 그러면 더 잘됐다. 정리하느라 골치 썩을 필요도 없는 거다. 남자 애도 내가 싫지 않은 눈치다. 활짝 웃는 게 분위기 나이스다. 휴, 다행이다. 꾸미고 나오느라 안 하던 짓을 하려니 꽤나 힘들었다.

내가 얼굴이 좀 된다. 아빠가 그거라도 물려주지 않았더라면 두고두고 원망 들었을 거다. 눈이 오려는지 창밖이 잔뜩 흐려 있다. 창 옆으로 세워 둔 트리에 눈길이 머문다. 알록달록 켜졌다 꺼지는 전구들이 한껏 들뜬 기분을 부채질한다. 쌍쌍이 팔을 두른 연인들이 지나간다. 모두 행복한 얼굴들이다. 중년의 아저씨가 케이크 상자를 들고 걸음을 재촉하고 있다.

「대답 안 해요?」

남자 애가 나를 멀뚱하게 바라보고 있다. 뭘 물은 것 같은데 못 들었다. 이래선 안 된다. 눈웃음을 치며 남자 애를 쳐다본다.

「내일 뭐 할 거냐고 물었는데.」

「내일은…….」

남자 애의 눈이 반달로 기울어진다. 글쎄, 뭐 할까. 스케이트를 타러 갈까. 아니면 게임하러 갈까. 비디오방은 너무 빠르다. 킹카의 침 넘기는 소리가 들린다. 사귀자고 함 말해 볼까. 내가 너무 들이대는 건 아닐까. 딩동. 탁자에 올려놓은 핸펀으로 문자가 들어온다. 하나다. 빨리 연락하라고 방방 뜨고 있다. 그러면 그렇지. 혼자 있으려니까 헛바닥에 먼지 앉겠지. 지지배, 방방 뜨기는. 킹카가 날 빤히 쳐다보고 있다. 종료 버튼을 누른다는 게 잘못해서 통화 버튼을 눌렀다. 진짜 짱난다. 오늘은 그 지지배하고 통화할 일이 없으면 했는데 거지 같다. 하나가 숨을 학학거린다.

「빨랑 미노 싸이 들어가 봐라. 난리 났어. 싸이에서 미노 홈피가 갑자기 뜨기에 가봤더니 난리가 아니다. 미노가 자기를 경매에 붙였어. 자기를 가장 비싸게 사는 사람한테 오늘 하루 노예로 팔려간대. 더 웃긴 건 스케줄을 다 준비해 놨대. 정말 재밌지 않니? 미노가 웃통 벗은 모습과 스케줄을 띄워 놨어. 너도 알잖아. 걔가 좀 얼짱이니. 지금 조회 수가 만 건을 넘었어. 너네 깨진 거 진짜 맞아? 나도 한번 해볼까 생각 중이야. 나중에 딴소리 없기다.」

얼굴로 피가 확 몰려든다. 킹카가 내 얼굴을 뜯어보고 있다. 아무렇지 않은 얼굴로 웃어 준다. 속이 부글부글 끓는다. 펭귄 신발이 그런 일을 저지르다니 깜빡 속았다. 어떻게 그런 괴상한 생각을 했을까. 경매라니, 노예라니. 미노 녀석이 미쳤다. 하나 지지배가 알아야 하는 건 미노의 오늘 스케줄은 날 위해 만든 것이다. 쪽도 안 팔리나.

후회할 일이 생긴다던 미노의 문자가 떠오른다. 졸라 재수 없는 새끼. 주접은 끝내 준다. 그나저나 하나 지지배가 걸리면 어떡하냐. 의리 없는 년. 싹수 노란 년. 그런 걸 여태 친구라고 놀았으니.

혹시 하나 지지배가 사기 치는 건 아닐까. 내가 아는 미노 녀석은 절대 그럴 용기도 없는 애다. 눈앞에 킹카가 있고 오늘은 크리스마스이브다. 미노가 노예가 되든 난리를 치든 신경 끊으면 그만이다. 그나저나 만 건이면 도대체 몇 명이야. 미노의 벗은 몸은 나도 본 적이 없는데. 킹카가 뭐 먹고 싶으냐고 묻는다. 돈가스, 피자, 스파게티? 떠오르는 대로 말하자 킹카가 웃음을 터뜨린다. 진짜 웃는 모습이 캡짱이다. 놓치기 아까운 애다. 지금도 조회 수가 올라갈까. 어떤 포즈를 취한 걸까. 스피커에서 캐럴이 꽝꽝 울린다. 흰 눈 사이로 썰매를 타고 달리는 기분…… 근데 왜 꼭 흰 눈 사이로 달려야 되지?

검은 오렌지

「컷!」

여자의 입술이 다물리기 전에 감독의 NG 사인이 떨어졌다. 감독은 성급한 걸음으로 여자에게 다가섰다. 여자는 벌써 네 시간째 오렌지를 먹는 모습을 풀 숏으로 찍고 있다. 풀 숏이 오케이되어야지 그다음 세트를 이동하며 세부적인 컷 촬영에 들어갈 수 있다. 머리 위로 텅스텐 조명이 뜨겁게 쏟아져 내렸다. 여자는 입술을 잘근거린 채 감독의 말을 들으며 고개를 끄덕였다. 처음 손댔던 콘티와 다르게 수도 없이 찍어 대고 있지만, 감독은 성에 차지 않은 듯 매번 NG를 외치고 있다. 아직 괜찮은 그림 하나 건져 내지 못해서인지 감독의 목소리는 몹시 짜증스럽다.

다시 리세팅이 시작되었다. 촬영 감독이 앵글을 바꿔 가며 ARRI 35밀리 카메라를 조정하는 사이 여자는 하품을 깨물었다. 코디네이터가 다가가 여자의 옷매무새를 가다듬는다. 메이크업 담당자는 오렌지 과즙이 묻은 여자의 입술 언저리에 퍼프를 갖다 대고 재빠르게 누른다. 그리고 뭉개진 아이라인도 꼼꼼하게 다시 그리고 있다.

「야! 식탁에 저 노란 얼룩 뭐야?」

감독이 남자를 돌아보며 고함을 지른다. 구석에 서 있던 남자는 마른걸레를 가지고 식탁으로 엉거주춤 다가선다. 고개를 숙이고 식탁 가장자리에 묻은 과즙을 훔친다. 뒤통수로 감독의 부라린 눈이 째려보고 있다. 남자는 허리를 펴다가 세트 건너편에 걸린 거울에 시선이 부딪힌다. 자신의 왜소한 몸집이 그대로 비쳐 보인다. 1미터 60이 좀 넘을 듯한 작은 키와 둥글고 납작한 얼굴 윤곽엔 아무 표정도 없다. 부스스한 머리칼 아래 가슬가슬한 살갗을 따라 엄지손가락만 한 검은 점이 퍼져 있다. 점은 눈가를 스쳐 뺨을 타고 전갈좌처럼 날렵하게 미끄러져 있다.

남자는 무릎을 대고 엎드려 바닥에 튄 과즙도 닦아 낸다. 조감독인 자신에게 관심을 두는 사람은 아무도 없다. 현장에서 모든 허드렛일을 하는 사람이 조감독이다. 남자는 자신이 공사판 잡역부와 다르지 않다고 느낀다. 감독은 렌즈를 바꾸고 있는 촬영 감독 옆에서 담배를 꺼내 문다. 감독의 머리칼은 제멋대로 뒤엉켜 있다. 그림을 찍다가 성에 차지 않으면 잡아뜯는 버릇 때문이다. 현란한 조명 아래로 담배 연기가 부옇게 퍼져 나간다. 오늘따라 유독 감독은 OK 사인에 인색하다.

남자는 메이크업을 고치고 있는 여자를 흘낏 바라본다. 여자는 지치고 피곤한 듯 얼굴에 생기가 없다. 감겨 있는 눈꺼풀이 미세하게 떨리는 걸 남자의 눈은 놓치지 않는다. 아까부터 남자의 신경은 온통 여자에게 쏠려 있다. 여자가 자신을 처음 보는 사람처럼 대하는 게 도무지 마음에 걸린다. 감독이나 다른 스태프들을 의식해서 하는 행동 같지가 않다. 여자는 정말 기억하지 못하는 걸까.

남자는 며칠 전 기이한 경험을 했다. 촬영이 없는 날이어서 남자는 혼자 시간을 죽이고 있었다. 일이 없는 날 사무실과 현장을 벗어나면 만날 사람도 없었다. 차라리 사무실에 눌어붙어 있는 게 더 편했다. 남자는 고등학교 때부터 늘 혼자였다. 아무도 남자에게 말을 붙이지 않았다. 남자는 혼자 밥을 먹었고 혼자 교문을 나섰다. 그게 '은따'라는 걸 남자는 나중에 알았다. 자신의 생김새나 태도가 다른 사람에게 호감을 주지 않는 것도, 남들이 자신을 답답하고 말이 안 통하는 사람으로 생각한다는 것도 알았다. 사람들은 항상 반듯하고 좋은 것에만 끌렸다. 그건 너무나 당연한 일이었다. 때때로 남자는 자신이 현장에 세운 세트보다 못하다고 느낄 때가 많았다. 촬영을 마치면 순식간에 뜯기고 부서질 세트조차 한동안은 눈부신 스포트라이트를 받았다. 그러나 남자에겐 단 한순간도 그런 시간이 없었다.

밤이었고 사무실을 들락거리던 스태프들도 사라지고 없었다. 남자는 야전 침대에 누워 뒤척였다. 몸을 틀어 벽에 붙어 있는 이미

지 컷 사진을 물끄러미 바라다보았다. 몇 달 전 남자가 스태프로
참여해 작업한 사진이었다. 여자는 구름 속에 떠 있었다. 커다란
날개를 펼치고 하늘로 비상하는 중이었다. '모션 컨트롤'이 여자의
펄럭이는 드레스를 따라 오르내리며 찍었다. 여자는 CF 모델로 한
창 주가가 오르고 있는 배우다. 남자도 몇 번인가 여자와 작업을
같이 했다. 하지만 개인적인 얘기를 나눠 본 적은 한 번도 없었다.
어디선가 날개 치는 소리가 들려온 건 순간이었다. 남자는 다리를
오그리며 숨을 죽였다. 남자는 어두운 사무실을 이리저리 둘러보
았다. 다시 날개 치는 소리가 들렸다. 남자의 눈은 빨려 들어가듯
사진으로 향했다. 밖에서 흘러 들어온 네온 빛 속에서 여자의 깃털
이 퍼덕이고 있었다. 남자는 튀어 일어나듯 야전 침대에서 몸을 일
으켰다. 깃털이 남자의 야전 침대와 바닥으로 하얗게 떨어졌다. 여
자는 가볍게 남자 앞으로 걸어왔다.

「목이 말라요. 뭐, 마실 거라도 좀 주세요.」

남자는 얼이 빠졌다. 눈으로 보았지만 믿어지지가 않았다. 자신
의 눈앞에 여자가 서 있다니 얼마나 놀라운 일인가. 남자에게서 대
꾸가 없자 여자는 냉장고로 걸어가 문을 열었다. 여자는 물병을 따
서 한 방울도 남기지 않고 다 마셨다.

「목이 말라 죽는 줄 알았어요. 배는 안 고픈데 언제나 목이 타요.
세상에 갈증보다 더 지독한 건 없어요.」

여자는 흰 드레스에 묻은 깃털을 털어 냈다. 여전히 남자는 할

말을 잃고 있었다. 남자는 자신의 손이 떨리지 않도록 꽉 쥐고 힘을 주었다. 손의 온기가 느껴지는 걸 보면 이건 분명 꿈이 아니었다. 꿈도 아니었고 더더구나 정신도 말짱했다. 남자는 창으로 번지는 네온사인을 보며 머리를 흔들었다. 여자는 야전 침대에 걸터앉아 남자를 말끄러미 바라보았다.

「언제까지 서 있을 거예요? 의자라도 갖다가 좀 앉아요.」

남자는 얼떨결에 가까이 있는 의자에 주저앉았다. 다리가 후들거려서 도무지 정신을 차릴 수가 없었다. 여자는 깃털이 간지러운지 겨드랑이로 팔을 집어넣고 긁었다. 남자와 눈이 마주치자 계면쩍게 웃었다.

「이게 말이죠, 보기엔 멋있어도 입고 있는 사람은 죽을 맛이죠. 세상 모든 게 그렇잖아요. 당사자가 돼 보지 않고선 알 수 없는 게 많거든요.」

「어…… 어떻게?」

「빠져나올 생각을 했느냔 말이죠. 당신과 한번쯤 얘기를 했으면 좋겠다는 생각을 했어요. 언제나 그 낮은 침대에 누워 나를 올려다보더군요. 혹시 나한테 할 얘기가 있는 게 아닐까 하는 생각이 들었어요.」

「나, 나는…….」

「괜찮아요. 하고 싶은 말이 있으면 해봐요. 그래서 온 거니까요.」

남자는 여자에게 무슨 얘기부터 꺼내야 할지 막막했다. 자신의 외로움에 대해서 말할 수도 있다. 하지만 따지고 보면 외롭지 않은 사람이 어디 있겠는가. 자신을 개 부리듯 무시하는 감독이나 다른 스태프들도 언제나 행복해 보이는 건 아니었다. 아니면 여자처럼 자신도 그녀를 만나고 싶었다고 말할 수도 있다. 사진을 찍기 위해 여자의 등에 커다란 날개를 붙여 준 것도 남자가 아닌가.

남자는 사실 여자에게 하고 싶은 얘기가 너무 많았다. 그래서 입 안이 타들어 갔다. 남자는 은따에 대해서, 아이들의 잔인함에 대해서, 그리고 그때 좋아했던 류에 대해서 여자에게 얘기를 하기 시작했다. 네온 불빛이 여자의 얼굴을 쓸며 지나갔다. 여자의 눈길은 따스했다. 남자는 내심 놀라고 있었다. 사람들 앞에 서기만 하면 움츠러들던 자신이 아닌가. 누군가 이렇게 자신의 말을 들어주었더라면 외롭지 않았을 것 같았다. 세상에 단 한 사람이라도 소통할 수 있었다면 행복했을 것 같았다. 여자가 좀 더 빨리 자신을 찾아 왔더라면 남자는 다른 사람이 되었을 것만 같았다.

화장을 고친 여자가 일어선다. 여자는 코디네이터가 건네준 생수 병을 받아 든다. 여자의 목을 타고 물이 쿨렁쿨렁 넘어가고 있다. 물을 마신 여자가 앵글 앞으로 돌아가 선다. 여자의 눈은 지금 감독을 보고 있다. 큐 사인을 기다리며 실내가 긴장감으로 달아오른다. 사인이 떨어지자, 여자는 경쾌한 걸음으로 걸어 나온다. 어느새 여자의 동작엔 탄력이 붙어 있다.

세트 뒤로는 오렌지 박스와 주스 병들이 가득 쌓여 있다. 주스

병은 광고주가 수량에 상관없이 협찬을 해준 것이다. 남자는 오렌지를 사기 위해 새벽부터 농수산물 시장에 스태프와 함께 장을 보러 나갔다. 세트를 세우느라 철야를 하고 지금까지 쉴 틈 없이 일을 했던 때문인지 몸이 노곤했다. 그러나 몸이 피곤한 것보다 여자의 냉랭한 태도 때문에 남자는 죽을 지경이다. 왜 갑자기 여자의 마음이 변해 버린 것일까. 자신을 찾아와 따스하게 품어 주던 여자는 어디로 사라진 것인가. 남자는 일이 손에 잡히지 않는다.

수면 부족 때문인지 머리가 멍하다. 남자는 스태프들의 눈을 피해 박스 뒤로 돌아간다. 네 시간 동안 촬영을 하느라 벌써 다섯 박스의 오렌지가 사라졌다. 여자는 촬영이 끝날 때까지 어쩌면 열 박스가 넘는 오렌지를 씹어 댈지도 모르겠다. CF가 텔레비전에 뜨기도 전에 여자는 오렌지라면 신물이 날 것이다. 남자는 오렌지 한 알을 집어 손바닥에 올려놓고 물끄러미 들여다본다. 입속으로 들어간 과일은 여자의 부드러운 혀에 감기고 맑은 타액에 젖은 채 짓이겨질 것이다. 그리고 여자의 뜨듯한 식도를 타고 위(胃)로 밀려 내려갈 것이다. 남자는 문득 여자의 위가 어떻게 생겼을까 궁금해진다. 사람은 체형에 따라 위의 생김새가 조금씩 다르다고 한다. 마른 사람들은 위아래로 긴 모양을 하고 있을 때가 많다. 정말 여자의 위도 그렇게 생겼을까.

남자는 오렌지에 입술을 댄 채 숨을 멈춘다. 바쁘게 오가는 스태프 중 하나가 남자의 어깨를 툭 치고 지나간다. 움직임 없이 서 있던 남자가 가만히 고개를 쳐들고 세트 안을 훑는다. 감독이 스태프 중 하나에게 언성을 높이는 소리도 들린다. 남자의 등허리는 피로로 잔뜩 굳어 있다. 어젯밤도 남자는 꼬박 밤을 새웠다. 부엌을 세팅하기 위한 소품 준비를 하느라 정신없이 바빴다. 냉장고, 싱크대, 정수기, 가스레인지, 도마, 프라이팬, 그릇 등을 사고 또는 빌리기 위해 이틀 전부터 수입 상가와 대형 할인 매장을 샅샅이 뒤졌고, 촬영 시작 한 시간 전에는 식탁에 놓을 꽃병이 사라져 소품 박스를 온통 헤집어 놓기도 했다.

세트 뒤편은 못질 가득한 나무판자들이 얼기설기 엮여 몹시 지저분해 보인다. 판자들을 이어 붙일 때 쓴 실리콘 냄새가 빠지지 않은 채 진동하고 있다. 시큼한 실리콘 냄새는 남자도 컨디션이 안 좋은 날은 속을 울렁거리게 했다. 식탁 위 벽에 늘어져 있는 포푸리는 양면테이프로 살짝 붙여 놓았다. 앞쪽은 눈부신 조명과 환하게 미소 짓는 모델의 표정으로 화려하지만, 뒤쪽은 먼지가 풀풀 날리는 쓰레기장일 뿐이다. 스티로폼과 전선줄, 못질하다 만 판자들이 마구잡이로 뒤엉켜 흩어져 있다. 부엌 살림살이들을 사 오거나, 빌려 올 때 넣었던 박스들이 바닥에 함부로 뒹굴고 있다. 열 개가 넘는 카메라 장비 박스는 뚜껑이 열린 채 오가는 걸음을 방해한다. 앞에서는 그럴듯해 보여도 엉성하기 짝이 없는 것이 세트이다. 남자는 일상이란 것도 세트만큼이나 허술하다는 것을 알고 있다. 그 밤 여자가 자신을 찾아왔다는 걸 도대체 누가 믿겠는가.

남자는 고개를 돌리고 재빨리 촬영장을 벗어난다. 걸어가며 손에 쥐고 있던 오렌지를 주머니에 쑤셔 넣는다. 실내에서 나오자 기다렸다는 듯 몸에 소름이 돋는다. 촬영장에서 오른쪽으로 커브를 돌아 첫 번째 방이 탈의실이다. 문이 비스듬히 열려 있다. 구석에 놓여 있는 스토브가 꺼져 있어 실내는 냉기로 가득했다. 여자가 급하게 벗어 놓은 듯 코트와 목도리, 장갑 들이 흩어져 있는 게 보인다. 소파 귀퉁이에는 샤넬 가방이 팽개쳐져 있다. 메이크업 담당자의 커다란 화장품 가방이 뚜껑이 열린 채로 있다. 여자가 벗어 놓은 에르메스 코트는 옷걸이에 걸려 있다. 여자는 아침 6시에 시작한 촬영에 두 시간이나 늦었다. 감독의 얼굴이 일그러지기 시작한 것은 그때부터였다. 남자가 보기에도 앵글이 좋은데 번번이 NG를 내었다. 남자는 여자가 안쓰러워 감독을 자주 노려보았다.

그 기이한 밤 이후로 여자는 가끔 남자를 찾아왔다. 눈이 오거나 비가 내리는 날 여자는 주로 왔다. 어떤 날 여자는 류에 대해서 묻기도 했다. 남자는 슬픈 눈으로 머리를 저었다. 류에 대한 얘기는 지금까지만으로도 충분했다. 왠지 여자에게 더 이상 류의 얘기를 하면 안 될 것 같았다. 그건 남자의 본능이 시키는 일이었다. 어느 날 두 사람은 야전 침대에서 섹스를 했다. 여자의 몸은 깃털보다도 더 부드러웠다. 자신을 감기 위해 다리를 쳐들 때마다 여자의 얼굴로 네온사인이 번득이며 지나갔다. 남자는 오래오래 사정했다. 여자를 꼭 껴안고 잠이 들어도 아침에 깨어나면 언제나 혼자였다.

시간이 가면서 남자는 궁금했다. 왜 여자가 환한 낮에는 자신을 찾아오지 않는지. 왜 깜깜한 밤, 사무실에 혼자 있을 때만 찾아오는지 알고 싶었다. 힘이 부치거나 외로운 날이면 여자는 반드시 남자를 찾아왔다. 꼭 남자의 감정을 느끼고 있는 것 같았다. 여자는 자신에 대해서 아무 말도 하지 않았다. 언제나 남자의 얘기를 듣고 싶어 했다. 남자는 여자가 무엇을 좋아하는지 싫어하는지 알지 못했다. 남자는 이제 여자의 취향을 알고 싶었다.

남자는 옷걸이에서 코트를 내려 천천히 쓰다듬는다. 아직도 여자의 온기가 남아 있는 듯 따뜻하다. 남자는 옷 속에 얼굴을 파묻는다. 기분이 몽롱한 게 처음 여자를 만난 그 밤처럼 느껴진다. 여자가 날렵하게 자신에게로 걸어오던 그 밤. 보고 있었지만 도저히 믿어지지 않던 그 모습들. 안감 위로 머리카락 몇 올이 떨어져 있다. 남자는 조심스런 손놀림으로 그것들을 떼어 티슈로 감싼 뒤 주머니에 찔러 넣는다. 여자의 것이라면 머리카락 한 올까지 소중하다.

남자는 수첩을 꺼낸다. 그새 손이 냉기로 곱아 있다. 후후 입김을 불어 가면서 손가락을 움직인다. 잘 쓰이지 않아 낑낑대며 펜을 움직인다. 겨자 색 에르메스 코트, 겐조 향수, 셀린느 블라우스, 게스 청바지, 금색 버클이 박힌 십자형 무늬의 벨트. 여자의 취향을 기억해야 한다. 남자는 볼펜으로 이마를 지그시 누른다. 손에서 미끄러진 펜이 바닥을 향해 굴러 떨어진다. 남자는 소파 뒤로 떨어진 볼펜을 줍기 위해 배를 깔고 엎드린다. 먼지가 수북한 소파 밑으로 손을 집어넣고 더듬거린다.

「뭐 해요? 밥 시키라고 난린데!」

스태프 중 하나가 짜증난 표정으로 남자를 훑는다. 남자는 허겁지겁 펜을 쑤셔 넣고 탈의실을 빠져나온다. 뒤따라오던 스태프가 혀를 찬다. 전화번호부를 뒤져 사람 수대로 자장면을 시키고 대자 크기의 탕수육 세 접시를 주문한다. 감독 것으로 짬뽕을 추가한다. 이번 광고는 깐깐한 광고주 탓에 제작비가 넉넉하지 않다. 특히 모델료가 프로덕션과 편집, 합성, 동시 녹음, 후시 녹음을 하는 포스트 프로덕션 비용을 합한 것보다 더 많다. 그래서 대행사들도 모델료 이외에는 덤핑을 치기 일쑤다. 광고주들은 주가 있는 모델을 써서 '티저 광고' 하는 걸 좋아한다. 감추고 보여 주지 않는 '티저 광고'는 호기심을 끌지만 쉽게 질리는 면도 있다. 호기심으로 잔뜩 부풀린 것은 실체가 드러나면 금세 김이 새버린다.

배달원이 철가방을 찔그럭거리며 현장으로 들어온다. 음식을 놓기가 바쁘게 사람들이 몰려든다. 현장에서는 밥 먹는 시간도 허투루 쓸 수 없다. 서둘러 먹어 치우고 다시 숏에 들어가야 한다. 여자는 운동복 위에 숄을 두르고 입맛이 없는 듯 자장면을 뒤적거리고 있다. 계속 시큼한 주스와 오렌지만을 먹어 댔으니 입맛이 없기도 할 것이다. 항상 그렇듯 먹는 CF를 촬영할 때 가장 고역스러운 사람은 모델이다. OK가 날 때까지 계속해서 먹어야 하니 당사자들은 얼마나 고역이겠는가. 자신이 대신 먹어 줄 수만 있다면. 남자는 입속으로 자장면을 쓸어 넣으면서 안타까운 눈으로 여자를 바라본다. 여자는 남자를 한 번도 쳐다보지 않는다. 여자가 왜 저렇게 냉정한지 남자는 애가 탄다. 어떻게 하면 여자와 눈을 맞출 수 있을까. 여자가 자신을 봐준다면 얼마나 좋을까 하고 남자는 생각한다. 남자는 간절한 눈으로 여자를 쳐다본다.

「왜 그래요?」

남자는 무심코 내뱉는다. 젓가락질을 하던 옆 사람들이 남자를 쳐다본다. 남자는 아차 싶어 혀를 깨문다. 얼굴의 모세 혈관들이 바싹 땅기는 것 같다. 남자는 벌게진 얼굴로 다 먹은 그릇들을 포개기 시작한다. 신문으로 감싸서 세트 밖으로 들고 나간다. 남자는 물을 마시며 여자의 모습을 눈으로 좇는다. 여자가 들고 있는 머그컵에 코디네이터가 커피를 따라 준다. 여자는 향을 음미하듯 냄새를 맡고는 천천히 기울여 한 모금씩 마신다. 남자가 있는 곳까지 헤이즐넛 향이 퍼져 온다. 순간 코디네이터의 눈동자가 쏘아보듯 남자를 쳐다본다. 코디네이터가 뭐라고 했는지 여자가 남자를 바라본다. 그러나 금세 여자는 고개를 돌린다.

밥을 먹고도 어찌 된 일인지 바로 일이 시작되지 않는다. 감독은 좀 전부터 휴대폰을 붙들고 누군가와 입씨름 중이다. 얘기를 하면서 감독은 남자를 손짓으로 부른다. 감독은 손가락 두 개를 쳐든다. 감독은 휴대폰을 귀에 댄 채 세트로 걸어 들어간다. 식탁 의자를 끌어내 위에 주저앉는다. 감독이 열이 오른 얼굴로 고함을 질러 대기 시작한다. 남자는 사람들에게 20분만 쉬었다 가자고 말을 전한다. 사람들이 지친 듯 여기저기 퍼져 앉거나 벽에 등을 기댄다. 어떤 스태프는 찬 바닥에 다리를 뻗고 주무른다. 남자도 피로 때문에 당장이라도 무릎이 꺾일 것만 같다. 더구나 여자에게 신경 쓰느라 에너지를 다 써버렸다. 잠시라도 눈을 붙일 수 있다면 얼마나 좋을까. 하지만 현장에서 졸고 있는 스태프들을 감독은 가만 놔두지 않는다. 프로 근성이 없는 걸 감독은 질색한다.

남자는 화장실로 들어간다. 눈을 뜰 수 없을 정도로 눈두덩이 후끈거린다. 찬물을 틀어 얼굴에 끼얹는다. 송곳으로 찌르는 것처럼 살갗이 불불이 일어선다. 휴지로 얼굴을 문지른다. 창문을 열고 심호흡을 한다. 여자가 건물 밖에 나가 서 있는 모습이 들어온다. 여자는 누군가와 통화를 하고 있다. 웃는 듯 입술이 부드럽게 벌어졌다 닫힌다. 누구와 무슨 얘기를 하고 있는 걸까. 밖으로 나가 전화를 쓸 정도라면 사람들이 듣길 원하지 않는 통화일 것이다. 남자는 질투 때문에 아무 생각도 나지 않는다.

남자는 바깥으로 나간다. 여자는 건물 뒤편에서 등을 돌리고 통화를 하고 있다. 운동복 위로 검은 숄만 둘러서인지 몸을 떨고 있다. 그러나 얘기에 열중한 나머지 남자가 등 뒤에 서 있는 걸 알아채지 못한다. 여자의 약간 허스키한 음성이 들린다. 글쎄, 지금은 대답할 수 없어요. 그건 매니저하고 얘기하세요. 제가 결정할 수 있는 문제도 아니고요. 네. 네. 어깨를 떨던 여자가 한쪽 손으로 숄을 끌어올리며 몸을 돌린다. 등 뒤에 서 있던 남자를 보고 놀랐는지 눈이 커진다. 이제 끊어야 될 것 같아요. 다시 슛 들어가야 해요. 여자가 휴대폰을 집어넣으며 남자를 보고 묻는다. 감독님이 찾으세요?

남자는 자신의 귀를 믿을 수가 없었다. 이렇게 단둘이 됐는데도 끝까지 모른 척하는 여자가 이상했다. 도대체 여자에게 무슨 일이 생긴 걸까. 그게 아니라면 자신을 전혀 모르는 남처럼 대할 리가 없다.

여자가 추운 듯 몸을 떨며 돌아섰다. 남자는 어떻게 해야 할지 판단이 서지 않았다. 이렇게 한마디도 듣지 않고 여자를 그냥 보낼 수가 없다. 남자는 뒤로 따라붙었다.

「저…… 저기요?」

「왜요?」

「저, 저번에 있잖아요.」

「저번에 뭐가요?」

「그, 그러니까 저, 저번에…….」

여자의 눈이 당황한 듯 커졌다. 여자는 남자를 이상한 사람 보듯 쳐다보았다. 남자는 쭈뼛거리며 아무 말도 하지 않았다. 여자는 억지로 웃음을 지었다.

「조감독님, 장난치지 말고 얼른 들어가요. 저 추워요.」

여자가 재빨리 안으로 들어가 버렸다. 남자는 그 자리에 꼼짝 않고 서 있다.

　열다섯 시간 만에 풀 숏을 찍었다. 지금은 이리저리 옮겨 다니며 세부 장면을 찍고 있다. 벌써 밤 12시가 넘어갔다. 검은 유리창으로 세트장의 실루엣이 언뜻 드러난다. 사람들이 지친 듯 행동이 굼뜨다. 여자는 오렌지 주스를 마시는 동작을 되풀이해 찍고 있다. 여자가 들고 마시던 주스 컵이 어느 순간 오렌지로 바뀐다. 이 장면은 편집에서 컴퓨터 그래픽으로 처리될 것이다. 여자는 합성 장면을 위해 컵으로 주스를 마시는 장면과, 오렌지 껍질을 벗겨 입에 넣는 장면을 따로따로 촬영해야 한다. 그러나 컵으로 주스를 마시는 장면에서 계속 NG가 나고 있다. 여자는 수없이 같은 포즈로 주스를 마신다. 감독의 사인이 떨어질 때까지 여자의 행동은 되풀이된다.

　컷! 감독은 성에 차지 않은 듯 또다시 소리를 지른다. 여자의 눈가로 울컥 짜증이 번져 간다. 감독은 담배를 빼물고 여자에게 다가간다. 눈을 좀 더 동그랗게 모아야지, 자연스럽게. 지금 표정이 너무 드라이한 거 몰라? 여자가 뭐라고 했는지 감독이 잠시만 쉬었다 가자고 외친다. 여자는 종종걸음으로 세트를 빠져나간다. 지나칠 때 보니 여자의 안색이 두부처럼 희다. 감독의 잔소리가 터지기 전에 남자는 걸레로 식탁 위 물기를 훔치고 미끄럽지 않도록 바닥도 닦는다. 주방 소품들도 다시 정돈한다. 걸레를 가지고 올 때 남자는 박스에서 새 컵을 꺼내 와 식탁 위의 것과 재빨리 바꿔치기한다. 여자가 쓰던 컵을 남자는 서랍 깊이 간직할 것이다.

남자는 세트를 돌아 나오다 여자가 복도 끝으로 사라지는 모습을 눈여겨본다. 걸레를 던져 두고 여자의 뒤를 급히 따라간다. 여자는 급한 걸음으로 화장실로 들어간다. 여자 곁에 항상 붙어 다니는 코디네이터도 보이지 않는다. 여자의 매니저는 아직 촬영장에 나타나지 않았다. 남자는 칸막이 하나로 나뉜 남자 화장실로 재빨리 들어간다. 화장실 문을 살며시 닫는다. 벽에 한껏 귀를 가져다 대고 반대편 화장실의 동정을 살핀다. 합판 감촉이 선득하게 피부로 파고든다. 귀 끝이 점점 시려 오며 얼얼할 정도로 뻐근하다. 남자는 머리를 바싹 붙이고 숨죽인 채 귀를 기울인다. 남자는 자신이 나무에 매달려 있는 검은 딱정벌레 같다고 생각한다. 여자는 화장실에 들어간 지 한참이 지났는데도 무얼 하는지 조용하기만 하다. 대체 안에서 무얼 하고 있을까. 갑자기 내장을 밖으로 끄집어내는 것처럼 우욱우욱, 하는 소리가 남자의 귀로 건너온다. 여자는 변기를 붙잡고 토하고 있는 모양이다. 자신이 대신 토해 줄 수 있다면. 남자는 걱정이 돼서 어쩔 줄을 모른다.

여자가 힘겹게 숨을 삼키는 소리가 들려온다. 이제라도 여자가 자신을 불러 준다면, 다정한 눈빛으로 지금까지는 연극이었다고 말해 준다면, 당신을 놀래 주려고 장난친 거라고 해준다면, 지금까지의 고통은 사라질 텐데. 자신의 등을 감을 때 여자의 얼굴로 번득이고 지나가던 네온사인. 야전 침대 위로 하얗게 떨어져 날리던 깃털. 여자의 목에 얼굴을 파묻던 그 순간을 어떻게 잊을 수 있는 가. 남자는 지금 절실하게 여자 안으로 파고들고 싶다. 남자의 손이 청바지 벨트를 푼다. 바지가 깡마른 다리를 타고 흘러내린다. 남자는 팬티를 내리고 손을 앞뒤로 빠르게 움직이기 시작한다. 남자의 호흡이 점차 가빠진다. 남자는 절망을 이기려는 듯 피스톤 운동에 열중한다. 하루 내내 냉담한 여자의 태도가 잊혀진다. 자신을 모른 척하던 그 이유도 더 이상 궁금하지가 않다. 남자의 입에서 숨죽인 신음 소리가 흘러나온다. 남자는 휴지를 잘라 손바닥을 닦고 바지를 끌어올린다.

물 내려가는 소리가 들리고 사방이 잠잠해진다. 정적이 여자와 남자 사이로 흘러내린다. 수도꼭지의 패킹이 풀린 듯 물 떨어지는 소리가 들린다. 갑작스레 찾아든 침묵에 남자는 조바심이 일어난다. 혹시 구토를 하다가 여자가 쓰러지기라도 한 게 아닐까. 남자는 걱정이 돼서 안절부절못한다. 어서 여자에게 달려가야 한다. 도대체 여자에게 무슨 일이 벌어진 것일까.

갑자기 수돗물 트는 소리가 난다. 물이 철벅거리는 소리도 들린다. 남자는 가만히 문을 밀고 나와 여자 화장실 쪽으로 걸어간다. 여자가 등을 구부리고 얼굴을 씻고 있다. 물로 입을 헹구고 양치를 한다. 여자의 검은 머리카락이 세면대 위에 흩어져 있다. 입술을 훔치며 고개를 들던 여자의 눈과 남자의 눈이 거울 속에서 부딪친다. 여자가 놀란 눈으로 짧은 탄성을 지른다. 남자는 놀라지 말라는 듯 손을 내젓는다. 자신을 노려보는 여자의 눈빛이 낯설다. 여자와 어떻게 얘기를 풀어 가야 하나 남자는 곤혹스럽다.

여자의 속눈썹에 물방울이 달라붙어 있다. 남자는 손을 내밀어 그 물기를 닦아 주려고 한다. 여자가 놀란 듯 몸을 움츠리며 고개를 돌린다. 여자의 당황한 표정이 남자에게 전염된다. 남자는 괜한 짓을 했나 싶어 슬그머니 손을 내린다. 남자는 어쩔 줄을 몰라 여자의 얼굴만 뚫어지게 쳐다본다. 여자의 턱에 묻은 물방울이 하악골을 타고 목덜미로 미끄러진다.

「웬…… 웬일이세요?」

「…….」

「감독님이 버, 벌써 찾아요?」

여자는 더듬거린다. 말하면서 여자는 옆으로 비켜선다. 남자는 무슨 말부터 꺼내야 할지 막막하다. 왜 여자가 둘의 얘기를 하지 않는지 남자는 미칠 것 같다. 남자의 얼굴로 원망스런 표정이 떠오른다.

「저…… 저번에.」

「예?」

여자의 눈이 휘둥그레진다.

「저…… 저번에 만난 거…….」

「지난번 촬영 말하는 거예요?」

「저번에 얘기한 거 있잖아요.」

「무슨 얘기요? 무슨 말 하는 거예요?」

「저번에 둘이 얘기했던 거요.」

남자의 목소리는 이제 울부짖고 있다. 여자는 눈을 둥그렇게 뜨고 도리질을 한다. 남자가 하는 말들이 모두 어처구니가 없다는 표정이다. 남자가 매달릴수록 여자의 표정은 점점 싸늘하게 변해 간다. 남자는 자신의 진심을 알아 달라는 듯 여자의 손을 붙잡는다. 여자가 기겁을 하며 뿌리친다. 그 밤에 서로 나눈 것들을 여자는 모두 부정하고 있다. 도대체 지금 누가 거짓말을 하고 있는 건가. 자신의 눈으로 똑똑히 보고 만졌던 것들이 어떻게 가짜가 될 수 있는가. 한 사람이라도 소통할 수 있다면 다르게 살았을 거라고 생각했었다. 남자는 절망을 느낀다.

「저번에 만났을 때 류 얘기 했잖아요.」

「도대체 무슨 얘기를 하는 거예요?」

「류 얘기를 더 해달라고 졸랐잖아요. 류에 대해서, 류에 대해서…….」

「무슨 말을 하는 건지 진짜 모르겠군요. 조감독님을 만난 적도 없고, 류가 누군지도 몰라요. 도대체 나한테 왜 이러는 건데요?」

「어…… 어떻게 그걸 다 잊어요?」

「잊은 게 아니라 모른다고요. 제발 억지 좀 그만 부려요.」

「어…… 어떻게 그걸 다 잊어요?」

남자는 얼이 빠진 얼굴로 같은 말만 되풀이한다. 여자는 지겹다는 듯 머리를 흔들었다. 남자를 묘한 눈으로 쳐다보았다.

「이제야 알겠군요. 왜 스태프들이 당신을 따돌리는지.」

여자는 뒤도 안 돌아보고 화장실을 빠져나갔다. 남자는 여자를 붙잡으려는 것처럼 손을 내밀었다. 남자는 세면대를 콱 움켜쥐었다. 손가락뼈가 으스러지도록 힘을 주었다.

「당신은 다 잊었어. 내게 오던 밤들도, 류 얘기도, 우리가 사랑하던 밤들도, 당신은 다 잊었어.」

남자의 눈은 텅 비어 있다.

「그냥 내버려 두지 그랬어. 기억하지도 못할 거면서 왜 날 찾아온 거야.」

남자는 화장실로 들어가 문을 잠근다. 쭈그리고 앉아 변기 속을 물끄러미 들여다본다. 오렌지 알갱이들이 말끔히 내려가지 않고 둥둥 떠 있다. 남자는 변기 속으로 손을 집어넣는다. 남자는 오렌지 알갱이들을 손끝으로 툭, 터뜨린다. 여자의 따듯한 속을 훑어 내렸을 알갱이들. 여자의 속에 닿은 듯 남자의 손가락들이 저릿거린다. 왜 여자는 자신을 기억하지 못하는 걸까. 둘이 나눴던 그 모든 것을 왜 다 부정하는가.

분노와 고통이 남자를 향해서 빠르게 몰려든다. 남자는 변기에다 머리를 쿵쿵 부딪힌다. 못을 박는 것처럼 힘을 주어 찧는다. 살갗이 터졌는지 피가 묻어난다. 남자는 축 늘어진다. 탈진한 사람처럼 변기에 등을 기댄다. 점퍼에서 빠져나온 오렌지가 굴러간다. 화장실 문에 맞고 멈춰 선다. 천천히 남자의 입가가 실룩인다. 남자는 오렌지를 주워 든다. 손아귀에 힘을 주어 짓누른다. 물컹, 남자의 손바닥 안에서 오렌지가 터진다. 과즙이 손바닥을 따라 흘러내린다. 남자는 터져 버린 오렌지가 자신처럼 느껴진다.

이렇게 여자를 보내선 안 된다. 여자와 다시 만나야 한다. 다른 건 몰라도 류는 기억해 내야 한다. 반드시 기억해 내야 한다. 류, 자신의 첫사랑, 외사랑, 류를. 그 밤에 여자는 자신의 애기를 듣고 싶어 찾아왔다고 하지 않았는가.

이제는 내가 여자를 찾아갈 때다!

남자는 화장실 문을 열어젖힌다.

달빛

*

휴대폰이 울린 것은 새벽 2시다. 문 따놨어. 미경이 년의 목소리는 덜덜 떨고 있다. 씨발 년. 재수 옴 붙게. 잇새로 침을 뱉는다. 안 그래도 추운 데서 떨었더니 동태처럼 얼었다. 달빛이 필수 새끼의 어깨에서 일렁인다. 새끼의 어깨를 툭 치며 고갯짓을 한다. 후미진 골목은 인적이 없다. 가로등만 껌벅껌벅 졸고 있다. 싸구려 여관들이 즐비한 좆같은 골목이다. 카운터 앞은 불이 꺼져 있다. 이 시간쯤이면 미닫이창 앞에 졸던 할망구도 디비잘 시간이다. 살금살금 발끝으로 홈이 파인 계단을 올라간다. 앞서 올라가는 필수 새끼의 점퍼 안에는 각목이 들어 있다. 얼마나 잡고 문댔는지 손잡이 부분이 반들반들하다. 어디선가 문이 열리는 소리가 난다. 필수와 난 침침한 벽으로 붙어 선다. 지나가던 여자와 남자가 우리를 흘끗 쳐다본다. 씨발 연놈들. 이런 데서 나뒹굴고 쪽팔린 줄 알아라. 칙칙하게 싸구려 여관이 뭐냐, 씨발. 필수 새끼가 구시렁거린다. 내가 뒤통수를 찌르자 돌아서서 안 그러냐? 설레발친다.

「안 그러긴 새꺄. 지금 그딴 거 신경 쓸 때냐?」

멍청한 새끼를 줴패고 싶지만 시간이 없다. 필수 새끼를 손봐 줄 시간은 언제든지 있다. 필수 새끼가 203호 문틈에다 귀를 가져다 댄다. 한참 빠구리 치는 소리와 미경이 년의 가성이 들려온다. 이 빠진 스프링도 삐걱거리며 장단을 맞춘다. 구멍을 얼마나 파대고 있는지 방 안에서 헐떡이는 씹새의 숨소리가 볼 만하다. 내가 필수 새끼에게 눈짓을 한다. 하나, 둘, 셋. 신호가 떨어지기 무섭게 문을 열어젖힌다. 뒤에 서 있던 필수 새끼가 얼른 문을 닫아건다. 미경 이를 엎어 놓고 빠구리를 치고 있던 씹새가 놀라 자빠진다. 방구석 으로 도망친 씹새의 엉치를 향해 워커 발이 날아간다. 비명 소리가 터지는 동시에 이불을 씹새의 등에 던진다. 동시에 내 워커와 필수 의 각목이 허공을 가른다. 퍽퍽. 씹새가 살려 달라며 울음을 터뜨 린다. 몰매를 피하려는 듯 이불 속으로 몸을 더욱 웅크린다. 핏물 을 삼키는지 캑캑거리는 소리가 들린다.

미경이 년은 그새 스웨터까지 다 걸쳤다. 씹새의 바지에서 지갑 을 꺼내 돈보다 먼저 주민증을 챙긴다. 미친년. 모자란 것들은 꼭 이상한 취미가 있다. 남의 주민증을 챙겨 뭣에 쓰려고 매번 저 지 랄을 떠는지 모르겠다. 우리가 사는 쪽방 벽에는 미경이 년이 주민 증에서 오린 사진들이 가득 붙어 있다. 그게 무슨 스타 사진이라고 죄다 오려 붙여 놓는지 알다가도 모르겠다. 어떤 날은 그걸 하나하나 들여다보고 앉았다. 분명 요상한 년이 틀림없다. 씹새를 워커 뒤축으로 자근자근 밟아 준다.

「어린 년이랑 빠구리 치니까 좋냐, 좋아?」

「너네들, 뭐야? 왜 이래?」

「어쭈, 아직 입은 살았네. 야야, 뭐 하냐.」

「잘못했어, 이제 그만 해…….」

「뭘 잘못했는데, 개새끼야. 주민증 가져간다. 수작 부리면 짭새한테 갖다 줄 거야.」

그럴 생각은 꿈에도 없는데 으름장을 놓는다. 씹새는 알았다고 울먹인다. 멍청한 새끼. 머리는 폼으로 달고 다니나. 짭새야말로 진짜 재수 없는데 미쳤다고 제 발로 찾아가겠냐. 미경이가 그만 가자고 필수 새끼의 팔을 붙잡는다. 눈이 빨개져 각목을 휘두르던 필수가 꿈에서 깬 얼굴로 방 안을 둘러본다. 얌전하다가도 각목만 쥐면 꼭 본드 분 것처럼 정신 못 차리는 게 필수 새끼다. 문을 열며 보니 씹새는 구석에 처박혀 떨고 있다. 그 정도 손봐 줬으면 됐다. 씹새도 며칠은 걷지도 못할 것이다.

*

셋이서 오토바이에 올라타고 신나게 달린다. 전에 '짱개집'에서 잠깐 일할 때 훔쳐 타고 도망친 오토바이다. 배달 나가다가 그대로 튀었다. 주인 새끼가 쫌만 괜찮았으면 훔칠 생각까지는 없었다. 돈은 짜면서 일은 좆나게 부려 먹었다. 또 하는 짓은 미친개였다. 아무 때나 짖어 대고 물었다. 기분이 더 좆같았던 것은 오토바이 타는 맛에 짱개 일 하는 걸 뻔히 알면서도 만날 허드렛일만 시켰다. 홀 청소부터 주방 바닥, 화장실 청소로 뺑뺑이를 돌렸다. 좀체 배달은 내보내지도 않았다. 드디어 기회가 왔다. 어린이날이었다. 전화가 불티나게 울렸다. 미덥지 않은 듯 눈알을 굴리던 미친개가 날 불렀다. 뒤에 자장면과 탕수육이 들어 있는 세트 메뉴를 싣고 오줌 마려울 때까지 달렸다. 폐차장 담벼락에 참았던 오줌을 갈기고 나자 배가 고팠다. 바람 빠진 타이어에 걸터앉아 철가방을 열었다. 자장면은 불어 터졌고 탕수육도 엿같이 식었다. 그래도 신나게 해치웠다.

귓가를 스쳐 가는 12월의 바람이 칼날 같다. 필수의 허리를 붙잡고 있던 미경이 년이 소리를 지른다.

「꺄악, 영재 오빠. 속도 좀 더 높여! 더 빨리!」

미친년 육갑 떨고 있다. 제까짓 게 언제부터 속도 맛을 알았다고 저 지랄이냐. 아무래도 저년은 섹스보다 속도에 미친 년이다. 며칠 전에 한 코만 달라고 했다가 차갑게 거절당했다. 팔을 붙잡아 방에다 쓰러뜨렸다. 그다음은 그저 그랬다. 필수랑 할 때처럼 고양이 울음소리도 내고 다리도 버둥거려야 하는데 재미없다. 구멍을 파다가 기분이 좆같아졌다. 푸 삽 몇 번에 찍 싸고 말았다.

미경이 년을 쪽방에 데려온 것은 필수 새끼다. 새벽에 지하철 계단에 앉아 있는 걸 데려왔다고 했다. 누구한테 맞았는지 눈은 밤탱이처럼 부었고 교복 치마도 옆이 뜯겨 있었다. 사람들이 쳐다보는 것도 모르고 멍하니 앉아 있더란다. 척 보면 모자란 년이란 걸 알텐데 그걸 데리고 온 걸 보면 역시 필수 새끼답다. 새꺄, 여기가 무슨 간이 휴게소냐. 빨리 데리고 안 꺼져! 버럭 소리를 지르는 내게 필수 새끼가 설레발을 쳤다. 며칠만 있자, 금방 보낼게. 생 까고 있네 새끼. 쪽방 문을 세게 닫고 나와 버렸다. 안 그래도 비좁은 방에 더부살이는 질색이다. 더구나 교복 입은 꼴 보니 충동적으로 나온 애가 틀림없다. 잘못 엮여 나중에 골치 아픈 일이라도 생기면 불똥은 다 내게 튈 것이다. 필수 새끼는 절대 책임질 그릇이 아니다.

필수 새끼의 설레발과 달리 미경이 년은 돌아가지 않았다. 벌써 두 달째 우리에게 빌붙어 산다. 미경이 년을 먼저 따먹은 건 필수 새끼다. 그리고 얼마 있다 내게도 순순히 다리를 벌렸다.

「아까 내 소리 죽여 줬지. 또 해볼까. 아아– 아아– 아아–.」

「시끄러. 미친년아!」

내가 꽥 소리를 지른다. 미경이 년이 조용해지자 이번엔 필수 새끼가 지랄이다. 입으로 나발을 불어 대며 내 등을 마구 두드린다. 손발이 척척 맞는 걸 보면 둘은 천생연분이다. 필수 새끼가 미심쩍은 목소리로 외친다.

「아까 그 새끼 꼬나 박지 않겠지?」

「깐 소리 그만 해, 새꺄. 너 같으면 박겠냐?」

「얼마나 수금했냐?」

「배추가 다섯 장, 순무가 두 장. 씨발 새끼 돈도 없어. 좆나게 뛰어도 인건비도 못 건져. 씨발.」

「거기 들락거리는 새끼가 짤짤이가 있겠냐?」

「이참에 번화가로 옮길까? 씨발. 모텔이나 좀 번듯한 건물들 쪽으로?」

「새끼 지랄하고 자빠졌네. 그런 덴 짭새들이 설치는 거 모르냐, 씨발아.」

「죽도록 뺑이치면 뭐 하냐고, 이래서 언제 러시아 년들하고 빠구리 쳐보냐?」

「꿈 깨라, 씹탱아.」

가성을 지르던 미경이 년이 바람을 가르며 소리친다.

「영재 오빠, 쫌만 기다려 봐. 수금할 데가 있어.」

「엉 까지 마, 이년아.」

「진짜야.」

「그러다 달리면?」

「그런 일 없을 거야. 아주 구린 놈이거든.」

안 봐도 겁 많은 필수 새끼가 어떤 표정을 하고 있을지 뻔하다. 각목이 없으면 필수 새끼는 송곳니 빠진 드라큘라다. 그러나 연장만 쥐면 180도로 달라진다. 아무튼 골 때리는 새끼다.

*

누가 쪽방 문고리를 잡아당긴다. 아, 씨발 누구야? 휴지로 물건을 잡아 닦는다. 필수 새끼가 그새 돌아올 리는 없는데. 벼룩신문을 가지고 오려면 사거리까지 나가야 한다. 필수가 없는 틈을 타 미경이 년과 한 판 떴다. 필수 새끼는 내가 있는 데서도 잘하는데 난 안 된다. 자다가 씩씩거리는 소리에 눈을 뜨면 필수 새끼와 미경이 년이 얽혀 있다. 더 웃긴 건 나와 할 때는 조용하던 미경이 년이 다리를 버둥거리고 신음까지 지른다. 꼴에 아주 잘 논다. 둘의 대가리 수준이 대충 비슷한 눈치다. 진짜 필수 새끼와 미경이가 눈이라도 맞았다면 티껍지만 내가 빠진다. 여자 하나 가지고 싸우는 건 쪽팔린다. 더구나 고삐리 따위는 눈에 차지도 않는다. 미경이 년 아니어도 돈만 있으면 다리 벌려 줄 년들은 널려 있다. 며칠 전에 노래방에 갔을 때다. 카운터에 앉아 있던 알바 새끼가 문을 두드렸다. 뭐 신나게 놀고 싶지 않느냐고 은근히 부추긴다. 필수 새끼가 솔깃한 모양인지 엉덩이를 들썩였다.

잠시 뒤 들어온 것은 아줌마들이었다. 얼굴에 얼마나 뻥기칠을 했는지 이건 화장이 아니라 분장한 여자들이다. 아줌마들은 나와 필수를 보고 젊은 오빠들이라고 좋아했다. 놀고 있네, 미친년들. 자기 아들뻘인 우리들 옆에 앉아 주무르고 쓰다듬고 빨고 생지랄을 떨었다. 필수 새끼는 처음엔 아, 씨발, 왜 이래요, 하더니 좀 있으니까 바지 지퍼까지 까 내리고 흐물거렸다. 미경이 년과는 하늘과 땅 차이 나는 아줌마들이다. 감질나게 손가락 돌리는 솜씨가 죽인다. 나도 한 아줌마의 손이 파고들자 금세 싸고 말았다. 지퍼를 올리다가 건너편에서 실실거리는 필수 새끼와 눈이 마주쳤다. 또 잊고 있던 의문이 대가리를 쳐들었다. PC방에서 처음 만났을 때 필수 새끼는 내게 스무 살이라고 했다. 나도 스물한 살이라고 속였으니 쌤쌤이긴 하다. 라면 가락을 빨아 올리던 필수 새끼는 나를 따라왔다. 방세는 반반 내기로 했다. 그러나 지금 미경이 년과 셋이 된 뒤로는 셈이 이상해져 버렸다. 대충 돈이 모이면 방세부터 낸다. 흰말들과 빠구리 치고 싶은 필수 새끼의 꿈은 멀기만 하다.

쪽방 앞에 노파가 서 있다. 옆방에 사는 노파다. 언제부턴가 우리 방을 기웃거린다. 이가 빠진 입으로 호물거려서 뭔 소린지 알아들을 수도 없다. 찬 바람 속으로 젓갈 삭는 냄새와 쏘는 듯한 마늘 냄새가 뒤섞여 들어온다. 전에 옆방 살던 인간은 본척만척했는데 방세를 못 내는지 얼마 있다 나갔다. 그다음으로 들어온 게 노파다. 노파는 종일 어두운 굴속 방에 들어앉아 마늘을 까고 있다. 그걸로 식당에서 푼돈을 받아다 쓰는 모양이라고 미경이 년이 나불거렸다. 그러거나 말거나. 누가 궁금하다고 했냐. 왜 뻔질나게 냄새나는 손으로 남의 문고리를 잡아당기는지 모르겠다. 노파가 왔다 가면 속이 안 좋고 비위도 상한다. 스웨터에 팔을 꿰고 있던 미경이 년이 부스스 몸을 일으킨다. 나는 벌러덩 누워서 둘의 수작을 지켜본다.

「할머니, 고구마 안 좋아해요.」

「샥시 주는 거야. 이뻐서.」

「앞으로 암것도 주지 마세요.」

미경이 년의 말에 노파는 응응응 한다. 미경이 년은 할 수 없다는 듯 고구마를 받아 든다. 다리를 절룩이며 노파가 돌아선다. 미경이 년이 문을 안 닫고 그냥 앉아 있다. 판자들 벽 틈으로 찬 바람이 맵게 스며든다.

「씨발아, 문 닫아.」

귓구멍이 막혔는지 움찔도 않는다. 이게 들은 척도 안 하고 꼴값을 떨고 있다. 벌떡 일어나 미경이 년의 뒤통수를 후려친다.

「귓구멍에 시멘트 발랐냐? 춥다잖아.」

「마늘 냄새가 나.」

미경이 년이 쿨쩍이며 고구마를 베어 먹는다. 마늘 냄새 나면 안 처먹으면 될 걸, 누가 먹으라고 등 떠민 것도 아니고 진짜 웃기는 년이 틀림없다. 에이, 좆같이. 미경이 년이 먹던 고구마를 빼앗아 벽으로 던져 버린다. 고구마는 재수 없게 먹다 남긴 컵 라면 사발을 치고 굴러간다. 지저분한 국물이 사방으로 튄다. 씨발, 재수 없는 건 쌍쌍으로 온다.

*

단속이 심한지 며칠째 허탕이다. PC방에서 종일 낚시를 치고 있어도 걸려드는 새끼 하나 없다. 아예 찌도 물지 않는다. 수금이 될 리가 없다. 셋이 돌아가며 메일을 날리고 채팅을 한다. 어쩌다 찌를 무는 새끼들도 열일곱이라고 하면 슬그머니 튀어 버린다. 몇몇 새끼는 우리에게 정신 차리라고 쌍소리까지 해댔다. 니들 콩밥 먹기 전에 정신 차려라, 메롱, 하던 새끼는 초삐리가 틀림없다. 쫓아가 절단을 내주려는데 컴에서 흔적 없이 사라졌다. 3일이나 공치다니 진짜 엿 같다. 끼니때마다 컵 라면으로 때우는 일도 슬슬 지겨워진다. 필수 새끼가 사방을 두리번거리더니 목소리를 낮춘다. 미경이 년은 자판 앞에 퍼져 자고 있다.

「투 잡을 하자.」

「뭔 잡?」

「투 잡.」

「나보단 가방 끈이 긴가 보다. 씨발아, 알아듣게 얘기해.」

필수 새끼가 또 PC방 안을 둘러보고 나서 고개를 숙인다.

「짭새들 뒤편에 불 꺼진 집이 있어. 오늘로 4일째야.」

「미친 새끼, 아주 간에 나발을 불었구나.」

「씨발, 그런 말도 몰라? 등잔 밑이 어둡다. 연말도 다가오니까 어디 따듯한 곳으로 여행 갔을 거야. 짭새들 근처라 안심하고 간 거야.」

「새꺄, 말 같은 소릴 해.」

「빈집이 확실하다니까, 씨발.」

「그러다 달리면?」

「아, 씨발. 몇 번이나 말하게 해? 안 달린다잖아. 우리 둘이 들어가고 미경이한테 망보라고 하면 되잖아.」

필수 새끼가 볼펜과 종이를 꺼내 그림을 그린다. 새끼는 담벼락과 현관문에 대해서 일일이 설명한다. 점퍼 주머니에서 쇠꼬챙이 하나를 꺼낸다. 현관문을 딸 수 있는 만능 키란다. 아는 형이 준 거야. 이걸로 쑤시면 돼, 씨발. 연장 때문인지 필수 새끼는 겁이 없는 얼굴이다. 미덥지 않지만 귀가 솔깃해진다.

필수 새끼 말대로 집은 불이 꺼져 있다. 담벼락에 달라붙어 동정을 살핀다. 인기척이 나지 않는 걸 보니 빈집이 확실하다. 오래된 단층의 양옥이다. 별로 쓸 만한 물건이 있을 것 같지도 않다. 씹탱구리. 다른 데 죄 놔두고 하필 저런 집을 털자고 따라온 내가 머저리다. 그냥 가자는 내게 필수 새끼는 들어가자고 부추긴다. 돌멩이를 집어 들어 마당으로 던진다. 다행히 개새끼는 없는 듯 조용하다. 개새끼라면 짱개집 미친개만으로 족하다. 미경이 년은 추워 죽겠다고 동동거린다. 필수 새끼가 미경이 년에게 낮은 소리로 속닥인다. 망보다가 무슨 일이 생기면 통화 버튼을 누르라고 한다. 미경이 년이 불안한 눈으로 필수 새끼의 팔을 붙든다.

「무서워, 오빠.」

「망이나 잘 봐.」

필수 새끼의 등을 딛고 올라서 담을 타 넘었다. 옆집은 불이 환하다. 거실에 앉아 있는 머리통들이 커튼 뒤로 어른거린다. 텔레비전에서 쏟아지는 웃음소리가 왁자하게 울린다. 몸을 낮추어 대문으로 가서 고리를 푼다. 소리 없이 필수 새끼가 미끄러져 들어온다. 현관문에다가 쇠꼬챙이를 들이밀고 이리저리 쑤신다. 잘 따지지 않는지 한참을 돌린다. 야, 씨발아, 빨리 해. 초조해서 목소리가 다급해진다. 혹시 누가 골목으로 지나갈지 몰라 대가리를 들 수가 없다. 딸깍. 드디어 문이 열린다.

어둠에 눈이 익을 때까지 숨을 죽인다. 안에서 무슨 기척이 들리는지 귀를 곤두세운다. 아무 소리도 나지 않는다. 필수 새끼와 난 거실로 올라선다. 커튼을 밀어 밖의 낌새부터 살핀다. 골목은 조용하다. 필수 새끼가 거실을 뒤지는 동안 방문마다 밀어 아무도 없는지 그것부터 확인한다. 세 방 다 텅 비어 있다. 안방에는 누가 자다가 그대로 뒀는지 이부자리가 깔려 있다. 보기만 해도 숨이 막히는 두꺼운 솜이불이다. 이불을 밟고 지나가 장롱 문을 연다. 입에다 손전등을 물고 서랍 하나씩을 들추기 시작한다. 서랍을 다 뒤져도 쓸 만한 거 하나 나오지 않는다. 진짜 엿 같다. 그 흔한 금 목걸이 하나도 없다. 오래되고 낡은 옷가지에서 묻어 나온 먼지가 기침을 터지게 한다. 거실에 있던 필수 새끼도 고개를 흔든다. 감이 안 좋더라니 쥐뿔도 없다. 열 받아 필수 새끼의 엉덩이를 걸어찬다. 새끼가 고꾸라져 허우적거린다.

주방이라고 생각되는 곳으로 들어가 냉장고를 연다. 물병을 들고 마시다가 이상해서 내려놓는다. 보리차에서 썩은 냄새가 올라온다. 구역질이 치밀어 개수대에 입을 갖다 대고 마신 물을 토해낸다. 갑자기 뒤통수 어디쯤에선가 비명 소리가 터져 나온다. 필수 새끼가 틀림없다. 멍청한 새끼가 일을 그르치고 있다. 필수 새끼가 화장실 문을 붙들고 질려 있다.

「씨방새야, 뒈지려고 부르스 추냐?」

「저……기 누가 있어, 새꺄.」

손전등이 눅눅한 타일 벽을 따라 춤을 춘다. 필수 새끼 말이 아니라도 나도 봤다. 변기에 누가 걸터앉아 있다. 순간 가슴이 쿵 내려앉는다. 그쪽도 우리를 봤을 텐데 움직이지 않는다. 얼굴을 향해 불빛을 비추다 헉 숨을 들이켠다. 늙은이가 변기에 앉아 죽어 있다. 바지를 까 내리고 앉은 채 동공이 까뒤집혀 있다. 죽은 지 며칠이 지난 듯 세숫대야가 푸르딩딩하다. 변기에 앉았을 때 숨이 넘어간 모양이다. 니미, 씨발. 재수 옴 붙었다. 둘이 뒷걸음질을 치는데 난데없이 초인종이 울린다. 놀라서 커튼 옆으로 달려가서 들추고 내다본다. 뚱뚱한 여자가 벨을 누르고 있다. 옆집 여편네일까. 좀 전에 필수 새끼의 비명 소리를 들었는지도 몰랐다. 그렇게 크게 소리를 질러 댔으니 안 들은 게 더 이상할 정도다. 필수 새끼 때문에 일이 점점 꼬이고 있다. 여기에 있다가는 꼼짝없이 살인자로 몰릴지도 모른다.

점퍼에 들어 있는 휴대폰이 떨린다. 미경이 년의 신호다. 분명 골목 밖에 무슨 일이 벌어진 모양이다. 이대로 있다가 달릴 수는 없다. 작은 방 창문을 열고 필수 새끼를 먼저 내보낸다. 뒷집 마당만 가로지르면 반대편 골목으로 나갈 수 있다. 창턱을 뛰어넘는데 뒷주머니에 넣어 둔 쪽방 열쇠가 방바닥으로 떨어진다. 진짜 꼭지가 돌아 버리겠다. 대문을 누가 붙잡고 흔들어 대고 있다. 금세 문이 벌컥 열리고 구둣발들이 뛰어 들어올 것 같다. 열쇠를 그대로 둔 채 몸을 솟구친다. 뒷집 마당을 가로질러 벽을 타 넘는다. 줄에 묶여 있던 개새끼가 미친 듯이 짖어 댄다. 주둥아리를 박살 내주고 싶지만 시간이 없다. 필수 새끼는 벌써 튀었는지 꼬리도 안 보인다.

숨을 헐떡이며 길거리로 나오자 필수 새끼가 모퉁이에 숨어 있다. 막 떠나려고 하는 마을버스에 겨우 뛰어 올라탄다. 기둥을 붙잡고 서서 숨을 고르다 필수 새끼가 뒤를 가리킨다. 아뿔싸! 그제야 미경이 년을 두고 왔다는 데 생각이 미친다. 이제 붙잡히는 건 시간문제다.

*

하루하루 숨통이 조여 온다. PC방에서 죽 때린 지 일주일째다. 몸이 무거우면 찜질방에 가서 땀 빼고 한숨 자고 나온다. 쪽방 근처엔 얼씬도 않는다. 혹시 짭새들이 찾아오지 않을까 하는 불안 때문이다. 미경이 년이 붙잡혔다면 나와 필수에 대해서 다 불었을 것이다. 더구나 그 집에 열쇠를 떨어뜨리고 왔으니 증거까지 주고 온 셈이다. 빵에 들어가 몇 달 썩는 건 씨발 문제도 아니다. 잘못하다가는 살인죄까지 뒤집어쓸 판이니 그게 더 팔짝 뛸 노릇이다. 애초에 필수 새끼 말을 들은 내가 바보지 누굴 탓하랴.

일주일이 지나도 미경이 년한테는 연락이 오지 않는다. 필수 새끼도 불안한지 내내 입을 닫고 컴만 노려보고 있다. 미끼가 없으니 낚시할 생각은 나지도 않는다. 더구나 지금처럼 불안할 때는 잠수 타는 게 오히려 낫다. 혹시 저쪽에서 미경이 년을 미끼로 우리를 낚으려고 수작을 부릴지도 모르는 것이다.

미경이 년이 사라지자 필수 새끼도 부쩍 말수가 줄었다. 둘이 진짜 눈이라도 맞은 게 아닐까 통밥을 굴린다. 백러시아 년들 엉덩이 탈 꿈에 부푼 새끼가 미경이 년 따위에 연연하다니. 세숫대야도 별로고 몸매도 별로인 미경이를 왜 좋아하는지 알다가도 모르겠다. 하긴 끼리끼리 노니까 뭐 할 말은 없다.

포장마차에서 오뎅을 먹고 있는데 필수 새끼의 휴대폰이 울린다. 몇 마디 지껄이던 필수 새끼의 얼굴색이 변한다. 드디어 달린 건가. 내가 눈짓으로 묻자 필수 새끼가 고개를 젓는다.

「어디에 있다고? 근데 왜 연락 안 했냐?」

필수 새끼는 고개를 끄덕이며 연방 벙싯거린다. 혹시 미경이? 내 짐작이 맞았다. 갑자기 신바람이 난 얼굴로 필수 새끼가 채근한다.

「미경이가 지금 영등포역 앞에 있대. 기다리고 있으니까 데리러
오래.」

「짭새는? 혹시 수작 부리는 거 아냐?」

「그럴 애도 못 돼, 새꺄. 집에 갔다가 다시 도망친 모양이야. 얼른
가자, 씹새야.」

　멀리서 동태를 살핀다. 얇은 스웨터 하나를 걸친 미경이 년이 시
계탑 앞에서 덜덜 떨고 있다. 찬 바람에 볼따구니가 새파랗게 얼어
있다. 한참을 숨어서 지켜보았지만 짭새들과 같이 온 눈치는 아니
다. 일단 안도의 숨을 내쉰다. 그치들이 깔렸다면 분명 공기가 다
르다. 그건 코만 좀 쓸 만하면 맡을 수 있는 거다. 필수 새끼가 얼
른 데리러 가자고 재촉한다. 새대가리 새끼. 저번에도 지 말대로
했다가 피박 쓴 걸 벌써 까먹은 모양이다. 그날 나한테 쥐어 터질
때는 찍소리 못하더니 벌써 기가 살았다.

　오토바이에 열쇠를 채우고 있는데 필수 새끼가 미경이에게 달려
간다. 미경이 년도 손을 저으며 필수 새끼에게 달려와 안긴다. 둘
이 얼싸안고 빙글빙글 돈다. 정말 두 눈 뜨고 못 봐줄 정도로 지랄
을 떤다. 지나가던 사람들과 부딪쳐도 신경도 쓰지 않는다. 미경이
년은 손으로 눈가를 훔치고 있다. 둘의 신파에 짜증이 나서 길에
침을 뱉는다.

　오랜만에 셋이 오토바이를 타고 한강을 달린다. 차가운 강바람

이 미친 듯 얼굴과 머리통을 때린다. 온몸이 얼얼하다. 바람 갈라지는 소리가 얼음 깨지는 것처럼 쩍쩍 소리가 난다. 미경이 년은 필수의 허리에 팔을 두르고 등에 얼굴을 묻고 있다. 둘의 모습에 아까 먹은 오뎅이 곤두선다. 계단에 주저앉아 흘러가는 강물을 본다. 소주를 들이켜지 않으면 앉아 있기가 너무 춥다. 미경이 년은 잘도 마신다.

「오빠들이 안 나오니까 무서웠어. 골목 귀퉁이에 붙어 있는데 옆집 문이 열리면서 여자가 나왔어. 그 집에서 비명 소리가 들렸거든. 무슨 일이 생긴 줄은 나도 알겠던데, 뭐. 그냥 뒤도 안 돌아보고 도망쳤어. 갈 데가 없어서 다시 집으로 돌아갔지만.」

「갔으면 그냥 있지, 왜 또 기어 나와.」

「처음엔 모르겠더니 며칠 지나니까 영재 오빠, 필수 오빠 생각나더라. 저번에 했던 얘기 기억나?」

「뭔 얘기?」

「크게 한번 수금하자고 했잖아.」

「도대체 누군데 그래?」

「우리 반 담탱이. 그 새끼한테 전화하면 꼭 나올 거야.」

미경이 년이 이가 갈린다는 듯 강물을 노려보았다. 눈빛이 번들거리고 후드득 몸을 떨었다. 꼴에 필수 새끼가 점퍼를 벗어서 미경이 년의 등에다 덮어 준다. 셋이 홀짝거리다 보니까 소주병이 점점 비어 간다.

「집이 너무 낯설었어. 엄마 아빠도 숨죽이고 나만 살펴보고. 내 눈치만 보는데 그게 너무 싫은 거야. 학교 가라고 채근하지도 않더라. 잘못 건드렸다가 또 나가 버리면 어쩌나 하는 그 표정들. 내가 원한 게 뭔지 알아? 진짜 그 사람들한테 매를 맞든지 머리끄덩이를 잡히든지 혼나고 싶었어. 손바닥으로 나를 두들겨 주고 발로 짓이기도록 밟히고 싶었어. 그래서 안에 썩어 문드러져 있는 것들이 터져 버리게. 전부 터져 버리고 나면 다른 사람이 될 수도 있잖아. 근데 내 눈치만 보더라. 부모라는 사람들이 어쩜 그럴 수가 있어? 한마디도 하지 않고, 눈도 마주치지 않고. 집 나갔다가 두 달 넘어 들어간 딸년한테 무슨 일이 있었는지, 왜 집을 나갔는지 묻지도 않았어. 그게 부모야, 그게 날 낳은 사람들이냐고……」

미경이 년이 흐느끼며 소리를 질러 댄다. 눈물이 얼굴을 타고 줄줄 흘러내린다.

「우리 반 담탱이 그 새끼 처…… 처음엔 나도 좋아서 했지. 근데 엉겨 붙는 것도 한두 번이지. 나중엔 아예 음악실로 끌고 가서 그 새끼가……」

「아, 씨발. 드럽다.」

필수 새끼가 휘청거리며 계단에서 일어난다. 낳아 주면 부모냐? 그런 새끼가 선생이야? 다 갖다가 분리수거 해야 돼. 필수 새끼가 고래고래 소리를 지른다. 소주병을 쳐들고 담탱이, 씨발 새끼야!

부르짖으며 강물 속으로 던진다. 물은 소리 없이 병을 삼키고 흘러
가기만 한다. 필수 새끼가 삼류 영화를 찍는지 비틀거리다가 미경
이 년과 함께 나동그라진다.

「아, 씨발. 분위기 좆같네. 그 정도 갖고 질질 짜고 지랄이야.」

「야, 그래도 듣고 보니 좀 그렇다. 오죽했으면 또 집을 나왔겠냐.
씨발, 저 새끼는 인정머리가 없다니까.」

「인정머리 좋아하네, 새끼. 그래 인정 많은 니들끼리 잘 놀아라.」

오토바이에 시동을 거는데 필수 새끼가 소리를 지른다.

「영재야, 야, 새꺄. 같이 가.」

소주 기운 때문인지 찬 바람이 더 이상 따갑게 느껴지지 않는다.
알딸딸한 게 아주 좋다. 이런 기분이라면 부산까지 달려가서 찍고
돌아올 것 같다. 미경이 년도 더 이상 울지 않아 좋다. 필수 새끼가
소리를 지르고 미경이 년도 발광을 한다.

「아, 씨발. 좆 까는 세상아, 길을 비켜라. 영재가 간다.」

「날밤을 까고 달려 보자, 나는 필수다.」

「부모가 없는 세상으로 가고 싶다!」

셋이 악쓰는 소리가 밤공기 속으로 퍼져 간다. 멀리서 불자동차
달려오는 소리가 따라붙고 있다.

자다가 미경이 년의 흐느끼는 소리에 눈이 뜨였다. 어둠에 눈이
익자 둘이 엉겨 붙어 빠구리 치는 모습이 들어왔다. 씨발 것들, 잠
도 안 자나. 새벽에 방으로 돌아와 맥주를 마신 게 생각났다. 일주

일 만에 돌아온 쪽방은 냉골이었다. 필수 새끼가 자물쇠에다 쇠꼬챙이를 쑤시니까 그냥 열렸다. 미경이 년이 옆방 할망구 탄불을 꺼내오고 새 탄을 넣고 돌아왔다. 점퍼를 걸친 채 떨면서 맥주를 비웠다. 오줌 누러 간 미경이 년과 필수 새끼는 뭘 그리 속닥이는지 한참이 지나도 돌아오지 않았다. 미경이 년은 표나게 필수를 챙겼다. 아무래도 난 상관없다. 그냥 빠져 주면 된다. 아쉬운 것도 없고 서운한 것도 없다. 계집애들에게 절절매는 이영재가 아니다. 내 인생이 이렇게 좆박을 치고 있는 것은 사실 영재라는 이름 때문이다. 중학교도 다 마치지 않은 놈이 영재는 무슨 얼어죽을 영재인가. 낳자마자 외할머니한테 날 버리고 떠난 엄마란 여자는 무슨 생각으로 이런 희한한 이름을 지었던 것일까. 영재란 이름으로 이런 엿같은 세상을 헤쳐 나갈 수 있다고 생각했단 말이냐. 아버지가 누군지도 모르고, 엄마란 여자는 떠나 버렸고, 이영재란 이름만 남았다. 사실 옆방 할망구와 마주치기 싫은 건 자꾸 외할머니 얼굴이 떠올라서다. 외할머니가 나를 기다리고 있다는 그 생각만으로 진저리가 난다. 이제 나는 더 이상 외할머니가 이뻐 하던 이영재가 아닌 것이다. 방으로 돌아온 필수 새끼와 미경이는 맥주를 빨다 입술을 빨다 지랄을 떤다.

오줌을 쌀 것 같아 문을 밀고 나온다. 다른 때 같으면 엉겨 붙어 있다가도 내가 일어나면 움찔이라도 하는데 지금은 신경도 쓰지 않는다. 씹탱이들. 수챗구멍에다 오줌을 갈긴다. 달이 휘영청 밝다. 둘이 씩씩대는 소리가 문밖까지 들린다. 그냥 또 들어가기가 벌쭘해서 바지를 뒤져 담배를 꺼내 문다. 몇 초 만에 싸고 마는 나와 달리 필수 새끼는 꽤 오래간다. 씹새끼, 또 시작하네. 미경이 년은 몸부림을 치고 필수 새끼는 씨근덕거렸다. 달빛은 차갑고 겨울밤은 길기만 하다.

*

늦잠을 자고 일어났는데 밖이 뒤숭숭하다. 필수 새끼는 또 정보지를 주우러 갔는지 보이지 않고 방문을 열고 미경이 년이 들어온다. 새벽 내내 필수 새끼와 구멍 파느라 퍼져 자고 있을 줄 알았는데 벌써 나갔다 온 모양이다. 한 판 뜨자고 미경이 년에게 얘기해도 대꾸가 없다. 울었는지 눈두덩이 푸르죽죽하다. 이런 좆같은 년. 지 배부르다고 남 배고픈 걸 모르다니. 담배에 불을 댕겨 목구멍 깊숙이 빨아들인다.

「옆방 할머니가 연탄가스 마시고 간밤에 죽었대. 아까 119가 와서 실어 갔어. 새벽에 탄 뺄 때 할머니 방문을 열고 물어보기만 했어도 이런 일은 없었을 텐데. 그때 깨우기만 했어도 괜찮았을지 몰라…….」

목이 메는지 미경이 년은 고개를 떨군다. 병신 육갑 떨고 있다. 아침부터 눈물 바람은 질색이다. 하루에도 수없이 사람들이 죽어나간다. 전철로 뛰어들고 옥상에서 뛰어내리고 팔목을 그어 댄다.

머리통이 터져 죽고 창자가 쏠려 나와 죽고 얼마 전 그 늙은이처럼 변기에 앉아서도 죽는다. 제 년도 나와 필수 아니면 벌써 한데서 얼어 죽었을 것이다. 그런 얄팍한 동정 따위가 있다면 나와 빠구리 치는 게 순서다. 그러나 준대도 먹고 싶지 않다. 이미 미경이 년의 눈물 바람 때문에 입맛이 싹 달아났다.

「나 때문인 것만 같아. 탄 뺄 때 깨우기만 했어도…….」

「시끄러! 아침부터 재수 없게.」

「할머니가 불쌍해…….」

「빙신 같은 년. 지금 누굴 걱정하냐? 우리 코도 석 자야.」

미경이가 무릎에 얼굴을 파묻는다. 오늘따라 벽에 붙여 놓은 사진들이 더 거슬린다. 발로 미경이 년의 다리를 건드린다.

「저 재수 없는 것들 안 떼어 버려. 뭐 하려고 씹새들 사진은 붙이냐? 국 끓여 먹을래, 엉? 밥값도 못하는 주제에.」

「…….」

미경이 년은 대꾸가 없다. 또 슬슬 부아가 치민다. 세상에서 제일 싫은 것이 우는 여자들과 묻는 말에 대꾸 안 하는 치들이다. 미경이 년의 머리통으로 손이 날아가려고 하는데 발딱 고개를 쳐든다.

「전화해 볼게.」

「담탱이?」

「목요일이니까 수업이 없는 날이야.」

「짱구 좀 굴려 보고.」

미경이 년은 벽으로 돌아앉아 사진을 세기 시작한다. 모두 열두 명이네, 하고 깝죽인다. 이 아저씨들도 우리만 한 나이가 있었을까. 태어날 때부터 이런 모습이었을 거 같아. 미경이 년이 중얼중얼 혼잣소리를 한다. 만화책을 보며 컵 라면에 물을 부어 휘젓는다. 갈수록 미경이 년의 증세가 심해지고 있다. 이번 일만 끝내면 저년과는 찢어져야 할 것 같다. 필수 새끼가 미경이 년과 가겠다면 말리지 않겠다. 둘이 살림을 차리든 애새끼를 까든 지들 일이다. 둘과 찢어지면 신촌이나 홍대 입구로 나가서 노래방 도우미 자리라도 있나 알아봐야겠다. 잘하면 반반하고 돈 있는 년이라도 물을지 또 아는가. 그때는 쪽방과도 안녕이다.

미경이 년한테선 아직 연락이 없다. 다른 때보다 시간이 길어지고 있다. 필수 새끼도 초조한지 연방 담배를 태운다. 정신 사납게 휴대폰을 꺼냈다 넣었다 방정을 떤다. 미경이가 들어간 짱개집 앞에서 기다린 지 한 시간이 넘었다. 제법 번듯한 짱개집이다. 전에 내가 일하던 집과 비교하면 으리번쩍하다. 이건 짱개집이 아니라 거의 레스토랑 수준이다. 맛있는 냄새에 침을 흘리는 나와 달리 필수 새끼는 쪼그리고 앉아 담배만 죽이고 있다. 말은 안 해도 새끼되게 초조한 모양이다.

드디어 휴대폰이 울린다. 필수 새끼가 후다닥 귀에 갖다 댄다. 필수 새끼는 알았다고 고개를 끄덕인다.

「뭐래?」

「담탱이랑 좀 더 얘기한대. 이 새끼가 뭔 냄새를 맡았는지 미경이한테 빌고 매달리고 난리를 피우나 봐. 돈도 제법 많이 갖고 나온 모양이야. 우리가 잘 가던 한강으로 갈 테니 알아서 하래.」

필수 새끼의 눈이 번들거린다. 새끼는 어둠 속에서 각목을 꺼내 퉤, 하고 침을 뱉는다. 오토바이에 시동을 걸고 기다리니 미경이 년과 중년의 사내가 나온다. 키가 작고 얼굴이 둥근 놈이다. 배짱이라고는 있을 것 같지도 않게 생긴 새끼다. 배에 기름기가 자르르하다. 담탱이란 것이 제 학생을 따먹었다니 기가 찰 새끼다. 그것도 음악실에서 문을 잠근 채 빤스를 찢었다고 하니 진짜 더러운 새끼다. 사내는 쏘나타에 올라타고 옆자리에 미경이를 앉힌다. 차는 천천히 골목을 빠져나간다. 깜박이를 켠 쏘나타는 한강 쪽으로 달리기 시작한다. 우리도 속도를 높여 쏘나타를 따라간다. 혹 눈치챌지 몰라 거리를 두고 따라붙는다.

차는 다리를 지나 후미진 곳에 멈춘다. 우리도 좀 떨어진 곳에 오토바이를 세운다. 찬 바람에 강물이 더욱 일렁인다. 멀리 검은 하늘 사이로 달이 언뜻 드러난다. 창을 열고 사내가 담배를 태운다. 미경이 년은 꼿꼿하게 앉아 있다. 사내가 뭐라고 했는지 미경이가 머리를 흔든다. 사내가 미경이의 팔을 잡는다.

「저런 개새끼를.」

필수 새끼가 뛰쳐나가려는 걸 붙든다. 주위가 어떤지 좀 살펴보고 나서 시작해도 늦지 않다. 미련한 새끼는 찬찬히 머리 굴리는 일이 통 없다. 연장을 품어선지 성마름이 어느 때보다 더 심하다. 뭐만 잡았다 하면 헷가닥 돌아 버리는 새끼는 꼴통 같다. 다행히 사람들이 보이지 않는다. 인적 드문 곳에 차를 세워 놓고 방아 찧는 새끼들도 보이지 않는다. 짱개집에서 일 끝내고 몰려든 오토바이들의 엔진 소리도 없다. 귀를 때리는 칼바람에 머리가 띵하다.

무슨 말들이 오가는지 미경이 년이 사내에게 소리를 지르며 운다. 사내가 머리를 숙이며 미경이의 손을 잡는다. 미경이가 손을 뿌리친다. 추잡한 새끼. 따먹을 땐 언제고 이젠 후환이 두려운 모양이다. 쪽방에 처음 나타났을 때 미경이 년의 찢긴 교복 치마가 생각난다. 생각이 좀 있는 년이었다면 집을 나올 게 아니라 경찰서를 갔어야 했다. 필수 새끼와 난 몸을 숙이고 차로 다가간다. 잽싸게 운전석 문을 열어 새끼를 끌어낸다.

「뭐야, 너네들?」

「저승사자다. 개새끼야.」

필수의 각목이 새끼의 명치를 향해 날아간다. 어이쿠. 새끼가 허리를 꺾으며 쓰러진다. 필수의 각목이 바람을 가른다. 웅크린 새끼를 향해 픽픽 워커 발이 춤을 춘다. 새끼의 비명 소리에 몸이 달아오른다. 씹새는 피해 보려고 손으로 몸을 가리지만 같잖다. 더 때려 달라고 애원하는 것처럼 보인다. 우지끈 뼈 부러지는 소리가 난다. 담탱이가 몸을 말며 땅을 뒹군다. 입술이 터지고 코에서 피가 줄줄 흘러나온다. 새끼가 엉금엉금 기어 와 내 다리를 붙든다. 꽉 붙들고 떨어지지 않는다. 새끼가 매를 더 벌고 있다. 필수 새끼의 각목이 담탱이의 등으로 사정없이 떨어진다. 씹새가 비명을 내지르며 옆으로 나가떨어진다. 몸을 비트적거린다. 갑자기 벌떡 일어난 씹새가 다리를 절름거리며 도망치기 시작한다. 몇 걸음 가지 못하고 필수 새끼에게 붙잡힌다.

「어딜 도망가, 좆만아.」

「왜들 이래.」

「따먹을 게 없어 네 반 학생이냐? 좆같은 새끼야.」

「돈 줄게. 미경이도 그러기로…….」

「돈? 돈이면 단 줄 알아? 씹탱아. 너 같은 새끼는 손 좀 봐야 돼.」

필수 새끼의 손에서 각목이 떨어진다. 새끼의 눈이 돌아간다. 필수는 어느새 잭나이프를 빼 든다. 차가운 달빛이 챙강 칼날에서 튀어오른다. 눈이 희번덕거리는 게 평소의 필수 새끼가 아니다.

「너, 너 뭐야!」

담탱이가 버럭 소리를 지른다. 크기에 비해 목소리가 심하게 떨리고 있다. 담탱이가 뒷걸음질을 치는 찰나, 필수 새끼의 칼이 담탱이의 배로 쑥 들어간다. 담탱이가 헉 숨을 들이켠다. 필수가 악을 쓰며 손을 휘젓는다. 필수 새끼는 칼을 빼 들어 거푸 담탱이의 배를 쑤신다. 담탱이가 무릎을 꺾으며 땅으로 주저앉는다. 셔츠 자락으로 핏물이 번져 나온다. 필수 새끼는 피에 젖은 칼을 들고 부들부들 떨고 있다. 미경이의 울부짖는 소리가 찬 공기를 찢고 퍼져 나간다. 필수는 얼이 빠진 얼굴로 그런 미경이를 멍하게 쳐다보고 있다. 담탱이의 배에서 점점 많은 피가 흘러나온다.

「뭐 해. 개새끼야, 튀지 않고.」

필수 새끼의 대갈통을 갈기고 오토바이를 향해 달린다. 필수 새끼가 칼을 강물에 던지고 울고 있는 미경이를 잡아끈다. 미경이는 필수를 뿌리치며 울부짖는다. 미경이 년의 울음소리에 머리통이 짜개질 것 같다. 빨리 튀어야 하는데 미경이 년은 큰 소리로 울부짖기만 한다. 머저리 같은 필수 새끼는 미경이 하나 끌고 오지 못한다. 도대체 저 새끼는 혼자서 제대로 하는 게 하나도 없다.

둘이 겨우 미경이를 끌어다 오토바이에 태운다. 씨발 좆같이 시동이 안 걸린다. 피가 마르는 것 같아 몇 번이나 욕을 해댄다. 다리 하나만 동강 내려 했는데 필수 새끼가 또 사고를 쳤다. 필수 새끼와 안 헤어지면 내가 개새끼다. 진짜 미친 새끼는 바로 나다. 시동은 안 걸리고 미경이 년의 울음소리는 커져만 간다. 씨발, 재수 없는 것은 언제나 쌍쌍이 온다.

사랑의 살해

음, 매캐한 연기 냄새. 이 냄새만 맡으면 집 떠나던 날이 생각난단 말야. 펑펑 치솟던 불길. 바람을 타고 이리저리 날아오르던 불티. 검은 연기 사이로 급하게 꺼져 내리던 나무 계단들. 목조 주택이 온통 타오를 땐 정말 끝내 줬어. 도시에 불질러 놓고 시를 썼던 놈이 네로, 맞지? 진짜 그 기분 알겠더라고. 불이 아름답다는 걸 그때 알았으니까. 내가 아름다움에 대해서 떠드니까 이상해? 우리가 피도 눈물도 없는 줄 아나 본데. 천만의 말씀이야. 우리한테도 감정이 있다고. 당신만 있는 게 아냐. 지금 당신 얼굴이 어떤지 알아? 그렇게 참을 필요 없어. 슬프면 울든지 아니면 소리라도 질러 봐. 난 아무렇지 않으니까 신경 쓸 필요 없어. 많은 사람들을 봤지만 당신은 좀 다르군. 똥폼 잡는 게 아니길 바라. 질색이니까. 저길 보라고. 내 그럴 줄 알았어. 매캐한 냄새가 어디서 나나 했더니 아파트가 타고 있잖아. 사람들이 대피하느라 소동이 벌어졌어. 불자동차가 온 걸 보

니까 이제 조금 지나면 꺼지겠어. 당신, 불새라고 들어 봤어? 피닉
스는 안다고. 그거 말고. 진짜 새 중에서 불씨를 물어다가 나무에
옮기는 새가 있대. 사람도 없는 들판에서 불이 치솟거나 나무가 타
면 그놈 짓이래. 이름을 들었는데 까먹었어. 기억력 하나는 끝내 줬
는데. 자꾸 왜 이러나 몰라. 아, 인제 생각났다. 갈가마귀. 제비처럼
호박씨를 물어다 주지 불씨가 뭐야. 도대체 심통난 새도 아니고. 거
봐, 입 꾹 다물고 가는 것보다 서로 얘기도 하고 그러니까 좋잖아.
가는 동안 즐겁게 가자고. 왜 그런 눈으로 쳐다봐. 내가 웃으니까
이상해? 남들이 뭐라든 무슨 상관이야. 나만 즐거우면 되지. 이 일
이 신나고 재밌어. 당신도 그런 일을 해봤다면 내 기분 알 거야. 까
놓고 말해 보자고. 다른 사람 눈치를 왜 보는데. 내가 떳떳하고 당
당하면 왜 꾸미는데. 안에 뭣도 없는 것들이 폼은 그럴싸하잖아. 그
래서 난 폼잡는 인간들 딱 질색이야. 가식적인 목소리, 눈빛, 억지로
꾸민 듯한 행동. 얼마나 꼴값인지 말도 못해. 꼭 그런 인간들이 나
중에 뒤통수를 친다니까. 연기 때문에 기침이 나오네. 내가 언제 처
음 집을 떠나려고 했는 줄 알아? 세 살 7개월 때. 코흘리개에다 울
보였어. 그런 주제에 어떻게 집을 나가려고 했는지 몰라. 여름날 한
낮이었어. 난 붉은 고무 통에 들어앉아 있었어. 물장구를 치는데 햇
빛이 너무 따가웠어. 땡볕은 쏟아지지 몸은 물에 불어 쭈글쭈글하
지. 내게 관심 있는 건 파리 하나가 전부였어. 파리는 윙 날아올라
머리에 내려앉았어. 머리카락을 훑다가 맞난 게 아니란 걸 알고 붕

날아올랐어. 파리는 화단 옆 개밥에 내려앉았어. 파리를 쫓던 눈에
방 안의 풍경이 들어왔어. 엄마는 아기인 여동생에게 부채로 살살
바람을 일으키고 있고 옆에서 형이 늘어지게 자고 있었어. 단란한
가족의 한때라고 써 붙이고 싶더군. 형이 침만 흘리지 않았다면 썩
좋은 그림이었어. 하지만 아쉽게도 형은 그걸 망치고 있었어. 몸이
익을 것처럼 뜨거워 고무 통에서 일어났어. 어쩌면 방으로 들어가
려고 했는지 몰라. 하지만 내 걸음은 대문으로 향했어. 턱을 넘기
전에 잠깐 뒤를 돌아다보았어. 조금 주저하는 눈빛을 하고 말야. 이
제라도 늦지 않았으니 방으로 들어가는 게 나을까. 이대로 걸음을
옮겨야 하는 걸까. 뭐 그런 망설임이었어. 담벼락에 앉아 있던 고양
이가 입을 쩍 벌리더니 사라졌어. 난 고양이가 사라진 곳으로 뒤뚱
거리며 걷기 시작했어. 파란 대문을 벗어나자 긴 골목이었어. 노란
대문, 붉은 대문, 초록색 대문, 회색 대문, 검은 대문 그리고 또 그다
음 대문…… 대문들. 나는 호기심 어린 눈으로 살며시 다른 집 대
문을 밀었어. 누가 손을 덥석 당겨 주기를 바라면서. 따가운 햇빛이
없는 곳으로 데려가 부채로 살살 부쳐 주고, 잠이 들 때까지 노래를
불러 줄 그런 누가 있을 거라고 생각했어. 그런데 대문을 기웃거릴
때마다 따라붙는 건 요란한 웃음소리였어. 저놈 고추 내놓고 어정
거리고 다니는 것 좀 봐, 집에 안 가면 떼어 버린다, 하는 소리였어.
나는 속 상해서 울음을 터뜨렸어. 내 마음을 알아주는 사람은 어디
에도 없었던 거야. 어떤 집의 아저씨가 나를 번쩍 안아 올렸어. 한

달음에 우리 집 마당에 내려놓았어. 내 첫 번째 가출은 싱겁게 끝나 버렸지. 난 가끔 생각했어. 갑자기 집을 떠나고 싶었던 건 왜였을까. 눈을 찌르던 햇살 때문일까. 몸이 익을 정도로 뜨겁던 고무 통 때문일까. 하지만 그 뜨거움만은 깊이 새겨졌어. 때때로 온몸이 타들어 갈 것처럼 더워지면 나는 집을 떠나고 싶었어. 파블로프의 개처럼 말야. 그건 나이를 먹을수록 학년이 올라갈수록 정도가 심해졌어. 내가 전생의 불새였을까. 한참 떠들었더니 목이 마르네. 아직 차가 오려면 멀었어. 좀 더 기다려야 해. 정해진 시간대로만 움직이니까 어쩔 수 없다고. 우리들도 스케줄이 있다니까. 그런 건 소용없다고 생각하는데 웃기는 소리야. 세상 어느 곳이나 규칙이 필요해. 여기 잠깐 서 있으라고. 목이 말라 도저히 안 되겠어. 가서 뭐 마실 거라도 가져와야지. 아니, 그러지 말고, 같이 들어가자고. 버스가 오려면 아직 멀었고. 잠시 저기 햄버거 집에 들어갈까. 다리를 지나기 전까진 먹어도 괜찮아. 이제 좀 있으면 그것도 못할 테니까. 의자에 앉아 있어. 내가 가져다줄게. 그 영화 봤어? 감독이 한 달 동안 패스트푸드만 먹어 대는 영화. 하루 세 끼 어떤 패스트푸드 회사의 세트 메뉴만 먹고 살았다지. 들어 봐, 이런 식이 아니었을까. 아침은 치킨버거 세트, 더부룩. 점심은 치즈버거 세트, 더부룩. 저녁은 스페셜 세트, 더부룩. 속이 울렁거리는군. 한 달 뒤에 몸무게가 11킬로그램이 늘고 혈압과 콜레스테롤 수치가 올랐대. 간과 심장이 대사 증후군을 보였고 체지방도 몰라보게 증가했고. 뻔한 걸 가지고 증명한다고 필름을 낭비하더니 그럴 줄 알았어. 세상엔 말야, 무얼 증명하고 싶어서 안달하는 사람들이 왜 그리 많은지 몰라. 당신도 그래서 나와 만난 거지만. 당신이 한 일에 대해서 후회해? 대답하기 싫으면 안 해도 좋아. 솔직히 나 만났을 때 기분 나빴지? 뭐, 대부분 그래. 우는 사람도 있고 화도 내고. 욕하고 소리 지르고. 진짜 가지가지야. 나야 늘 같다고. 이제 일어나자고. 저기 깜박이를 켜고 오는 차 보이지. 노인네가 시간 하나는 칼이야. 자, 가자고. 앞자리에 앉아야 전망이 좋아. 내 얘기를 더 듣고 싶어? 음, 비싼데 말야. 재촉할 생각 없으니까. 당신 얘기 하고 싶어지면 그때 하라고. 사실 조금 궁금하긴 해. 무엇이 당신을 그렇게 절실하게 만들었을까 하는 거. 이제 경치를 보면서 느긋하게 가자고.

눈에 들어오는 건 끝없는 전나무 숲이었다. 추운 지방답게 나무들은 잎이 가늘고 촘촘하게 하늘로 뻗어 있다. 위로 올라갈수록 경사가 급했다. 배추를 심어 뽑은 듯 붉은 흙이 드러난 밭을 지나갔다. 둔덕에 버려진 배추 잎들이 찬 바람에 쓸려 다녔다. 트럭은 힘들게 언덕을 넘었다. 타이어가 터지지 않을까 모두들 조마조마했다. 붉은 흙을 다진 마당에 트럭은 멈췄다. 우리들은 몸에 두르고 있던 담요를 밀치고 밖을 다투어 보았다. 또 여기는 어딜까 다들 눈이 휘둥그레졌다. 낡은 2층 목조 주택이 앞에 버티고 있다. 앞칸에서 내린 아버지가 담요를 잡아끌었다.

「안 내리고 뭐 하는데?」

　아버지의 굵은 눈썹이 위로 치켜 올라갔다. 굼뜨게 행동하다가는 매운 손바닥이 언제 날아들지 몰랐다. 빈은 트럭에서 먼저 뛰어내렸다. 낯선 행성에 또 도착한 것이다. 운동화 바닥으로 흙이 부서지며 풀풀 일어났다. 겁에 질린 눈으로 여동생이 내리고 형이 뒤따라 내렸다. 엄마는 화가 난 얼굴로 아버지한테 한마디도 하지 않았다. 하긴 엄마만의 문제가 아니었다. 아버지의 부대를 따라 낯선 곳을 옮겨 다니는 것에 넌더리를 내지 않는 사람은 없었다. 이번도 마찬가지였다. 빈은 친구들에게 작별 인사도 하지 못한 채 떠나야 했다. 함께 딱지치기를 하던 녀석, 밤늦도록 함께 들판을 헤매고 다니던 녀석, 달리기를 더 잘하던 녀석들을 남겨 두고 트럭을 타야 했다. 처음 몇 번은 친구들 생각에 눈물도 났지만 이젠 덤덤했다. 앞으론 절대 친구를 만들지 말아야지 속으로 맹세만 되풀이했다. 낯선 행성을 옮겨 다닐 때는 트럭이 필요하지 친구가 필요한 게 아니었다. 덜컹거리는 흔들림에 맞춰 자다 깨다 하다 보면 만나는 곳이 낯선 행성이다. 그곳엔 낯선 사람들, 낯선 아이들이 어김없이 살고 있었다. 그들은 호기심이 밴 얼굴로 빈의 식구들을 쳐다보았다. 꼭 마을로 찾아든 곡마단을 바라보는 눈길 같았다. 매번 이사를 다니는 트럭은 짐마차가 분명해 보였다. 빈의 식구들은 낯선 마을로 잠시 찾아들어 동네 사람들에게 마술과 쇼를 보여 주다가 때가 되면 포장을 걷고 떠나야 하는 운명의 사람들이었다. 모두들 진저리를 내고 있는데도 곡마단 단장인 아버지만 그걸 몰랐다.

짐을 풀면서도 엄마의 얼굴은 좀처럼 풀리지 않았다. 유배를 온 것도 아니고 마을에서 한참 떨어진 낡은 목조 주택을 세 낸 것이 불만인 모습이었다. 장보기도 불편하고 학교 다니는 것도 불편할 텐데도 아버지는 돈이 적게 든다는 이유로 얻었을 것이다. 돈만 아낄 수 있다면 그깟 불편함 정도는 얼마든지 견뎌야 한다는 게 아버지의 신조다. 부대로 복귀하고 나면 주말에 잠시 들르는 아버지는 조금도 불편하지 않을 터였다. 아쉽게도 곡마단 단장은 자기밖에 모르는 사람이었다.

미처 풀지 못한 짐들을 쌓아 두고 엄마는 라면을 끓였다. 여동생은 두려움이 담긴 눈으로 창 앞에서 손가락만 빨아 대고 형은 마룻바닥에 앉아 책을 읽고 있다. 그 와중에 국어 책을 읽고 있는 형은 기특하다 못해 미련해 보이기까지 했다. 빈도 책이라면 꽤 읽었다. 엄마가 형을 위해 사 주었던 삼중당 50권 전집을 싹 해치운 사람이 빈이다. 집 식구 중에 그 전집을 다 읽은 사람은 자신밖에 없지 싶다. 형은 교과서 말고는 잘 보지 않고 여동생은 책에는 관심이 없으니까. 물론 식구들은 빈이 그 전집을 다 읽었다는 걸 아무도 모른다. 아니, 얘기해도 믿지 않을 것이다. 부대로 돌아가고 나면 집에 대해서는 알츠하이머병이 도지는 곡마단 단장이나 오로지 예쁜 여동생과 공부 잘하는 형밖에는 안중에도 없는 엄마 또한 알고 싶지도 않을 것이다. 빈은 배가 고팠던 터라 라면 냄비로 돌진했다.

머리로 숟가락이 날아들었다. 엄마의 분풀이 대상은 언제나 빈이었다. 엄마는 또 빈을 향해 독화살을 불어 댔다.

「처먹는 것밖에 모르지? 형 좀 봐라, 새끼야.」

여동생이나 형보다 먼저 라면을 먹겠다고 설친 게 화근이었다. 엄마는 무시무시한 눈으로 빈을 노려본다. 대꾸를 했다간 또 독화살이 날아들 것이다. 죽지는 않겠지만 맞을 때마다 쓰리고 아프다. 밤마다 어두운 방구석에서 뒤척이며 해독제를 바르지 않으면 견뎌 낼 수도 없다. 그래 그 정도로 죽지는 않아. 죽어서도 안 되지. 그래서 더 화가 나. 엄마의 벌칙은 간단하다. 다른 식구들이 다 먹을 때까지 빈을 먹지 못하게 한다. 형과 여동생이 라면 가락을 말아 올리는 걸 바라보다 빈은 침을 삼키고 말았다. 식구들은 만족스럽게 라면을 먹고 있다. 곡마단 단장도 제 목으로 넘어가는 거밖에는 모른다. 지독하게 낯설다. 낯선 행성은 밖에 있는 것이 아니다. 저 마을 안, 한 번도 가보지 않은 신작로, 나무들, 우물 근처, 상점들이 아니다. 바로 여기 둘러앉아 있는 식구들이 빈에겐 낯선 행성들이다.

누군가 나무 바닥을 걸어가고 있다. 걸음을 옮길 때마다 집은 비명을 지른다. 밖에 바람이라도 몰아치고 있는지 창문이 덜컹거린다. 나무 틈새로 찬 바람이 스며든다. 이불 밖으로 드러난 얼굴이 시려 죽을 지경이다. 코도 이마도 뺨도 얼얼해진다. 빈은 오줌이 마려워도 무서워서 낑낑거리며 버티고 있다. 도무지 무서워서 나갈 엄두가 나지 않는다. 방광을 붙잡고 조금 더 버텼다. 곧 오줌이 쏟아질 것 같다. 형이 돌아누우며 코끼리 기둥 같은 다리로 빈의 무릎을 걸어찼다. 중1이 벌써 90킬로그램이 넘어서 다리 하나가 코끼리 기둥만 했다. 고기만 편식하는 형에게 엄마가 저지른 만행이다. 뉴스에서 나오는 테러리스트만 만행을 저지르는 게 아니다. 고기만 먹겠다고 고집 부리는 자식에게 오로지 고기만 먹이는 엄마도 분명 만행을 저지르고 있는 것이다. 형에게 걸어차인 무릎이 아파서 눈물이 찔끔 나왔다. 드디어 참을 수 없는 지경에 이르자 빈은 무서움을 참으며 자리에서 일어났다. 창문 밖으로 전나무 그림자가 일렁거린다. 꼭 사람이 서서 방 안을 엿보고 있는 것 같다. 가지들은 빈을 향해 팔을 벌린 채 어서 오라고 속삭이고 있다.

　나무 계단은 디딜 때마다 음산하게 삐걱거린다. 방광은 터질 것 같고 등 뒤로 식은땀은 흐르고 나무들은 검은 우산을 쓰고 빈을 향해 낄낄거린다. 이런 집이 좋다고 얻은 아버지는 무슨 생각을 하며 사는 사람일까. 곡마단 단장답게 반짝이는 구두를 좋아하고 검정 선글라스에 사족을 못 쓰는 아버지란 사람은. 내일이면 아버지는 부대로 복귀한다. 그리고 일주일 뒤까지 집에는 얼씬도 않을 것이다. 빈에겐 차라리 휴식의 시간이다. 아버지가 집에 있으면 빈만 더 고달파진다. 대식가인 데다가 식탐이 있는 아버지는 이것저것 해오라고 엄마를 한시도 쉬지 못하게 닦달해 댄다. 그러면 엄마는 애꿎은 빈에게 화풀이를 대신한다. 엄마가 빈을 미워하는 이유는 단 하나다. 공부를 못하기 때문이다. 공부를 잘하는 형과 학교를 다니지 않는 여동생에게는 면죄부가 주어진다. 엄마의 모든 척도는 언제나 공부다. 빈은 엄마가 늘 입에 달고 사는 열 손가락 깨물어 안 아픈 손가락 없다고 하는 말을 믿지 않는다. 깨무는 정도에 따라 아픈 손가락도 있고 안 아픈 손가락도 있는 것이다. 그게 말장난에 불과하다는 걸 빈은 진즉 알았다.

오줌을 누면서도 자꾸 목뒤가 서늘해져 움츠린다. 얼른 마당에다 오줌을 갈기고 돌아선다. 검은 우산들은 여전히 어둠 속에서 시시덕거린다. 가지에서 무언가 퍼드덕거려 빈을 까무러치게 한다. 유난히 커다랗고 노란 눈동자가 빈을 빤히 쳐다보고 있다. 고개를 옆으로 주억거리다 녀석은 길게 울음을 터뜨린다. 밤 부엉이다. 미처 끌어올리지 못한 내복을 붙들고 빈은 집 안으로 뛰어들었다. 안방에서 엄마와 아버지의 고함 소리와 다투는 소리가 들린다. 언제나 내게만 들려, 두 사람이 악쓰는 소리. 빈은 소름이 끼친다. 여동생과 형은 달콤한 잠에 빠져 있고 저 소리를 듣는 건 늘 자신뿐이다. 수재들은 잠귀마저 어두운 것일까. 얼마나 공부를 열심히 했으면 저 소리도 듣지 못하고 잠에 빠져 있는 걸까. 엄마 말처럼 꼭 공부 못하는 것들이 밤에 깨어 돌아다닌다. 빈이 없어서인지 엄마의 독화살은 그대로 아버지를 향해 날아간다. 물건 떨어지는 소리, 무언가 깨지는 소리, 그 뒤로 엄마의 비명 소리가 이어진다. 빈은 몸을 떨었다. 모두 다 이 집 때문인 것 같다. 검은 나무들, 디딜 때마다 소리를 내는 마룻바닥, 바람에 끼익거리며 흔들리는 서까래, 지붕들. 이곳으로 이사 오지 않았더라면 얼마나 좋았을까.

빈은 덜덜 떨리는 손으로 안방 문을 조금 열었다. 아버지가 엄마의 머리채를 잡아끌어 이불에다가 패대기친다. 엄마가 버둥거리며 저항하는데도 단장은 타고 앉아 엄마의 목을 조른다. 엄마의 눈이 뒤집히고 입에서 침이 흘러나온다. 목의 핏줄이 튀어나올 것처럼 부풀어 오른다. 엄마는 힘이 빠진 듯 축 늘어진다. 아버지는 엄마의 내복 바지를 내리고 위에 올라탄다. 비명을 지르는 엄마의 입을 단장의 딱딱한 손이 틀어막는다. 단장은 거칠게 엄마의 속으로 파고들었다. 단장의 호흡이 높아질수록 엄마의 울음소리도 커져 간다. 제발, 제발, 그만둬, 은실 아빠, 제발. 엄마의 흐느낌은 멈추지 않는다. 빈은 귀를 틀어막고 돌아선다. 빈은 목조 계단에 쭈그리고 앉아 중얼거린다. 비둘기의 천적은 독수리고, 사마귀의 천적은 두꺼비다. 토끼의 천적은 여우고, 내 천적은 엄마다. 그리고…… 엄마의 천적은 단장이다. 눈물이 굴러 떨어진다. 문득 숨이 쉬어지지 않는다.

멀미가 나는 거야? 창문을 좀 열지 그래. 그리고 깊게 숨을 내쉬어 봐. 그렇게 정신 나간 표정 지을 필요 없어. 당신만 지친 게 아니니까. 그래, 그렇게 코로 숨을 깊게 들이마시고 천천히 내쉬어.

가까이 보려고 하지 말고 저 먼 곳을 쳐다보라고. 어때, 좀 나아진 것 같아? 담배 생각이 난다고. 참는 게 좋을 거야. 저 노인네가 싫어할걸. 나야 피우든 말든 상관 안 하는데. 저 노인네 허락 없이는 피울 수 없다고. 오염된 공기를 질색하니까. 자기 버스도 아니면서 얼마나 짱짱대는지 좀 그래. 얼마 전에 어떤 사람이 노인네에게 양해도 구하지 않고 태웠다가 혼쭐이 났어. 보기가 좀 민망하더라고. 더 안 좋은 건 노인한테 승차 거부까지 당할 수 있다니까. 오죽하면 운전사 마음이라고 하겠어. 저 노인네한테 잘못 걸리면 막무가내야. 밖으로 쫓겨난다면 나도 어쩔 수 없어. 버스를 타지 않고는 다리를 건너갈 수 없으니까. 웬만하면 신경 건드리지 말자고. 경치가 어때? 볼 게 없다고. 황량하지. 지금 당신 마음이 황량해서가 아니고. 지금은 힘들겠지만 천천히 포기하게 될 거야. 당신도 알잖아. 우리에겐 망각의 아스피린이 있다는 걸. 녹으면 다 진정되기 마련이야. 당신, 뭘 길러 본 적 있어? 난 말야, 예전에 토끼를 길러 본 적이 있어. 물론 다리를 건너와서지. 태어난 지 얼마 되지 않은 아주 작고 귀여운 놈이었지. 참 예쁘더군. 상자에 담아 방에다 두었지. 집토끼가 아니라 애완용으로 기르는 작은 놈이라고. 폴짝폴짝 뛰어다니는 게 눈에 넣어도 안 아플 녀석이었어. 기분 좋을 때면 공중으로 뛰어올라 머리를 흔들어 대는데 정말 귀엽더군. 근데 말야, 얼마큼 시간이 지나자 그만 그 토끼가 견딜 수 없어지는 거야. 심지어 죽이고 싶더라고. 어느 날은 참을 수가 없어 토끼의 목을 손으로 움켜잡았어. 너무 약해서 힘 한번 주면 그대로 부러질 것 같았어. 목을 붙잡고 있는데 토끼가 그 까만 눈으로 나를 뚫어지게 보더군. 녀석은 무슨 일이 벌어지려고 하는지 본능적으로 아는 얼굴이었어. 그대로 데리고 있다가는 다음번에 또 토끼 목을 비틀어 버릴지도 몰라 다른 곳으로 보내 버렸어. 당신은 그때의 내 마음을 알겠군. 잘하면 우린 마음이 통하겠어. 토끼 말인데, 어떤 감정이 지나치면 결국 모든 감정의 수위도 함께 올라가 버려. 이봐, 그런 눈으로 보지 말라고. 이런 일 한다고 아무것도 느끼지 못한다고 생각하는 건 착각이야. 인간들은 말야. 왜 그렇게 고정관념이 많은지 모르겠어. 편견이나 고정관념의 감옥을 만들어 그 안에 들어가 살아. 재미없게 말야. 사실 말야. 그런 관념들이 왜 생겨났겠어? 모두 다 왜 그렇게 울타리 안에다 처박아 두지 못해 안달이겠냐고? 편하게 지배하고 관리하기 위한 시스템이란 생각 안 들어? 권력을 쥔 소수의 인간들이 다수의 인간들을 다루기 위해서 만들어 낸 논리. 그러니까 좀 울타리 밖으로 나와 편하게 숨 쉬고 살면 좋을 텐데. 왜 그렇게 자신들을 가두지 못해 안달인지 모르겠어. 제도나 관습 안에서 사는 게 온전한 삶이라고 배우며 자란 죄지, 뭐겠어. 그렇게라도 세뇌시키지 않으면 사회는 굴러가지 않으니까. 저 위를 보고 줄달음치기에만 바쁜 사람들을 붙잡을 명분이 이제는 없는 거야. 그런 사람들에게 당장 당신은 죽을 수 있다고 말해 준들 내 말을 믿을까. 솔직히 자신이 금방 죽을 수도 있는 존재라는 걸 의식하고 사는 사람들이 얼마나 될까. 오히려 싸늘한 시선만 느낄 뿐이지. 이제 누구도 세상에 대해, 세계에 대해 의문을 품지 않아. 그건 시간 남아도는 사람들의 쓸데없는 생각으로 치부해 버려. 아 참, 무슨 얘기 하다가 옆길로 새었지? 토끼, 맞아. 처음 토끼와 지내게 되었을 때 정말 좋았어. 애틋했어. 어떨 때는 하루종일 녀석과 같이 지냈어. 놀아 주기도 하고 먹이도 주고 재롱도 받아 주고 같이 낮잠도 자고. 그런데 어느 순간, 이런 생각이 드는 거야. 내가 토끼를 기르는 게 아니고 토끼가 나를 기르고 있는 거라는 걸. 녀석을 예뻐 한 나머지 점점 아무것도 못하고 있는 날 발견했어. 일을 해야 할 시간이 되어도 나가기가 싫고, 억지로 나가서는 일도 손에 잡히지가 않았어. 토끼는 잘 있을까. 상자에 넣어 둔 먹이는 먹었을까. 밖에 나와 뛰어다니고 싶을 텐데 얼마나 갑갑할까. 혼자서 얼마나 쓸쓸할까. 토끼와 살 땐 일하고 싶은 의욕도 나지 않더군. 밖으로 나가서 일을 해야 하는데도 도무지 의욕이 생기질 않는 거야. 하루 종일 토끼 뒤만 따라다니고 녀석의 재롱을 받아 주었어. 잠깐이라도 안 보면 불안하고 걱정스러워서 미칠 것만 같았어. 그 감정의 파고가 너무 높아서 질식할 것만 같았어. 언제까지나 그런 긴장 상태로 살 수 있는 사람은 많지 않아. 그 긴장의 반대급부인지 어느 순간 화가 치밀어 올랐어. 토끼가 예쁜 만큼 지독한 분노가 차오르는 거야. 아무것도 못하게 나를 옭아매고 있는 저 토끼를 죽이고 싶다. 그런 감정을 겪고 나자 무서웠어. 무엇을

사랑한다는 게 겁이 났어. 곁에 있다가 순간적으로 목이라도 조를
지 누가 알겠어? 당신 생각은 어때. 무엇을 지독히 사랑하게 되면
그것을 파괴하고 싶은 욕망도 싹트는 걸까? 어쩌면 호르몬 밸런스
적인 화학 반응이 아닐까 하는 생각도 들어. 한 감정의 지나친 극
대화를 막기 위해 생물학적으로 조절하는지도 몰라. 호메오스타시
스. 항상성 같은 그런 것. 어제 뉴스 봤어? 세 살짜리 어린애를 한
강에 던져 버린 엄마 말야. 그 여자를 비난할 수도 있지만 잘 생각
해 봐. 그 여자가 어떤 정신 상태였을까를. 그 여자는 밸런스가 깨
진 거라고. 당신도 부정하지는 않을 거야. 당신이 한 행동도 마찬
가지니까. 결국 어쩔 수 없었잖아. 나는 충분히 이해한다고. 근데
문제는 내가 아냐. 면담할 때 당신 생각을 잘 어필하라고. 아마 변
명 따위는 통하지 않을 거야. 그들은 당신 배 속 내장까지도 들여
다보고 있으니까. 그냥 있는 대로만 얘기하라고. 판단은 그들이
해. 내게 그랬던 것처럼. 충고를 귀담아듣는 게 좋을 거야.

　점심시간이다. 아무도 빈을 쳐다보지 않는다. 누구도 빈에게 말
을 걸지 않는다. 아이들은 단순하다. 그들에게 익숙한 것은 진실이
고 낯선 것은 거짓이다. 그래서 낯선 것은 언제나 아이들에게 거부
감을 일으킨다. 도시락을 싸오지 않은 빈에게 같이 먹자고 하는 아
이는 한 명도 없다. 엄마는 빈의 도시락을 챙겨 주지 못했다. 엄마
는 미리 싸둔 도시락을 형의 가방 속으로 밀어 넣었다. 하나밖에

쌀 밥뿐이 없다는 엄마의 변명은 늘 듣는 소리였다. 빈은 그냥 말 없이 고개를 끄덕이고 말았다. 아침부터 엄마와 입씨름해 봤자 돌아오는 건 욕밖에 없다. 빵이라도 사 먹을 동전을 받은 날은 그래도 운이 좋은 날이다. 엄마는 늘 밥을 모자라게 한다. 그래도 형이 도시락을 빠뜨리고 가는 적은 없다. 빈은 얼마 전에 헤어진 친구들을 떠올려 보지만 얼굴이 생각나지 않는다.

도시 아이들만 냉정하다고 생각했는데 시골 아이들에겐 내숭이 없다. 그냥 온전하게 싫은 표정이 드러난다. 그게 더 쌀쌀맞게 보인다. 누가 말을 걸어도 빈은 대답하지 않을 것이다. 이제 빈에게 친구란 필요 없는 존재들이다. 자신은 얼마 있지도 않아 또 짐마차를 타고 낯선 행성으로 떠나야 할 몸이다. 이곳에서 졸업을 할 수 있을지 빈도 알 수 없다.

주말이 되었는데 단장은 오지 않는다. 집은 모처럼의 평화에 젖어 있다. 엄마는 단장이 오지 않으면 빈에게 조금 누그러진다. 엄마가 아버지를 싫어하는 이유는 한두 가지가 아니지만 제일 큰 이유는 가족을 떠돌게 하기 때문이다. 빈의 상상처럼 곡마단의 유랑 가족인 것이다. 엄마의 바람은 가족들은 한곳에 있고 단장만 부대를 따라 이동하는 것이다. 그것 때문에 두 사람은 무던히도 다투었다. 엄마는 아이들의 교육을 내세웠지만 단장은 물러서지 않았다. 자신보다 아이들 따위에 연연하는 마누라에게 정나미가 떨어졌다. 자신의 권위와 카리스마를 믿는 단장에게 가족들의 복종이란 절대

적인 것이다.

그러나 빈은 알고 있다. 이 고요함도 오래가지 못하리라는 걸. 엄마의 히스테리나 혹은 단장의 출현으로 인해 여지없이 무너지리라는 걸. 엄마는 빈을 미워한다. 잦은 이사에도 불구하고 언제나 좋은 성적을 유지하는 큰아이, 자신을 닮아 예쁘고 애틋한 막내딸. 좋은 머리로 공부하지 않는 빈은 나쁜 아이다. 빈은 시간을 낭비하고 쌀을 낭비하고 존재를 낭비하고 있는 쓸모없는 아이였다.

목조 주택의 현관이 부서져라 흔들리고 있다. 누군가 문을 발로 걷어차고 있다. 빈은 일어나 창밖을 내다본다. 술에 취한 단장이 비틀거리고 있다. 어디서 곤죽이 되도록 퍼마셨는지 몸 하나 제대로 가누지 못하고 있다. 단장이 현관문을 발로 차고 욕지거리를 퍼부어 댄다. 금방이라도 문이 부서질 것 같다. 누군가 문을 열어 주지 않으면 단장은 부수고서라도 들어올 태세다. 빈은 망설인다. 밑으로 내려가 단장하고 마주쳐 봤자 걷어차이거나 귀싸대기를 맞을게 뻔했다. 나무 계단을 천천히 내려가 아래층의 검은 난로를 지나쳤다. 현관으로 갈까 말까 주저하는데 안방 문이 열리고 엄마가 나왔다. 계단 밑으로 재빨리 숨었다. 엄마는 현관의 등을 켰다. 불빛을 등지고 서서 엄마는 얼굴을 문질렀다. 잠이 덜 깬 모양이었다. 심호흡을 크게 하는 소리도 들렸다. 단장이 다시 문을 흔들며 고함을 질러 대었다.

「빨리 안 열어?」

단장은 들어오자마자 엄마에게 돌진했다. 단장의 군화가 그대로 엄마의 다리를 향해 날아들었다. 엄마가 슬쩍 몸을 틀자 워커는 빈 허공을 갈랐다. 휙 스치는 소리만 났다. 단장이 비틀하더니 중심을 잃었다. 단장은 기둥을 붙잡고 욕지거리를 내뱉었다.

「왜 문은 안 열고 지랄이야.」

「재미 보느라고 시간 가는 줄도 몰랐겠지. 아예 날 새면 들어오지 벌써 들어와? 애들 깨기 전에 소리나 낮춰.」

「넌 애들밖에 없지, 이년아.」

「그럼 내게 준 게 뭐 있어. 그 저주받을 거 말고!」

단장이 흠칫했다. 술기운 때문에 몸도 말을 안 듣고 머리도 제대로 돌아가지 않는 것 같았다. 단장은 시끄러! 하고 고함을 지르곤 방으로 들어가 버렸다. 엄마는 마루에 주저앉아 숨죽여 울었다. 애들만 없었다면 이렇게 살지도 않았어. 그때 큰애만 들어서지 않았어도 이렇게 살지 않았다고. 저주받을 새끼들, 저주받을 새끼들. 엄마의 혼잣소리는 소름이 끼쳤다. 우리가 없었다면 엄마에게도 다른 인생이 있었을까. 엄마가 살아 보고 싶은 삶은 어떤 걸까, 빈은 잘 상상이 되지 않았다. 분명 이렇게 사는 건 아닌 듯싶었다. 엄마는 빈만 미워하는 게 아니었다. 엄마에겐 모든 자식들이 다 저주받을 새끼들인 것이다. 2층에서 아무것도 모르고 잠들어 있는 형과 여동생이 측은했다. 앞으로 둘이 아무리 빈정거려도 빈은 화가 나지 않을 것 같았다.

　성적표를 받아 든 엄마의 얼굴이 일그러졌다. 엄마는 성적표를 구겨 버리고 빈의 뺨을 때렸다. 그걸로도 성이 차지 않는지 어깨며 등이며 잡히는 대로 내리쳤다. 수학 문제를 풀던 형이 고소하다는 얼굴로 고개를 쳐들었다. 빈은 반에서 9등을 했지만 1등을 한 형에 비하면 형편없었다. 엄마가 비교하는 건 언제나 형이었다.

「이 새끼야, 형 좀 닮아라. 중학교에 가서도 이럴래?」

　빈의 입술이 터져 피가 흘렀다. 그래도 엄마의 손은 멈추지 않았다. 형도 여동생도 누구 하나 말리지 않고 바라보기만 한다. 여동생은 막대 사탕을 빨며 구경하고 있다. 여동생은 빈이 맞는 모습에도 싫증이 났는지 엎드려 연습장에 인형을 그리기 시작한다. 때리기에 지친 엄마가 그제야 손을 내렸다. 자신의 분이 풀릴 때까지 손을 휘두르고 나서야 엄마는 겨우 진정되었다. 특별한 일도 아니었다. 형이나 여동생의 반응도 늘 보는 일이기 때문이다. 성적표를 받아 오기 시작하면서부터 지금까지 빈은 형과 비교되면서 숱하게 맞았다. 처음엔 물론 성적 때문이었다. 그러나 때리는 횟수가 잦아질수록 이유는 더 이상 필요 없었다. 이제 빈은 엄마의 기분에 따라 맞았다.

　빈은 마당으로 나가 찬물에 얼굴을 씻었다. 입술이 너무나 쓰라려 눈물이 쏟아졌다. 찢어진 입술이 아물려면 또 며칠은 걸릴 것이다. 그때까지 아이들의 호기심 어린 눈길을 견뎌야 하고 선생님들의 질문을 피해야 하고 아무렇지도 않은 표정을 해야 할 것이다. 한 달에 몇 번씩이나 부어터진 입술과 퍼렇게 멍든 눈을 한 빈은 아이들의 궁금증과 따돌림을 불러일으킬 것이다. 그나마 한두 명의 친구들을 갖던 시절은 운이 좋았다. 이제 빈은 단장이 발령을 받아 다른 곳으로 빨리 떠나기를 간절히 바라고 있다. 어쩌면 낯선 행성을 찾아 헤매는 사람은 단장이 아니라 빈일지 모른다. 이곳이 아니라면 빈은 그 어떤 곳이라도 가고 싶다.

전나무에 앉아 있던 새가 푸드덕 날았다. 빈은 쓰라린 눈으로 새를 보았다. 하늘을 날아 순식간에 어디론가 가버릴 수 있는 새가 너무 부러웠다. 빈은 새가 되고 싶은 듯 날갯짓을 해보았다.

이제 다 와 가는데. 얼마 남지 않았어. 그래도 당신은 침착한 편이야. 이쯤이면 사람들은 울면서 떠나온 곳을 그리워하고 법석을 떠는데. 처음에는 얼떨결에 나와 같이 가던 사람들도 흐트러지기 시작하지. 그러곤 되돌아가겠다고 매달리기도 하고 협박하고 분노를 터뜨리고 한동안 소란을 피워 대. 근데 당신은 그렇지 않아 다행이야. 이제 버스가 강을 지날 거야. 그 강을 지나가면 당신이 살았던 곳의 모든 미련을 놓아 버리게 돼. 나도 그랬어. 그 다리를 건널 때는 열세 살이었지만 지금은 내가 몇 살인지도 모르겠어. 사람들은 생각하지. 당신이 살던 곳에서만 나이를 먹는다고 말야. 그러나 그렇지 않아. 강을 건너와서도 우리는 나이를 먹어. 생명이 끝난다고 모든 게 사라지는 게 아냐. 다시 새로운 삶이 시작되는 거야. 이곳에 와서 어떤 사람들은 성숙해지고 또 어떤 사람들은 지혜로워져. 또 반대로 전혀 변하지 않는 사람들도 있어. 모든 건 어디나 공평해. 찾는 사람만 변화가 있을 뿐이야. 만일 내가 열세 살에 머물렀다면 지금 이런 일을 할 수 있었겠어? 그래서 말인데, 당신한테 미리 얘기를 해두지. 혹시 나 같은 일이 하고 싶거든 먼저 양성소에 들어가야 할 거야. 거기선 우리가 해야 할 모든 것들을 가르쳐 줘. 몇백 년 전까진 규칙이 까다로웠어. 당신이나 나처럼 자신을 해친 사람들은 아예 들어갈 수가 없었지. 그러나 그것도 평등법에 어긋난다는 여론을 받아들여 조항이 바뀌었어. 내게는 참 다행스런 일이었지만. 당신과 함께 바다로 투신했던 여자는 병원에서 깨어났어. 그 여자는 저 강 너머에서 더 살다가 올 거야. 그러니까 잊으라고. 얼마 동안 그 여자는 당신을 생각할지도 몰라. 그러나 아스피린이 녹기 시작하면 다 소용없어. 여기서 지내는 일도 그리 심심하지는 않을 거야. 당신이 일을 찾는다면 말야. 나 같은 일이 하기 싫으면 다른 일도 얼마든지 있어. 강 너머에 사는 사람들의 텔레비전을 볼 수도 있고 영화를 봐도 상관없어. 우리는 얼마든지 전파를 잡을 수 있으니까. 단 그쪽 사람들에게 나타나서도 안되고 얘기를 해서도 안 돼. 가끔 말야, 그걸 어기는 사람들이 있어. 이따 버스가 다리를 건너갈 때 잘 보라고. 몰래 넘어가는 사람들을 막으려고 경찰들이 지키고 있어. 그러나 골키퍼 있다고 골 안 들어가나. 규칙을 정해 놓으면 몸이 근질근질한 자들은 어디나 있기 마련이야. 꼭 경찰 눈을 피해 강 너머로 몰래 건너가는 자들이 있어. 그들은 난민이 되어 떠돌아야 돼. 뒤쫓는 경찰들 때문에 늘 도망다녀야 하고. 왜 그렇게 힘들게 살려고 하는지 몰라. 이곳에서 적응하며 살아가는 것도 재미있는데 말이야. 그러니까 당신은 꿈도 꾸지 말라고. 이제 다리를 건너네. 어때, 무서워? 매번 이곳을 지나갈 때마다 하는 생각인데 아찔해. 강이 아니라 바다라고 표현하는 게 맞을지 몰라. 저 포효하는 물살이 정말 대단해. 당신 눈이 붉어지고 있어. 울고 싶으면 울라고. 이제 그런 미련도 다 사라질 테니. 그날 말야, 목조 주택에 불을 지를 때, 내 정신은 말짱했어. 학교에 갔다가 오니 집이 비어 있었어. 엄마는 형과 여동생을 데리고 읍내로 나갔을 거야. 아침에 여동생이 제과점에 간다고 자랑했어. 나도 가고 싶다고 치밀어 오르는 말을 겨우 삼켰어. 숙제도 하기 싫어서 방에 엎드려 있다가 부엌으로 들어갔어. 성냥 통이 눈에 들어오더군. 집 밖으로 들고 나갔어. 심심해서 하나씩 불을 붙이며 놀았지. 하나가 다 타들어 갈 때쯤 다른 것에 불을 붙였어. 내 발밑에는 까맣게 탄 성냥들이 수북했어. 꽤 시간이 흘러갔어. 엄마와 형과 여동생은 돌아오지 않았어. 단장도 몇 주째 집에 코빼기도 보이지 않고. 이번에는 그놈의 알츠하이머병이 꽤 오래간다고 생각했어. 아버지는 아예 월급도 가져다주지 않은 모양이야. 돈이 떨어졌다고 엄마가 울상을 지었으니까. 엄마 말대로 단장은 단단히 바람이 난 건지도 몰라. 엄마는 가지고 있던 패물을 하나씩 팔았어. 어쩌면 그날도 패물을 팔러 읍내로 나갔을 거야. 제과점에 데려가겠다고 여동생을 달랬겠지. 성냥을 긋다가 문득 이런 생각이 들더군. 엄마는 이 집의 모든 것이 싫다고 했어. 삐걱거리는 계단, 바람이 스며드는 창문틀, 비명을 지르는 서까래, 웅웅거리는 지붕, 집을 둘러싸고 있는 검은 소나무와 전나무들, 의자와 밥상과 난로 들, 또 있어. 저주받을 새끼들. 이 집이 없어지면 식구들은 여길 떠나겠지. 어쩌면 단장만 이곳에 남을지도 몰라. 전나무 가지를 수북하게 꺾어 집으로 들어왔어. 엄마가 싫어하는 것들을 모두 없애 버리고 싶었어. 나뭇가지에 불을 붙여 창문틀을 향해 던졌어. 유리가 깨지며 불꽃이 확 일어났어. 나무들은 금방 타들어 가기 시작하더군. 안방으로 들어가서 엄마의 화장대에다, 이불에다, 단장의 양복에다 차례로 불을 놓았어. 방 안은 금세 매캐해지며 타올랐어. 라디오에 불붙은 나뭇가지를 던지고, 엄마가 그토록 싫어하는 방문에다 의자에다 밥상에다 진열장에다 차례로 불을 붙였어. 2층으로 올라가 삼중당 50권 전집을 끌고 내려왔어. 하나씩 꺼내서 불을 붙여 부엌으로 던졌어. 책들은 불티를 날리며 타올랐어. 전나무 가지는 별로 남지 않았어. 마지막에 불붙인 나뭇가지를 계단에 던졌어. 이제 불길은 거세게 위를 타고 올라갔어. 곧 있으면 엄마가 싫어하는 이 집의 모든 것들이 사라질 거야. 드디어 지붕과 서까래가 무너지며 불똥이 내 머리로 튀기 시작했어. 그 여름 한낮처럼 뜨겁더군. 나는 불길을 피해 이리저리 집 안을 미친 듯 뛰어다녔어. 펑펑 폭죽 터지는 소리가 나며 사방에서 불꽃이 치솟았어. 그다음부터는 걷잡을 수가 없었어. 붉고 파란 불꽃이 삽시간에 긴 혓바닥을 날름거리며 나를 붙잡았어. 불길이 너무 세차서 어디로 피해야 하는지도 모르겠어. 이제 불꽃은 내 머리뿐만 아니라 얼굴에도 팔에도 다리에도 붙었어. 옷과 살이 타는 냄새가 지독했어. 이제 내가 사라질 차례였나 봐. 저주받을 새끼가 사라진다면 엄마는 지금보다 행복해질 거야. 어쩌면 처음으로 칭찬을 듣고 싶었는지도 몰라. 맞는 건 이젠 정말 지겹고 싫었어. 마룻바닥에 길게 누웠어. 아무것도 보이지 않았어. 오로지 뜨겁기만 했어. 너무 뜨거워서 엄마를 부르고야 말았어. 부르지 않으려고 했는데 어느새 엄마, 엄마 하고 부르짖고 있더군. 그렇게 어딘가로 떠나기를 열망했는데, 세 살 7개월부터 집을 벗어나고 싶었는데 이제야 꿈이 이루어지는 것 같았어. 너무 뜨거워 점점 숨을 쉴 수가 없었어. 마침내 내가 찾은 낯선 행성은 너무 뜨겁고 매운 곳이었지. 이곳에 와서 나는 알았어. 내가 엄마한테 빼앗은 것을. 그전에는 보이지 않던 것들이 여기 와서는 보이는 거야. 나도 나이를 먹어 가니까. 이건 비밀인데, 사람들을 데리러 강 너머로 갈 때 엄마가 혼자 살고 있는 임대 아파트를 지나갈 때가 많아. 뭐, 엄마 앞에 나타나거나 얘기를 하지는 않으니까 규칙 위반은 아니지만 떳떳하지도 않아. 그러니까 듣고 잊으라고. 엄마는 혼자 살더군. 형이나 여동생도 엄마를 버렸어. 단장과는 오래 전에 이혼했고 두 자식들은 찾아오지도 않는 것 같았어. 그 임대 아파트를 얻어 주는 것을 끝으로 형과 여동생은 발길을 끊었어. 그 좁은 아파트에서 백발 노파가 되어 하루 종일 향만 켜고 앉아 있더 군. 염주를 굴리면서 내 명복만 빌고 있는 게 안타까워. 엄마를 데 리러 내가 갈지도 모르겠어. 원래 가족이나 친척은 다른 사자가 가 는데 엄마만큼은 내가 가고 싶어. 이제는 엄마와 화해를 하고 싶으 니까. 이곳에 와서 그걸 깨닫다니 난 참 늦된 편인가 봐. 드디어 강 을 넘었군. 버스가 멈추고 다른 사람이 내릴 때까지 조금만 기다리 자고. 지금 얘기하고 싶으면 말해 봐. 왜 당신이 그 여자와 정사(情 死)를 시도했는지를 말야. 싫으면 괜찮아. 어차피 좀 있으면 다 얘 기해야 하니까. 조사 위원회의 면담을 마치면 당신은 대기자 숙소 로 가게 될 거야. 일종의 오리엔테이션을 받는 거야. 이곳에서의 생활과 앞으로 살아갈 날들에 대해서. 죽음은 끝이 아니라 새로운 시작이라는 걸 모두들 몰라. 다시 살아야 한다고 하면 징징거리는 사람들도 있어. 그걸 알았다면 서둘러 오지 않았을 거라고 후회하 는 사람들도 봤어. 당신은 담담한 게 마음에 들어. 내가 보기엔 이 곳에 잘 적응하고 살 거야. 버스가 멈추네. 자, 천천히 내리자고. 저 앞에 붉은 벽돌집 보이지? 거기가 조사 위원회가 있는 곳이야. 내 일은 이곳까지 당신을 데려오는 것이고 나머지는 그들이 알아서 할 거야. 이제 문을 열고 들어가라고. 이곳에서 헤어지는 게 좋겠

어. 웬만하면 이런 말 하지 않는데 말야. 어려운 일이나 힘든 일이
있으면 날 찾아오라고. 기꺼이 말벗이 돼줄 테니까. 그럼 행운을
빌어.

■ 해 설

순환을 거부하는 불량배, 혹은 '어둠'에 관하여

최성실(문학평론가)

1. 불멸하는 불량배

순환을 거부하는 불량배들이 있다. 교활하고 방탕한 자라고 불리는 이들은 품행이 나쁘다는 이유로 인간들 사이에서 분리되거나 배척당한다. 도시의 음험한 골목길에서, 바퀴처럼 제자리로 돌아오는 반복을 저주하며 외압과 무관한 방식으로, 자기만의 어둠 속에 침잠하고 싶어 하는 자들. 채워지지 않은 텅 빈 공간 속에서, 아무것도 결정된 것이 없는 무중(霧中)의 공간을 배회하는 자들은 비결정적인 공백 속에서 무노동, 노동의 중지, 어떤 위기, 음욕, 방탕, 방종, 유혹, 탈선을 즐기며 '적극적'인 불량배가 되어 가는 것이다. 유혹과 매혹을 무기로 교태를 부리면서 치장하는 여자들과 발정기의 공작 같은 남자들이 규범과 예절을 파괴하고 불손함을 즐기면서 자기만의 어둠을 찬양한다.

고전적 의미에서, 불량배란 상류층으로부터 떨어져 나와 이들의 권위와 허위를 비웃는 젊은이였다면, 우리 시대 불량배는 그것보다 훨씬 내면 속에 침잠해 있고 더욱 개별적인 방식으로 존재한다. 자신의 욕망 추구가 허용되기를 바라며, 자유와 방종을 누리고자 하는 이들은 이제 특정 계층이나 계급에 국한되어 있지 않다.

임정연 소설에 등장하는 수많은 불량배들은 법망을 피해 야생호랑이를 키우거나 음습한 가슴 속의 음지를 넓혀 가며, 누구도 모르는 자신만의 절대적 어둠 속에 파고들면서, 순환의 바퀴 안에 들어가기를 거부하는 인간들이다. 그러므로 그녀의 소설은 어둡고 침침한 자신만의 동굴 속에서 음욕과 방탕과 유혹과 욕망의 극단을 횡단하는, 이 시대 다양한 불량배에게 바치는 일종의 헌사인 것이다.

《스끼다시 내 인생》에 등장하는 주인공들은 10대 소년 소녀이거나 적어도 20대 초반의 여성들이다. 그들은 '빠꾸리', '씹새', '담탱이' 등과 같은 생생한 현장의 언어(?)를 구사하며, 오토바이를 타고 질주한다. 마치 일탈 행각과 '빠구리'에 정신이 팔려 있는 듯 보이고, 즉흥적인 탈선은 불량함의 최전선이 무엇인지 말해 주는 것처럼 보인다. 그러나 다른 한편 그녀 소설의 주인공들 중에는 그런 불량배조차 되지 못하는 인생으로 처음부터 타락해 있거나 쓸모없는 인간으로 분류된 소위 스끼다시 인생을 '살고 싶어 하는 자'도 있다. 페이소스가 깔려 있기는 하지만, 그 선택 또한 자발적인 자기 판단에 기인한다는 면에서 불량배와 통하는 바가 있다. 작가는 화려한 문체로 멋을 부리거나, 얄팍한 트릭을 철저하게 배제시키면서, 가족과 학교를 뛰쳐나온 불량배와 불량배조차 될 수 없어 스끼다시로 분류된 인간들의 자기 파괴 욕망을 따라간다. 그리고 자기 파괴 욕망을 파먹으며 증식하는 '어둠'과 스스로 자멸하는 자들 안에 숨겨져 있는 '자기성'에 대한 집요한 탐색을 시작하고 있는 것이다. 그 탐색의 첫 줄은 이렇게 시작된다.

2. 날아라, 스끼다시 내 인생

"나의 패배는 문자로부터 왔다"(《스끼다시 내 인생》)라고. 핸드폰의 문자 메시지는 타인과의 말 대신 주고받는 의사소통의 최전선에 있다. 심지어 이렇게 나의 패배까지 알려 주지 않는가. "우리가 세상을 배우는 곳은 인터넷이다"라는 전언에는 이미 의사소통의 방식으로 깊게 자리 잡은 디지털과의 소통에 대한 욕망이 꿈틀대고 있다. 컴퓨터를 통해서 배우는 세상은 적어도 의식적인 차원에서 무엇인가를 가르치지 않으며, 강요하지 않는다. 집에서 아버지가 하는 잔소리와 학교 선생님의 강압적인 태도와 인터넷 매체가 다른 면이 있다면 바로 그것이다. 지누와 '나'는 그런 인터넷을 통해 세상을 배웠다고 당당하게 말할 수 있다. 사실 10대들이 인터넷으로 세상을 배운다는 전언이 뭐 그리 신선한 것이 있는가라고 반문할 수 있을 것이다. 살인과 죽음 충동으로 내면이 들끓은 신종 괴물 인간에 관한 소설의 시작이 모두 그렇지 않느냐고. 물론 그렇다.

우리 시대 새로운 바이러스 종자를 만들어 내는 곳은 공식적인

네트워크다. 그러므로 문제는 그렇게 단순한 것에 있지 않다. 나의 패배를 알려 주는 문자 메시지가 중요한 것이 아니라 일방적으로 통보되는 결과에 대한 무조건적인 승복이라는 '조건적인' 상황에 있다는 것이다. 내가 독서실에까지 가지 않으면서 지누와 벌이고 있는 헌팅 게임은 단순한 문자로 상황을 전달받을 만큼 가벼운 것이 아니다. 결과는 한 문장으로 요약되어 전달되어 왔지만 우리에게 이 게임은 학교에 빠지고 엄마를 속여 가면서 자신만의 인생을 만끽하기 위해서 벌이는 일종의 도박이라는 것이다.

집에도 들어가기 싫고 학교에도 가기 싫으며, 당연히 공부조차도 별다른 흥미를 느끼지 못하는 나에게 있어 인생의 유일한 낙이 있다면 그것은 바로 길거리에서 여자 아이와 눈 맞아 멋지게 연애나 하는 것이다. 그것만이 유일하게 나의 선택에 의해서 이루어지고 결정이 되는 것이라는 사실. 그렇다면 같은 레일 위에서 반복적으로 순환하는 수레바퀴 안에 들어가지 않기 위해서는 어떻게 버텨야 하는가. 자기 안에 숨겨져 있는 짐승의 시간을 포기하지 않는 것밖에는 다른 방법이 없는 것이다.

만약 정보의 바다에 허우적대면서 살아야 한다는 둥, 머릿속에서는 전쟁이 났다는 둥 하면서 현실과 비판적인 거리를 두는 것은 독서실 총무 고시생처럼 현실에서 살아 남기 위해서 열심히 고시 공부에 매달려야 하는 순환의 고리 속으로 다시 들어가는 자신을 합리화시키는 것에 불과한 것이 된다. 그러니 현실이 어쩌구 하면서 비판하고 거리를 두기 보다는 차라리 그 안에서 짐승 같은 현실의 어둠을 타고 넘으면서 살아가는 것. 그것이 체제 안으로 들어가지 않는 방법이라는 것이다. 왜냐하면 나는 이미 체제 안에서는 보잘 것없는 짐승일 뿐이므로.

연예인이 영웅인 시대이지만 외모가 달리는 나로서는 애시당초 그 길과는 거리가 멀고, 고시생에 비하면 머리가 달린다. 하지만 문제될 것 없다. 나에게는 여전히 삼삼한 그녀가 있고, 그녀의 3층 방을 향해 올라갈 창문이 있으면 그뿐이다. 누가 이렇게 희망차게 살고 있는 나에게 스끼다시 인생이라고 할 수 있을 것인가. 스끼다시를 중심으로 옮겨 놓으면 잘 차려진 상에서 본 음식이 스끼다시에게 밀릴 수밖에 없는 것 아닌가. 중심 메뉴가 스끼다시이고, 스끼다시가 중심 메뉴인 세상에서 나는 살아간다는 것이다. 자발적인 의지력에 의한 확실한 선택은 자신을 주변인이라고 확실하게 인식하면서 중심과 주변을 뒤집어 버릴 수 있는 너스레로부터 주어진다. 철없고 미숙해 보이는 사고뭉치의 이들은 이렇게 자신의 불량함을 즐긴다.

〈바나나편〉에는 이 너스레가 더욱 희화적인 방식으로 풀어져 있다. "미노의 숨결이 색색거린다. 비디오방에 가자고 할 때부터 알았다. 내가 순진하게 영화 한 판 때릴 줄 알고 따라온 줄 안다면 만만의 말씀이다. 역시 XY는 XY일 뿐이다. 학명, 바나나, 사는 곳, 바지 속, 기후 조건, 습하고 따뜻한 곳을 좋아함, 아니면 말고"에서 짐작할 수 있듯 우리 시대 청소년은 이렇듯 조숙하다. 아니 조숙한 것이 아니라 오히려 어른과 차이가 별로 없는 문화적 자장 안에서 살고 있는 것이 현실이 아닌가.

이 소설의 '내'가 초딩(초등학생) 때부터 사귄 애들을 세려면 열 손가락이 모자란다. 그 애들 중에서 같이 잔 적이 있는 아이는 없었지만 중딩(중학생)이 되면서부터는 같이 자기도 했다. 그러나 사랑 따위는 믿지 않는다. 개나 고양이나 책을 사랑하면 골치가 덜 아프다. 왜냐하면 배신을 때리지 않기 때문이다. 아빠는 바둑에 미쳐 있고 오빠는 로또에 빠져 살지만 난 전혀 관심이 없다. 아버지나 오빠를 중심에 두고 오이디푸스 콤플렉스 운운하는 일 따위는 하지 않는다는 것이다. 그들은 나에게 전혀 어떤 트라우마의 대상조차 되지 못한다. 내 안의 자의식은 그것조차도 허용하지 않는 것이다.

아버지란 존재는 목욕탕 집 아줌마, 두 박자 아줌마와 눈이 맞은 한심한 인간이다. 그러니 바람 난 아버지의 무책임함을 추궁하고, 파탄 날 가정의 앞날을 심각하게 걱정할 욕망조차 생기지 않는다. 단지 내가 마음에 꺼림칙하게 느끼는 것은 하고 많은 고상한 아줌마를 두고, 하필이면 두 박자 아줌마와 바람이 났다는 사실이다. 그러니 여관에서 나온 아버지에게 내가 해줄 수 있는 말은 "아빠 하기 나름이야"밖에 없다. 내 신세보다 더 답답한 아버지의 신세를 위로해 주어야 하는 것이 지금의 입장인 것이다. 오빠 또한 한심하기는 마찬가지. 그는 대박 인생에 모든 것을 걸고 있다. 그렇게 각자 사는 거다.

이미 모든 것을 간파하고 있는 나에게 가족이 트라우마가 되는 일은 생기지 않는다. 가족 구성원도 특별한 동일성을 유지하고 있지 않은 것이 임정연 소설의 특징이기도 하다. 아버지가 권위주의적이며 가부장적 사유에 눌려 있지 않으며, 어머니가 모성애적 본능에 시달려 희생하는 인물로 등장하지도 않는다. 가족 안에 중심은 가족 구성원 각자의 삶의 방식 속에서 해체되어 존재하며, 내 삶의 방식도 그 해체된 중심 속에서 영유되는 것이다. 그러니 중심을 뒤집어 놓고 생각해 보면, 쫓겨나야 마땅한 내가 주인이 아닌가. 나에게 트라우마를 만들 수 있는 대상은 사실 나 자신밖에는 없는 것이다. 그것이 불량배가 살아가는 방식인 것이다.

3. 자기성을 향해 있는 '윤리'

〈달빛〉의 영재, 필수는 미성년인 미경이를 성인 남자와 성관계를 갖게 하고 그 남자를 협박하여 돈을 뜯어내면서 살아간다. 영재와 필수는 러시아 여자들하고 "빠구리를 쳐보는" 것이 소원이다. 도시의 어두운 곳을 헤집고 다니며, 질주하면서 살아가는 이들이 기성세대에게 갖는 반감이나 적대감은 추상적이고 관념적인 것이 아니다. 영재와 필수, 미경은 어리지만 이미 어른들 세계의 가장 추한 것들을 직접적으로 겪었거나, 이에 희생양들이다. 이를테면 한 건

하려고 들어갔던 빈집에서 오히려 변기에 앉아 죽어 있는 늙은이를 본다든지, 혹은 미경을 성추행한 장본인이 담임 선생님이었다든지 하는 일들은 신문이나 방송을 통해 들은 간접적인 사건이 아니라는 것이다. 왜 하필이면 자신에게 그런 일들이 생겼는가에 대한 반문의 여지도 없이 너무도 당연한 현실로 닥친 일들이다. 그러니 정상적인 현실은 어떠한 것이고 비정상적인 세상은 어떻게 생긴 것인가. 젊은이들이 욕정을 억누르지 못하고 서로 엉겨 있으며, 반 여학생을 성추행한 담임을 각목으로 패주는 행위 또한 지극히 정상적인 행위가 아닌가라는 것이다. 그리고 그들은 거듭 묻는다. 과연 이 사회를 움직이는 정상과 비정상의 경계란 무엇인가라고.

작가의 시선은 여기에서 한걸음 더 나간다. 작가는 적어도 그 불량배들에게는 '윤리적 감각'이라도 있지 않은가라고 묻는다. 이들은 무조건 죽이고 무시하며, 무관심하지 않다는 것이다. 이들의 얇은 지식이나 정보와 같이 외부로부터 주어진 것이 아니다. 열심히 공부해서 좋은 대학에 가고, 돈을 많이 버는 것이 사회의 일원으로서 갖추어야 하는 윤리가 아니라는 것이다. 단지 그들에게 윤리란 개인이 자신의 위험을 감수하고 자신을 위해, 자기로부터, 자기 안의 자각으로부터 주어지는 것이며, 최후 권력의 기원이 바로 자기 자신임을 아는 권리를 의미하는 것이다. 임정연 소설은 이 윤리 감각을 향해 움직인다.

〈팬터마임, 여름〉에 등장하는 열아홉 살의 기호는 인터넷에 자신이 쓴 글을 다른 사람이 읽어 줄 거라고 생각하지 않았다. 그것도 폭발적인 인기를 불러일으킬 거라고 생각하지 않았다. 그러나 언제부턴가 컴퓨터에 빠지게 되면서 그는 잠을 자거나 누워 있을 때도 컴퓨터를 켜 놓았으며, 리플이 많이 달려야 사람들의 관심을 끌기 때문에 다른 사람의 주민등록번호를 가져다가 가입을 하고 자신의 글에 리플을 달기까지 했다. 그런데 언제부터인가 사람들이 자신의 글에 관심을 갖지 않게 되었다는 것이 사건의 발단. 사람들은 변덕이 심했고, 금세 새로운 사이트로 몰려갔다. 누군가 기호의 글을 지워 버리기도 했다. 기호는 자신의 글을 지운 "쥐새끼들"에 대한 증오심을 억누를 수가 없었다. 이제 컴퓨터는 기호의 유일한 친구가 아닌 것이다.

세상은 점점 더 기호에게 어두운 어떤 것으로 느껴졌다. 집 밖에서도 기호에게는 호의적인 것이 아무것도 없었다. 정복을 한 경찰은 기호에게 아무런 이유 없이 주민등록증을 요구했고, 없다는 기호의 말에 정강이를 걷어찼다. 어느 날 그는 목이 말라 맥주를 사러 편의점에 들어갔고, 어처구니없게도 남자 하나를 붙잡아 인질극을 벌인다. 그는 단지 맥주를 마시고 싶었을 뿐이며 마음속에 쥐새끼들에 대한 복수심이 차 있었을 뿐이다.

사실상 기호는 어렸을 적부터 운동을 좋아했고 변호사 따위는 되고 싶지도 않았다. 그런 기호가 컴퓨터에 빠진 것에는 이유가 있었다. 컴퓨터 안에서는 누구도 자신에게 강요를 하지 않았다. 의사가 되라고도 대학에 가라고도 하지 않는다. 기호는 여러 사이트를 돌아다니면서 댓글을 달았다. 사람들은 호의적이었고 기호는 자신이 받아 보지 못한 관심과 호응을 얻었다. 그래서 자기는 집 안에 틀어박혀 컴퓨터를 했던 것이다. 아버지에게 맞아 죽어도 학교만 가지 않을 수 있다면 좋았다.

그런데 이 지경에까지 이르게 된 것은 기호의 엄마가 기호를 병원 사람들과 방문을 부수고 들어와 정신 병원으로 실어 간 데 원인이 있다. 그가 방에서 나오지 않은 지 2년 만이었다. 이에 대한 사회 심리학자의 논평은 간단했다. 요즘 은둔하는 아이들이 늘어나고 있으며, 그 아이들은 전혀 온순하지 않다는 것, 그리고 갑자기 광포한 아이들로 변한다는 것이다. 그렇다면 문제의 국면은 어디에 있는 것일까. 원점으로 돌아가서 생각해 보면 가족부터 시작해서 사회는 처음부터 강요와 억압을 가르친 집단이 아닌가라는 것. 그러니 아이들이 진정한 자유의 의미를 알 수 있었겠는가라는 것이다. 그렇기 때문에 자유를 드러내는 방식이 지극히 폭력적인 방식으로 왜곡될 수밖에 없는 게 아닐까라는 것이 작가의 전언이다. 그러나 이 짐승의 포악스러움이 단지 그들만의 것일까. 이 광포한 광기가 어쩌면 인간이 마지막까지 포기하지 못하고 간직하고자 하는 어떤 것 아닐까. 아무도 모르는 저마다의 어둠을 자기로 향해 있는 윤리 감각을 통해 다시 묻기. 젊은 작가 임정연은 누구보다 이 어둠을 향해 내밀한 촉수를 뻗어 나가고 있는 것이다.

4. 야간 비행을 꿈꾸는 유령들

〈사랑의 살해〉는 말 그대로 사랑해서 살인을 할 수밖에 없었던 사람의 이야기다. 그것도 가족을. 어떻게, 불에 태워서. 내가 집을 떠나기로 마음먹은 것은 세 살 7개월 때였다. 나에게 관심이 있는 것은 파리 하나가 전부였던 시절이었다. "죽지는 않겠지만 맞을 때마다 쓰리고 아프다. 밤마다 어두운 방구석에서 뒤척이며 해독제를 바르지 않으면 견뎌 낼 수도 없다. 그래 그 정도로 죽지는 않아. 죽어서도 안 되지. 그래서 더 화가 나. 엄마의 벌칙은 간단하다. 다른 식구들이 다 먹을 때까지 빈을 먹지 못하게 한다. 형과 여동생이 라면 가락을 말아 올리는 걸 바라보다 빈은 침을 삼키고 말았다. 식구들은 만족스럽게 라면을 먹고 있다. 곡마단 단장도 제 목으로 넘어가는 거밖에는 모른다. 지독하게 낯설다. 낯선 행성은 밖에 있는 것이 아니다. 저 마을 안, 한 번도 가보지 않은 신작로, 나무들, 우물 근처, 상점들이 아니다. 바로 여기 둘러앉아 있는 식구들이 빈에겐 낯선 행성들"일 뿐이다.

엄마는 고기만을 편식하는 형에게 고기만을 주었다. 물론 엄마는 사랑이라고 생각했을 것이다. 형을 지독하게 편애했던 엄마의 과도한 사랑은 중1짜리 형을 90kg이 넘는 코끼리로 만들었다. 그런 집안에서 아버지는 곡마단 단장에 불과했다. 서커스 곡마단처럼 이리저리 무대를 옮겨야 하는 아버지는 곡마단 단장과 다를 바가 없었던 것이다. 그렇다면 엄마는 빈을 왜 미워하는 것일까. 이유는 간단하다. 형보다 공부를 못하기 때문이다. 빈이 가족의 일원이 된 날부터 배운 것은 개인의 권리나 자유가 아니다. 가족이 가르친 것은 사회적 경쟁심과 타락에 대한 공포였던 것이다. 그 공포심은 드디어 '집' 자체에 대한 두려움과 파괴적 행동으로 전이되기 시작한다. 그리하여 빈은 집에 불을 지르기로 결심하였던 것이다.

물건 떨어지는 소리, 무언가 깨지는 소리, 그 뒤로 엄마의 비명 소리가 이어진다. 빈은 몸을 떨었다. 모두 다 이 집 때문인 것 같다. 검은 나무들, 디딜 때마다 소리를 내는 마룻바닥, 바람에 끼익거리며 흔들리는 서까래, 지붕들 (……) 내 천적은 엄마다. 그리고…… 엄마의 천적은 단장이다. 눈물이 굴러 떨어진다. (252~253쪽)

천적들이 함께 모여 사는 집은 나무로 만들어졌으니 얼마나 잘 타겠는가. 새가 되고 싶은 욕망에 시달린 빈은 그렇게 하고도 아무런 죄의식에 시달리지 않는다. 왜냐하면 어느 누구도 그 집을 좋아하지 않았기 때문이다. 엄마, 단장(아빠), 형, 그들이 싫어하는 집을 불길 속에 날려 준 것뿐이다. 그리고 자신이 사라지기를 바라는 식구들을 위해서 타오르는 집 바닥에 길게 누웠을 뿐이다. 어떻게 되었냐고. 당연히 죽어서 유령이 되었다는 것. 지금은 유령이 되어 자기처럼 일상의 규칙을 견디지 못하고 강을 건너 버린 사람들을 다른 강변으로 데려다 주는 사자의 임무를 수행하고 있다. 유령이 되고 나니 이제야 비로소 자기 자신으로 살아간다는 것이 무엇인지 알겠다는 것이다. 그것이야말로 자신 안에 움츠리고 있는 뭔지 모를 어둠 'X'를 발견하는 것이었다. "어떤 감정이 지나치면 결국 모든 감정의 수위도 함께 올라가 버린"다는 것. 그 어둠이 밖으로 쏟아져 나와 걷잡을 수 없는 파국의 지경이 되면 그를 관리하고 지배하려던 모든 시스템은 아무런 기능을 하지 못한다는 것이다.

〈야간 비행〉의 나는 발달 장애자 오빠(정섭)만을 그리워하면서 엄마에 대한 양가적 감정을 갖고 있다. 엄마가 타고 있는 휠체어를 밀어 버리고 싶다는 충동을 느끼면서도 한편으로는 그녀에 대한 연민의 감정을 숨기지 못하는 것으로 그 감정은 드러나곤 한다. "당신이 깨기 전에 돌아가야 한다는 것이 생각났다. 그 순간, 포대기에 싸인 날 받아 안았을 젊은 당신이 떠올랐다. 처음으로 당신이 보고 싶었다"는 전언에서 알 수 있는 것처럼 떨쳐 버릴 수 없는 엄마에 대한 그리움을 간직하고 있다. 하지만 그녀는 결코 그런 엄마나 분열된 가족의 상처를 치유하기 위해서 몸부림치지 않는다. 그녀의 욕망은 가족을 다시 재건하고 장애자인 오빠를 찾아 뭔가 새로운 시간들을 만들어 보고자 하는 데 있지 않다는 것이다. 그녀의 욕망은 오히려 자신 안에 갇혀 있는 포악한 광기를 드러내고, 자신만의 방식으로 이를 실현해 보고자 하는 것에 있다. 야간 비행이란 이에 대한 비유적인 표현일 뿐이다.

5. 미노타우로스의 시간들, 어둠 속을 떠돌다

보편적인 어둠이 아닌 개별자의 어둠을 통해 작가는 무엇을 말하고자 하는가.

〈개와 늑대의 시간〉은 "프랑스 사람들은 해 질 녘을 이렇게 부른다. 개와 늑대의 시간. 땅거미가 내리고 어둑해지면 개인지 늑대인지 더 이상 구분이 되지 않는다. 우리 삶에도 그런 시간들은 언제나 존재한다. 혼돈의 시간이며 박제의 시간이며 라비린토스를 헤매는 미노타우로스의 시간들. 태초의 시간이며 최후의 시간들. 그런 시절은 누구에게나 있다."

어린 시절 어둠에 대해서 들었던 이야기들은 모두 공포스러운 것들과 맞물려 있었다. 밤에는 긴 머리의 혼령들이 돌아다닌다는 둥, 귀신들이 방문으로 몰려와 흐느끼며 운다는 둥.

그렇게 공포를 조장하며 어둠의 섬뜩함을 가르친 삼촌이 당신은 미웠다. 그런 삼촌도 시련을 당하자 "목련은 나무의 연꽃"이라는 말을 남기고 떠났다. 그러고는 모든 사람들과 연을 끊어 버렸다. 그 후 당신이 물어물어 찾아간 삼촌은 어린 여자와 살고 있었고 아이까지 있었다. 하지만 편지에 삼촌은 한번도 그런 이야기를 한 적이 없었다. 이번에는 당신이 삼촌에게 귀신이나 하늘의 별에 대해서 이야기해 주고 싶다고 생각한다. 삼촌에게서 내가 배운 것은 "모든 것은 본래 그 자리의 본질일 뿐"이며, 각자에게는 아무도 모르는 '그들만의 어둠'이 있다는 사실이다.

〈어둠에 관하여〉에는 뉴욕에 사는 남자가 뱅골 호랑이를 키우다가 잡혀 갔다는 에피소드가 삽입되어 있다. 날마다 사 가는 고기 양이 많아서 푸줏간 주인으로부터 먼저 의심을 눈길을 받기 시작했으며, 아래층 사람도 시끄러워 잠을 못 잤다는 것이 상황을 급격하게 몰고 갔다는 것이다. 결국 뉴욕 남자는 체포되고 호랑이는 동물원에 보내졌다는 것이다. 그녀는 생각한다. "호랑이는 남자의 어둠 아니었을까"라고. "남들로부터 도망칠 수 있고, 숨을 수 있는 어둠, 다른 사람이 결코 알아서는 안 되는 그런 거"라고.

사람들에게 발견되기 전까지 이곳에 어떤 어둠이 있었을까 상상해 봐. 어둠은 사람을 홀리게 만들어. 무섭다가도 포근하지. 어둠에 귀를 기울이면 어떤 허밍이 들려와…… 뱃사람을 유혹하는 세이렌의 노랫소리처럼 말야. 나는 알아. 이런 어둠 속엔 반드시 정령이 살거라고. 내가 전에 말한 거 기억 안 나? (……) 사람 사이에는 아무리 해도 착륙할 수 없는 텅 빈 활주로가 있어요. (107~113쪽)

모든 인간들은 저마다의 어둠을 갖고 살아가지만 아무도 그 어둠의 실체를 알 수 없다는 것. 절대로 보편자가 될 수 없는 어둠은 개별자의 윤리 감각을 통해 곳곳에서 발현되고 있다는 것. 적어도 그 판단 만큼은 '자기'가 할 수 있어야 하지 않겠느냐는 것. 그러니 절대로 강요받고 싶지 않다는 것. 아니 강요해도 사실은 절대로 밝혀질 것이 없는 저마다의 어둠이라는 것. 임정연은 그 전언 속에서 세상에 대한 질문을 시작하고 있는 것이다.

6. 배설물, 어둠 'X'에 관하여

'X가 들어 있지 않는 X로 남기를 거부'하는, 우리 몸을 구성하는 내부 저 안쪽에 누구나 어둠을 닮은 짐승 한 마리쯤은 키우고 있다. 혹여 그것이 내면에서 쏟아져 나온 배설물이라는 기호로 드러나며 기형적인 어둠과 같이 출몰한다고 하더라도 말이다. 겉모습에 의해서 채워진 '공허'를 거부하고 싶어 하는 불량배의 욕망은 채워질 수 없는 웅덩이 속에서 밖으로, 밖으로 기어 나오는 것이다. 이제 또다시 반란을 꿈꿀 불량배들을 위해서, 그리고 그들이 보편적 윤리 감각과 어떻게 길항하는가에 대한 더 속내 깊은 이야기를 위해서, 우리 모두 축배를 들어야 하지 않을까.

스끼다시 내 인생

초판 1쇄 인쇄일 · 2006년 5월 10일
초판 1쇄 발행일 · 2006년 5월 15일
지은이 · 임정연
펴낸이 · 임성규
펴낸곳 · 문이당

등록 · 1988. 11. 5. 제 1-832호
주소 · 서울시 성북구 동소문동 4가 111번지
전화 · 928-8741~3(영) 927-4990~2(편)
팩스 · 925-5406
ⓒ 임정연, 2006

홈페이지 http://www.munidang.com
전자우편 webmaster@munidang.com

ISBN 89-7456-340-1 03810